KB037336

격리동 1

격리병동 1

A Novel of medical suspense
Joshua Spanogle

조슈아 스파노글 지음 | 유소영 옮김

좋은 책 좋은 독자를 만드는 —
㈜신원문화사

1부
볼티모어

일의 시작은 다음과 같았다. 아니, 오전 6시 30분에 현지 보건부 담당자가 전화로 알려온 내용은 이러했다. 그는 수면 부족과 대형 사건일지도 모른다는 두려움에도 불구하고 냉정한 이성을 유지하려고 애쓰고 있었다.

열흘 전 오후 4시 15분. 31세의 백인 여성이 목이 붓고, 다리와 등의 근육통과 마른기침으로 응급실에 들어왔다. 그녀는 미열이 있었다. 의사는 평범한 감기로 진단하고 물과 타이레놀을 준 뒤 돌려보냈다.

사흘 후 환자는 다시 병원에 들어왔다. 목의 통증은 더욱 심해져 있었다. 편도선이 붉게 부어올랐고 고름이 보였다. 열은 섭씨 2도나 더 올라서 40도에 육박했고 복통과 설사, 잇몸 출혈, 코피 등 새로운 증상도 나타났다. 직장 검사 결과 선홍색의 피가 보였는데 이는 대장 출혈이 있다는 뜻이었다. 환자는 뒷목과 등의 심한 통증을 호소했다. 응급실 의사들은 척추를 두드려보고 혈액검사를 했으며 수액을 공급하기 시작했다. 응급실에서 처리할 수 있는 정도를 넘어서 있었기 때문에 입원 조치가 내려졌다.

내과 의사들은 면봉으로 목구멍의 분비물을 채취하고 혈액검사를 한 뒤 효소면역측정법(ELISA)으로 바이러스 항체를 검사하고 박테리아 배양을 시도했다. 하지만 성과가 없었다. 의사들은 수액으로 전해질 균형만 맞추는, 전문용어로 '지지 요법'이라는 것을 계속했다. 이것은 다른 치료 방법이 없을 때의 마지막 수단이었다.

다음 날, 젊은 여자 한 사람이 감기와 유사한 증상으로 같은 응급실에 들어왔다. 전신 통증, 열, 마른기침. 이번에도 응급실 내과 의사는 수액과 타이레놀만 주고 집으로 돌려보냈다. 다음 날 환자는 돌아왔다. 복통, 근육통, 고열, 구토, 인후염. 잇몸에 출혈이 있었다. 병원에서는 환자를 입원시키고 시 보건부에 연락했다. 하지만 경계경보는 발령되지 않았다.

다음 날, 첫 번째 환자의 피부가 벗겨지기 시작했다. 첫 증상은 점상출혈이었다. 피하의 모세혈관이 터진다는 뜻이었다. 출혈은 빠른 속도로 반점으로 번졌고, 반점은 아래 조직에서 박리되면서 피와 진물이 나는 궤양으로 발전했다.

그리고 그날 자정 직후에 또 다른 젊은 여자가 응급실로 들어왔다. 그 환자도 감기와 유사한 증상을 호소했으며, 겁에 질려 있었다. 처음 응급실에 들어왔던, 입원실에서 피부가 벗겨지고 있는 환자와 같이 산다는 모양이었다.

　세 번째 환자에게는 곧바로 입원 조치가 내려졌다. 그때가 새벽 2시 41분이었다. 허버트 벌락 박사가 내게 상황을 알린 것은 네 시간 후였다.

　벌락은 긴장하고 있었다. 군의관 출신인 그가 긴장할 만한 일이라면 나 역시 긴장하지 않을 수 없었다. 상황 설명을 듣고 있으니 그가 염두에 두고 있는 병명을 훤히 짐작할 수 있었다. 라사열, 에볼라, 마르부르크, 기타 우리가 퇴치하려고 애쓰고 있는 수많은 고약한 전염병들. 사실 정말 심각한 질병이거나, 최악의 경우 정말 심각한 질병을 누군가 의도적으로 뿌렸을 가능성은 극히 희박하다. 하지만 우리는 그 희박한 가능성을 경계하라고 월급을 받는 사람들이다. 할 수 있으면 차단하라고.

　벌락이 잠이나 제대로 잤는지 궁금했다.

　어쨌든 나는 잠을 거의 못 잤기 때문에 전화가 오기 두 시간 전부터 깨어 있었다. 나는 휴대전화로 통화를 하면서 차에 탄 뒤 전화를 끊고 볼티모어의 붐비는 아침 출근길을 달리기 시작했다. 불길한 예감이 들었다.

1

성 라파엘은 오래된 가톨릭계 병원으로서, 존스홉킨스와 메릴랜드 대학병원에서 들어오는 때로는 우호적이고 때로는 공격적인 통합 제의에 맞서 끈질기게 독립을 유지하고 있었다. 이 병원은 볼티모어 남서부의 퇴락한 지역 한가운데에 자리잡고 있었으며, 북쪽과 서쪽으로는 공영주택단지, 남쪽과 동쪽으로는 오래된 공장과 버려진 연립주택들로 둘러싸여 있었다. 환자들은 주로 인근의 저소득층이었지만 피그타운과 로커스트 포인트의 노동자들도 이 병원을 이용했다. 최근에는 엄청난 적자 때문에 성 라파엘 쪽에서 오히려 홉킨스와 메릴랜드 대학병원에 인수를 제안했다고 들었다. 한때는 인기 만발이었지만 이제는 아무도 봐주는 이 없는 노처녀 신세인 셈이다. 인수 논의에 참여하고 있는 주요 주자들 ── 성 라파엘 병원장, 가톨릭 관구, 볼티모어 시, 홉킨스, 메릴랜드 대학 ── 은 아예 병원 폐쇄를 고려하고 있다는 소문도 있었다. 검댕이 묻은 벽돌 건물과 거들떠보는 이 없는 라파엘 동상이 눈에 들어오자 안락사가 그나마 자비로운 대안일 수도 있겠다는 생각이 들었다.

하지만 마음 한구석에는 이 병원에 대한 애착이 있었다. 나는 2주 전 성 라파엘 병원으로 출장을 와서 전염성 질환 감시체제를 마련하는 일을 하고 있었다. 바로 지금 발생하기 시작한 이런 일, 전염병, 생물학적 공격 등에 대한 대응체제였다. 성 라파엘에서는 내 도움이 필요했다. 내가 소속되어 있는 기관, CDC 산하 전염병정보 국(EIS)에 오히려 한 수 가르치는 입장인 존스홉킨스와는 사정이 달랐다. CDC 요원들이 갑자기 모두 죽거나 사설업체로 옮겨가더라도, 존스홉킨스라면 CDC를 맨손으로 다시 만들 수 있는 저력이 있다. 하지만 성 라파엘은 세계에서 의료 서비스가 가장 훌륭한 도시의 삼류 병원이다. 이 오래된 병원의 수준을 어느 정도 향상시키는 것이 내 임무였다.

아, 내가 하는 일을 소개해야겠다. 나는 질병통제 및 예방센터(CDC) 산하 전염병정보국 소속 요원이다. 전염병 발생을 감시하고 수사한다는 업무 내용을 놓고 볼 때 요원이라는 직함은 어울린다고 할 수 있겠다. 전통적으로 경찰에 빗댄 용어도 많다. 이 분야 내외에서는 '의료 형사'라는 말도 많이 썼는데 좀 진부하기도 하고 자기 과시적으로 들리기도 해서 요즘은 쓰지 않는 추세다. 어쨌든 우리가 하는 일은 그렇다. 질병을 찾아내서 체포하는 것.

패션이나 다이어트 비법도 그렇지만, EIS의 역사도 어떻게 보면 돌고 돈다고 할 수 있다. 한국전쟁이 발발하면서 생물학적 공격에 대한 조기경보 시스템으로 출발한 EIS는 전쟁이 끝난 뒤 일거리를 찾아나섰고, 다행히 일거리는 충분했다. EIS는 1950년대 소아마비 백신 파동 이후 대중의 신뢰를 회복하는 데 중심 역할을 했으며, 천연두 퇴치에 앞장섰고, 1990년대 말부터 2000년대 초까지는 웨스트나일 바이러스를 추적하고 감시하는 체제를 마련했다. 오늘날 미국은 다시 생물학적 테러 가능성으로 인해 공포에 떨고 있다. 내가 볼티모어에 온 것도 미국의 질병 감시체제에 난 구멍을 수선하기 위해서였다. 보통 오래된 병원에까지 이 정도 혜택이 돌아가는 것은 드물지만, 공중보건계의 거물들은 성 라파엘이 미국의 수도와 근접해 있다는 사실에 주목하여 어떤 질병이 발생하더라도 곧장 경보태세를 발령할 수 있도록 해야 한다는 방침을 세웠다. 이 감시체제를 정비하기 위해 내가 파견된 것이었다.

내 소개도 해야겠다. 나는 CDC를 구성하는 여러 센터들 중 하나인 미국 전염성질환센터 산하 바이러스 및 리케차부 안의 특수병원체팀 소속이다. 그 이외에는 잘 모르겠다. 아레나바이러스과(科) 병원체의 분자생물학에 대해서는 줄줄 읊을 수 있지만 CDC 조직도는 내 능력 밖이다. 그건 조지아와 워싱턴에 계시는 탁월한 공무원과 기술관료들이 알아서 하실 일이다. 노벨상에 '조직복잡성학' 분야가 추가된다면 아마 그 사람들이 해마다 독식하지 않을까 싶다.

나는 응급실 근처의 주차 금지 구역에 차를 세우고 볼티모어 시 보건부에서 발급한 주차증을 대쉬보드 위에 올려놓았다. 그리고 글러브박스에서 CDC 주차증도 꺼내 나란히 놓았다. 전염병이 발생했든 안 했든 견인차는 절대 만나고 싶지 않았다.

나는 신분증을 목에 걸며 자동문을 지나 응급실로 들어섰다. 이른 아침이고 7월 평일이라 응급실은 묘하게 평화로웠다. 이건 좋은 일이다. 벌락은 잔뜩 긴장해 있었지만 아직 병원 전체, 그리고 언론에는 말이 새어나가지 않은 모양이었다. 지난 몇 년 사이 탄저균과 사스 파동을 겪으면서 공중보건계는 자신들이 하루 24시간 새로운 기삿거리가 없나 눈을 벌겋게 뜨고 있는 언론의 입맛에 딱 맞는 먹잇감이라는 것을 실감했을 것이다.

간호사 대기소 뒤쪽 벽에 베이지색 전화기가 있었다. 나는 수화기를 집어 들고 이 병원 역학전문의의 호출번호를 누른 뒤 기다렸다. 2분 뒤 전화가 울렸다. 나는 첫 번째 벨이 끝나기도 전에 전화를 받았다.

나는 말했다. "매디슨 박사, 나사니엘 맥코믹입니다. 응급실에 있습니다."

감이 좋지 않은 수화기 너머에서 목소리가 희미하게 들렸다. "나는 M-2 병동으로 올라가는 중이에요. 거기서 뭐해요?"

2

M-2는 양옆에 이인용 입원실이 늘어서 있는 복도 하나로 이루어져 있었다. 흰 리놀륨 바닥은 오래전에 닳아서 회색으로 변해 있었고 베이지색 벽에는 아무리 닦아도 지워지지 않는 때가 묻어 있었

다. 바로 아래층에 위치한 내과 M-1 병동과 똑같이 생겼지만 M-2 복도 끝에는 금속으로 된 이중문이 있었다.

문에는 레이저 프린트로 출력한 표지판이 테이프로 붙여져 있었다.

격리병동 : 접촉시 유의사항 엄수. 허가된 관계자 외 출입 금지. 문의사항은 생물학테러/전염성질환대책위 2134번으로 문의.

나도 그다지 말을 조심스럽게 하는 사람은 아니지만 '생물학 테러'처럼 무거운 단어는 지나친 동요의 소지가 있지 않나 하는 생각이 들었다.

격리병동은 두 구역으로 나뉘어져 있었다. 입구 바로 안쪽은 세면기 둘, 생물학적 폐기물 처리용 붉은색 대형 쓰레기통 하나, 가운, 고글, 장갑, 신발 커버 등이 놓인 선반이 있는 전실이었다. 바퀴 달린 카트 위에 마스크와 음압 인공호흡기가 든 상자 3개가 뚜껑이 열린 채 놓여 있었다. 한타 바이러스 정도인 5마이크론 크기의 미생물까지 거를 수 있는 호흡기였다. 대비가 충분한 것 같아서 반가웠다.

이런 식으로 병원 내의 작은 공간을 차단하는 격리시설은 결핵이 창궐하던 시절의 유산이다. 요즘은 이런 곳이 별로 없다. 대부분 개인병실에다 환자를 격리시킨다. 하지만 이곳은 양쪽에 병실 2개씩 붙어 있는 짧은 복도를 차단해놓고 전염병 환자를 수용하고 있었다.

나는 방호복을 입고 치수에 맞는 호흡기를 찾은 뒤, 대기실 안쪽의 문으로 향했다. 문을 밀어 여는 순간 공기가 밀려들어가며 일회용 가운을 빨아들이는 느낌이 들었다. 음압 시스템 — 격리실 안쪽보다 바깥의 압력이 더 커서 격리병동 밖으로 미세한 먼지가 흘러나가는 것을 막는 장치다 — 이 제대로 작동하고 있는 것이다. 공기는 필터를 통해 걸러진 뒤 밖으로 흘러나가게 된다.

나는 호흡기가 얼굴에 맞게 조여져 있는지 확인한 뒤, 문을 밀고 안으로 들어갔다.

외계인 같은 방호복 차림을 한 세 사람이 복도 한가운데서 이야기를 나누고 있었다. 그 옆에는 크래쉬 카트(crash cart, 응급상황에 필요한 의료기구를 모아놓은 카트—옮긴이), 커다란 생물학적 폐기물 처리용 쓰레기통, 팩스기, 종이, 펜 등이 있는 책상 하나뿐이었다. 크래쉬 카트 위에는 중심정맥관 삽입에 필요한 도구와 약품 등 환자의 심장이 멈추었을 때 필요한 모든 기구들이 준비되어 있었다. 팩스는 격리 구역 밖의 간호사 대기소에 있는 기계와 직접 연결되어 있었다. 여기서 보내는 메모와 지시사항 등이 그쪽 기계를 통해서 다른 팩스로 전해진다. 오염된 의료기록을 병원 안으로 반출하는 일을 피하기 위하여 대책을 세운 것이다. 아직도 이런 병원이 많지만 성 라파엘 역시 종이 서류를 사용하는 암흑기에 머물러 있었다.

다들 마스크를 쓰고 있었지만 여자인 매디슨 박사와 흑인인 벌락 박사는 알아볼 수 있었다. 나이가 더 많은 백인 남자는 못 보던 사람이었다. 내가 그쪽으로 다가가자 일행은 서 있는 위치를 아메바처럼 변형하여 내가 끼어들 자리를 마련해주었다.

"항체는?" 호흡기를 통해 흘러나오는 벌락 박사의 목소리는 쉿쉿거리는 소리가 섞여 가늘게 들렸다.

"아직, 별다른 결론은 없어요." 매디슨 박사가 말했다. "도대체 뭔지……."

그제서야 세 사람은 나를 보았다. 벌락 박사가 말했다. "맥코믹 박사, 진 매디슨은 알고 있겠지. 이쪽은 게리 해밀……." 벌락은 백인 남자를 가리켰다. "성 라파엘 병원에 새로 오신 감염내과 과장일세."

아. 새로 감염내과 과장이 되신 분이군. 성 라파엘은 몇 달 동안 적임자를 찾고 있었다. 지난 며칠 사이 해밀 박사가 채용된 모양이었다.

나는 해밀 박사를 보면서 말했다. "곧장 일거리에 뛰어들게 되셨군요."

그가 말했다. "그것도 하필 이런 일거리에 말이야." 우리는 애써 웃었다.

"맥코믹 박사는 CDC에서 출장을 나온 분입니다." 벌락이 설명했다.

"자, 소개 감사하고요." 진 매디슨이 짜증의 기색을 보이며 말을 끊더니 나에게 말했다. "조직, 혈액, 타액은 모두 여기 연구실로 보냈어요."

"여기 연구실이라니요?" 내가 물었다.

"볼티모어 시 보건부 연구실 말이에요."

나는 벌락을 보았다. 그가 말했다. "가장 가까운 곳이라서. 주정부 소속 연구소로도 보냈네."

해밀이 물었다. "시 보건부 연구실 시설은 어느 정도죠?"

벌락은 바닥을 보았다. "음, 많지 않습니다. 대체로 평범하죠. 하지만 주정부 연구소는 상당히 괜찮습니다. 필로바이러스, 마르부르크, 에볼라 검사가 되고, 아마 라사, 리프트계곡열, 로키산홍반열, Q열도 가능할 겁니다. 전부는 안 되지만 그래도 상당히 많습니다."

"음, 필요하면 언제든지 CDC를 활용하시죠." 내가 말했다. CDC는 볼티모어 시나 메릴랜드 주를 훨씬 능가하는 자원을 갖추고 있다. 분석 방법, 병원체 유전자 정보 등등. 애틀랜타 본부는 질병 감별에 관한 한 세계 최고의 실험 장소다. 실제 병원체 보유량도 최고 수준이다. 아이가 어리다면 절대 데려가고 싶지 않은 곳이다.

매디슨이 얼른 말했다. "고맙지만 우리가 알아서 할 수 있어요."

게리 해밀이 말했다. "진……."

그녀가 말을 가로막았다. "주 연구소와도 협력하고 있으니 연방정부까지 나설 건 없습니다."

CDC와 다른 의료계 및 공중보건계의 관계에 대해 한마디 짚고 넘어가야겠다. CDC의 관할권은 미국 전역인 동시에 아예 없다고 해도 무방하다. 실제로 그렇다. 우리는 개별 카운티와 주 정부의 요청이 있을 때에만 개입한다. 요청이 없을 때는 개입할 수 없는 것이다. 애틀랜타에 도움을 요청할 이유도 수없이 많겠지만, 사실 주도권 문제로 개입을 꺼릴 만한 이유도 그 못지않게 많다.

애틀랜타에서 훈련을 받을 때에도 현지 의료기관을 상대하는 기술을 머리에 못이 박히도록 배웠다. 요는 극히 조심스럽게 접근하라는 것이었다. 이건 내 장기가 아니다. 작년도 업무수행평가서를 봐도 '업무상 대인관계' 항목에는 언제나 '개선을 요함'이라는 표현이 빠지지 않았다.

해밀이 나를 바라보았다. "맥코믹 박사, 지원 제의는 감사하게 생각하오."

나는 고개를 끄덕였다. 나는 정확히 뭐라 대답해야 할지 감이 안 잡힐 때 고개를 끄덕이는 사람이다.

매디슨은 한숨을 쉬었다. "음, 샘플 분석을 어디서 할 건지는 일단 합의가 된 것 같군요. 주정부 연구실에 의뢰하는 걸로 하죠." 매디슨이 벌락 쪽으로 몸을 돌렸다. "질병 수사는 볼티모어 시 당국이 맡는다고요?"

"네." 벌락이 대답했다. "보건국장과 이야기가 됐습니다. 필요하면 주정부에 도움을 요청하기로 하고. 맥코믹 박사가 마침 여기 와 있고 현지 사정도 잘 알고 있으니 수사에 참여해달라고 할 생각입니다."

침묵.

"제가 기꺼이 돕겠습니다." 한참 후에 내가 말했다.

"협조는 주 연구소에서 받는 걸로 이야기가 끝난 줄 알았는데요." 진 매디슨이 말했다.

"그건 분석 작업이었지요, 진. 질병 수사 자체가 아니라. 맥코믹 박사는 이런 상황에 보다 더 익숙한……." 벌락 박사가 말했다.

"CDC가 개입한다면 언론이……."

"이미 와 있는 상태였으니 조용히 넘어갈 수 있을 겁니다. 맥코믹 박사가 참여하지 않으면 오히려 더 불안해 보일 겁니다."

내가 끼어들었다.

"분명히 말씀드립니다만, CDC는 이 병원의 요청에 따라 도움을 드리러 와 있습니다. 질병 감시체제를 정비했을 때도 그랬지만 어디까지나 이쪽에서 원하시는 만큼 활동하겠습니다. 질병 수사와 통제는 물론 대 언론 창구도 모두 당연히 이쪽에서 주도하셔야지요. 저희는 옆에서 기꺼이 전문지식으로 돕겠습니다."

긴 침묵이 흘렀다. 뭔가 실수를 했다는 기분이 들었다. 진 매디슨이 마침내 폭발했다. "전문지식이라고요?"

나는 말을 더듬었다. "전 그저 필요하시다면 도움을……."

"……전문지식이 필요하면 말이죠. 알고 있어요. 때마침 CDC가 와 계셔서 얼마나 다행인지 모르겠군요."

나는 연한 청색 종이부츠로 감싼 내 발을 내려다보며 한숨을 쉬었다. 진 매디슨은 날카롭게 픽 웃음소리를 냈다.

"우리가 여기서 뭐하고 있는 것 같아요, 맥코믹 박사?"

"전……."

"볼티모어 시에서도 가장 능력 있는 의사들이……."

"진……." 해밀 박사가 끼어들었다.

"……환자들을 보살피고 있어요."

"저는 이 병원의 전문성을 꼬집으려는 게 아니라……."

"뭐가 아니에요. 그쪽은 여기를 무슨 오지 보건소쯤으로 생각하고 있는 것 같은데. 여기 환자들도 잘 낫고 있습니다."

"전 그저 언제든지 CDC의 자원을 사용하시라는……."

"정보 고마워요, 박사. 그렇게 알아두겠습니다." 이 말을 남기고 매디슨은 문 쪽으로 향했다. 하지만 문 앞에서 다시 멈춰 섰다. "십 분 뒤에 회의를 열겠습니다, 여러분. 맥코믹 박사, 이 병원에는 없는 전문지식을 갖고 계신 것 같으니 이번 환자들에 대한 감별진단 발표를 부탁드리죠."

"전 아직 환자들을 만나지도……."

매디슨은 이미 나간 뒤였다.

다른 문이 열리더니 우주복 차림을 한 간호사가 환자 병실에서 나왔다. 간호사는 우리에게 인사하고 다른 병실로 들어갔다. 아무리 격리병동이라 해도 병원이란 곳은 끊임없이 활동이 이루어지고 사람이 들락거리고 항상 불시에 문이 열리고 닫히는 곳이다. 환자의 프라이버시는커녕 의사의 프라이버시도 절대 기대할 수 없다.

간호사가 사라지자 해밀이 말했다. "몇 살이신가, 맥코믹 박사?"

"네? 서른셋입니다."

해밀은 고개를 끄덕였다. "알 만하군. 철 좀 드시게." 그는 벌락과 잠시 눈을 마주친 뒤 돌아서서 진 매디슨을 따라 나갔다. 전실로 통하는 문이 휙 하고 닫혔다.

3

벌락과 나는 잠시 입을 열지 않고 복도에 가만히 서 있었다.

"저 여자 날 좋아하는 거 아닙니까, 허버트?"

벌락은 아무 말도 하지 않았다. 그는 기분이 좋을 때도 내 말을 어떻게 받아들여야 할지 몰라 당황하는 때가 있었다.

내가 말했다. "네, 좋아하는 거 맞아요. 문제는 표현 방식이 증오로 똘똘 뭉친 것 같다는 거죠."

"워낙 사람들이 곤두서 있어."

"그럴까요? 설마."

벌락은 호흡기와 헬멧 너머로 내 얼굴을 쳐다보았다.

"나도 게리 해밀은 잘 몰라. 하지만 진 매디슨은 오랫동안 알고 지냈는데 좋은 의사라네. 끝내주는 전염병 전문의이고 훌륭한 역학……."

"어쨌든 보건국이 자기 병원의 전염병 감시체제를 얕봤다고 열받아 있는 거 아닙니까. 당신과 내가 끼어든 일로 아직 짜증을 내고 있는 거잖아요."

"그건 맞는 말일 수도 있겠지."

"맞는 말입니다. 그리고 저 해밀이란 사람은 날더러 철 좀 들라고요? 젠장, 매디슨에 비하면 난 점잖은 거 아닙니까?"

"그래, 그래. 자네 말이 맞을 수도 있어. 하지만 저쪽 입장에서 생각해보게. 매디슨은 여기서 이십 년을 일했어. 이 병원에서. 이 병원 평관과 재정 문제, 의료진이 계속 공격당하는 걸 겪어온 사람이란 말이야. 병원은 아직 살아남아 있고 지금은 이 병원의 존재 자체가 사람들 기분을 건드리는 상황이라고. 다들 방관하면서 뭔가 사고가 터지기만을 기다리고 있단 말이야."

"이번 문제를 코감기 다루듯 하는 것 자체가 사고죠. 제 말이 틀렸습니까? 감별진단 내용에 출혈열이 포함되지 않아요?"

"아직 몰라."

"모르다뇨. 자반성 발진에, 출혈에. 환자를 아직 직접 보지 않은 나도 대뜸 드는 생각이……."

"아직 확실한 건 없어."

"하지만 그럴 가능성이 있다고 말 한마디 한 걸 가지고 저 사람들은……." 나는 닫힌 문 쪽으로 손을 휘둘렀다. "이건 말도 안 됩니다."

"너무 초조해하지 말게."

"안 그러게 됐습니까? 저쪽이 오히려 초조해해야지. 말도 안 돼요, 허브. 건물 전체를 폐쇄해야 합니다. 나한테, 아니, 우리한테 사정하면서 도와달라고 해야 할 판이라고요. 이 사람들이 라사열 환자를 본 게 언제겠어요?"

"글쎄……."

"마추포출혈열은? CCHR은? 주닌출혈열은? 리프트계곡열은?"

"무슨 말인지는 알겠네."

"난 작년에 이런 환자를 접해본 의사를 여러 사람 알고 있습니다." 차차 감정이 진정되기 시작했다. "허버트, 최소한 이 층만이라도 폐쇄하라고 하세요. 아무리 격리병동이 있어도 그렇지, 이 층에 아직 환자가 있다는 건 말이 안 됩니다. 그런 생각조차 안 하고 있다는 게 믿기지가 않아요. 저쪽에서 안 하면 박사님이 하셔야 합니다."

"이번 환자들이 서로 관련 있을지도 모른다는 결론을 내린 게 겨우 다섯 시간 전이야. 전반적으로 병원은 적절한 조치를 취하고 있다고 생각하네."

"적절한? 그 정도로 충분합니까?"

"나한테 내 업무에 대해서 가르치려 들지 말게, 맥코믹 박사." 벌락은 내 눈을 똑바로 응시했다. 마침내 나는 시선을 피했다. "이건 교과서가 아니야. 자네 생각처럼 급속하게 진행되는 경우만 있는 것도 아니고." 헬멧을 통해서 보아도 벌락은 매우 피곤한 기색이 역력했다. 피곤하고 초조한 얼굴이었다. "하지만 자네 말은 맞아. 옳다고." 벌락은 한숨을 쉬었다. "난 칠 년 동안 공중보건 일을 하면서 백 번도 넘게 전염병을 겪었네. 심지어 식당에서 해고당한 웨이터가 살모넬라균을 샐러드 바에 넣은 사건도 있었지. 하지만 이런 경우는 처음이야. 진에게 공식적으로 CDC에 지원 요청을 하는 게 어떠냐고 제안은 해보겠지만, 뭐, 물론 자네한테는 원하지 않겠지."

"하, 저는 또 초콜릿 한 상자에다, 로맨틱한 사진 뒷면에 와주십사 하고 적어 보낼 줄 알았습니다."

"네이트……."

"허버트, 나한테 요청하든 말든 상관없어요. 환자들의 목숨이 더 중요합니다. 더 이상 전염되는 걸 막으면 난 그걸로 족해요."

"알고 있어. 하지만 이제 문제는 일으키지 말자고."

우리는 잠시 침묵을 지켰다. 문득 벌락이 말했다.

"긍정적인 면도 있잖나. 이왕 아플 거면 볼티모어에서 아픈 게 좋지."

볼티모어 사람들, 아니, 다른 곳에서도 어느 정도 통하는 상식이었다. 하지만 보스턴 사람들에게 물어보면 다른 말을 할지도 모른다. 벌락은 말했다. "어쨌든 M-2 병동은 폐쇄하라고 제의하겠네."

"제의?"

"자네도 미사여구를 익혀봐, 맥코믹 박사. M-2 병동은 틀림없이 폐쇄될 거야."

벌락은 전실로 나갔다. 나는 잠시 혼자 남아서 상황을 정확히 이해해보려고 애썼다. 잘난 척하는 건 아니지만 나도 머리는 좋은 사람이다. 인간의 신체가 어떻게 작동하는지, 병원체가 신체를 어떻게 공격하는지 잘 알고 있으며, 전염병의 감염 경로 또한 조금씩 이해해가고 있다. 하지만 인간만은 도무지 이해할 수가 없다. 인간의 행동 동기와 숨겨진 속마음. 그날과 이후 며칠 동안 여러 사건을 겪으며 나는 이런 무능함이 얼마나 큰 약점인지 깨닫게 되었다.

입구 쪽으로 나가보니 벌락은 방호복을 벗고 있었다. 나는 말했다.

"이번 일을 우리가 수사하게 된다면 환자들부터 봐야 할 것 같습니다만. 이야기를 해봐야지요. 아직 전 환자를 보지도 못했습니다."

"잊었나? 십 분 뒤에 회의가 있어."

나는 격리 구역 안에서 꼈던 장갑으로 바깥 문손잡이를 만지고 싶지 않아서 장갑을 벗고 새 장갑을 꼈다.

벌락이 물었다.

"뭐하는 건가?"

"환자를 보러 갑니다. 내가 누구에 대해 이야기하는지는 알고 회의를 해야 할 것 아닙니까."

"회의는……."

"몇 분 더 있다 해도 됩니다." 나는 문을 열며 말했다. "다 끝나면 갈 거라고 전하십시오."

4

어렸을 적 거칠고 강한 싸움꾼이 되고 싶다는 것이 꿈이었다는 것을 생각해볼 때, 진 매디슨과의 설전은 씁쓸했다. 아니, 어쩌면 딱 어울리는 장면이었을지도 모른다. 사춘기가 남들보다 늦게 찾아온 데다 7학년 때 채드 퍼싱이라는 미래의 반사회적 성격장애자 녀석에게 호되게 당한 덕택에 열두 살 시절의 야심은 아쉽게 꺾이고 말았다. 죽도록 앉았다일어서기와 팔굽혀펴기를 해보았지만 열 살 때부터 수염을 깎기 시작했던 채드 앞에서는 소용이 없었다. 자세한 정황을 설명할 필요는 없을 것이다. 내 운명이 조 프레이저 (세계 헤비급 챔피언—옮긴이) 쪽보다는 알베르트 슈바이처 쪽이라는 것을 깨달은 것이 그때였다. 적어도 국립과학아카데미 회원 중에는 채드처럼 날 완전히 깔아뭉갤 만한 사람은 없을 것 아닌가.

별다른 사건은 없었지만 비교적 생산적이었던 고등학교 시절을 보낸 뒤 나는 펜실베이니아 주립대에 진학했다. 생화학 학위를 딴 뒤 따분한 연구를 하는 중요한 과학자들 뒤로 줄을 잘 선 덕택에 대학을 마칠 때쯤에는 여러 의대 중에 하나를 골라잡을 수 있는 처지가 되었다. 진정 알베르트 슈바이처의 길을 가게 된 것이다. 나는 캘리포니아를 택했고, 샌프란시스코 남쪽 실리콘 밸리 안에 위치한, '농장'이라는 별명을 가진 의대의 MD-PhD 과정에 진학했다. 7년 과정을 이수하면 의대 졸업장과 박사학위를 딸 수 있었다. 나는 미생물학 박사 과정을 선택했다.

하지만 학위는 둘 다 따지 못했다. 절반 정도 학교를 다니다가 쫓겨났던 것이다. 그래서 나는 메릴랜드 대학에서 의대 과정을 마쳤다. CDC에서 나를 볼티모어의 성 라파엘 병원에 배치한 것도 그 때문이었을 것이고, 내가 지금 삭막한 사각의 병실에서 앓고 있는 헬렌 존스를 내려다보고 있는 것도 그 때문일 것이다.

존스는 나를 보자 신음소리를 내며 잠시 이쪽으로 눈동자를 굴리는 것 같더니 다시 천장을 바라보았다.

"안녕하세요, 존스 씨. 맥코믹 박사입니다."

환자는 아무 말도 없었다. 나는 침대 옆으로 다가갔다.

"안녕하세요."

다시 말했지만 대답이 없었다. 여자는 몇 번 눈을 깜빡였고, 눈

가로 눈물이 천천히 흘러내렸다.

환자 진료를 시작할 때 맨 처음 배우는 것 중의 하나가 진짜 아픈 사람을 구별하는 법이다. 쉽게 들리지만 이건 쉽지만은 않은 일이다. 방금 응급실에 비틀거리며 들어온 남자는 심장마비일까, 지독한 변비일까? 그 차이는 상당히 미묘할 때가 많다. 하지만 몇 년 동안 아픈 사람들을 접하다 보면 전철을 타고 가다가도 울혈성심부전을 앓는 사람이나 폐기종 환자를 알아볼 수 있게 된다.

그러나 헬렌 존스의 현재 상태는 미묘하기는커녕 의사가 아니더라도 얼마나 심한 고통을 겪고 있는지 대번에 알 수 있을 정도였다. 얼마나 아픈지. 진부한 이야기지만 질병은 끔찍한 일이다. 정말이다. 추상적인 이야기가 아니다. '생명과 죽음의 순환'이니 하는 헛소리는 집어치워라. 의사란 그 순환의 고리에 저항하기 위해 이 분야에 뛰어든 사람이다.

나는 헬렌의 어깨에 손을 얹었다. "괜찮아질 겁니다." 거짓말이 아니기를 속으로 빌었다.

병실은 가로 세로 10피트 정도로 작았고, 모니터나 수액대 같은 물건으로 가득 차 있었다. 벌락은 환자가 아까 호흡기를 뗐다고 했지만 다시 필요하게 될 때를 대비해서 호흡기도 그대로 남겨놓은 모양이었다.

인공호흡기는 보통 중환자실에서만 사용되는 것이니 이건 아마 규정 위반이겠지만, 전염성이 강한 특이한 질병이 도는 상황이라면 규정을 일일이 지킬 수도 없을 것이다. 헬렌을 중환자실에 넣어서 다른 중환자들에게 병원체를 온통 퍼뜨리는 상황이 아닌 것이 오히려 천만다행이었다.

나는 잠시 그녀의 어깨에 손을 얹고 있다가 한 번 꼭 잡아주고는 차트가 놓여 있는 침대 발치로 옮겨갔다.

"존스 씨. 나는 질병통제센터에서 나온 사람입니다. 무슨 병을 앓고 계시는지 알아내려고 왔습니다. 틀림없이 나으시도록 해드리겠습니다." 대답을 기다렸지만 환자는 베이지색 천장만 쳐다보고 있었다. "잠시 진찰을 해보겠습니다, 괜찮으시죠? 금방 끝날 겁니다."

진찰이라. 헬렌 존스는 나아져가고 있다고는 했지만, 금방이라도 죽을 것 같은 모습이었다. 목을 짚어보니 경부 림프절종창이 심각했다. 아니, 만져보지 않아도 알 수 있을 정도였다. 목의 림프절이 워낙 심하게 부어올라서 마치 피하에 공깃돌을 한 움큼 넣고 꿰맨 것 같았다. 질병 때문에 간기능이 저하되었는지, 아니면 출혈 때문인지 황달 증세도 있었다. 피부는 누렜고 눈의 흰자는 오줌 색이었다. 침대 옆 카트에 펜라이트가 있었다. 나는 라이트를 집어들었다.

"입을 벌려보세요." 하지만 환자는 반응이 없었다.

나는 손가락으로 아래턱을 조심스럽게 붙잡고 당겨 안을 비춰보았다.

산탄총에 맞은 것처럼 점막에 크고 작은 갈색 반점이 나타나 있었다. 잇몸까지 완전히 변색되어 있었다. 하지만 증세가 심하기는 해도 서서히 나아지고 있다는 것을 알 수 있었다. 전격성이었다면 반점이 선홍색이었을 것이다. 하지만 피가 응고되어 갈색으로 변했다면 신체에서 다시 흡수하기 시작했다는 뜻이다.

"가운을 잠시 내리겠습니다. 괜찮겠지요?" 눈물이 아직도 흘러내리고 있었지만, 헬렌 존스는 거의 눈에 띄지 않을 정도로 작게 고개를 끄덕였다. "잘하고 있어요, 헬렌."

나는 병원 가운을 복부 중간까지 올렸다. 팔 아래, 가슴, 배, 온통 거즈 투성이였다. 겨드랑이 근처의 붕대 모서리를 잡고 들어 올려보니 딱지가 앉기 시작한 커다란 출혈반점이 있었다. 피부가 그냥 벗겨져나가면서 속살이 그대로 드러난 모양이었다. 피부가 벗겨져나가고 딱지가 앉은 부위가 어마어마했다. 끔찍한 병이었고 분명 맞서 싸워야 하는 적이었지만, 적의 능력만은 존중하지 않을 수 없었다. 그 강력한 힘과 증상. 얼굴은 상당 부분 멀쩡한 것도 눈에 띄었다.

붕대를 다시 붙이자 헬렌은 한숨을 쉬었고 연이어 기침이 터졌다. 굵직하고 가래가 끓는 기침 소리였다. 입으로 뭐가 나온 것 같았다. 헬렌은 침대 옆 휴지로 손을 뻗으려 애썼다.

"여기 있습니다." 나는 휴지를 뽑아 입에 대주었다. 헬렌은 색깔과 농도가 포도젤리와 똑같은 가래를 한 움큼 뱉어냈다. 신체가 질병을 이기기 시작했기 때문에 피가 응고되어 토해낼 수 있게 된 것이었다. 나는 잘하고 있다고 말해주었다.

쓰레기통에 휴지를 던져 넣는데, 바닥에 휴지가 잔뜩 떨어져 있는 것이 눈에 띄었다. 흰 꽃잎이 붉은 심을 둘러싸고 있는 꽃송이 같은 광경이었다.

5

나는 병원 곳곳으로 향하는 바퀴침대 ── 빈 것도 있고 사람을 실은 것도 있었다 ── 를 이리저리 피하며 M-2 병동 회의실로 걸음을 재촉했다. 벌락이 매디슨, 해밀과 의논해서 병동을 폐쇄하는 문제를 순조롭게 해결한 모양이었다. 아니, 과연 순조롭게 해결했는지는 알 수 없지만 신속하게 해결한 것은 분명했다.

어쨌든 환자들이 사악한 수수께끼의 질병과 만날 염려가 없게 된 것이 다행스러울 뿐이었다.

회의실 문을 열자 열다섯 사람의 머리가 이쪽을 돌아보았다. 벌락은 돌아보지 않았다. 그는 파일 무더기 위로 몸을 웅크린 채 벗겨진 머리를 멍하니 긁고 있었다. 진 매디슨은 보란 듯이 시계를 들여다보고는 다시 나를 보았다. 나는 그녀에게 미소를 지은 뒤 누가 와 있는지 회의실을 둘러보았다. 내과 레지던트 전부, 의사 대부분, 간호사 둘, 관리자 특유의 사무적인 얼굴을 한 사람 둘이 와 있었다.

내과 수석 레지던트가 화이트보드 앞에 서서 앞에 차트를 펼쳐놓고 있었다. 내가 벌락 박사 옆자리에 앉는 동안 그녀는 침묵을 지켰다.

희끗희끗한 머리카락에 젤을 발라 케블라 섬유처럼 단단하게 굳힌 진 매디슨이 이쪽으로 손을 들어 보이며 말했다.

"아직 모르는 분이 있을 테니까, 이쪽은 CDC에서 나온 맥코믹 박사입니다."

보통 때 이런 거창한 소갯말을 들었다면 이쪽에서도 어울리는 답변에 들어갔을 것이다. 하지만 상황이 상황이니만큼 나는 '안녕하십니까'로 마무리했다.

"아마 그쪽에서는 시간 엄수라는 덕목을 가르치지 않는……"

"진." 게리 해밀이 매디슨의 팔을 잡았다.

"계속하세요, 싱 박사." 매디슨이 차갑게 말했다.

수석 레지던트는 헬렌 존스 환자에 대한 설명을 계속했다. 증상은 아까 벌락에게서 들은 것과 비슷했다 — 감기와 유사한 전구증상, 하루 뒤 출혈 시작. 하지만 사회활동 범위는 의외였다. 헬렌 존스는 31년 동안 살면서 단 한 번도 볼티모어 밖으로 나가본 적이 없는 모양이었다. 이건 실망스러웠다. 벌락과 나는 존스가 콜롬비아나 콩고에서 돌아온 지 얼마 안 됐다는 식의 정보를 기대했던 것이다. 그렇게 됐다면 예상 병명이 상당히 좁혀졌을 것이다.

하지만 헬렌 존스는 한때 공식적으로 '독서의 도시'라는 별명이 붙었던 이 도시에서 멀리 나가본 적이 없었다. 알고 보니 책도 그리 읽지 않았을 사람이었다.

"환자는 정신지체 장애인들을 위한 보호소, 오픈 암스라는 곳에서 살고 있습니다." 싱 박사가 말했다.

헬렌 존스가 정신지체라, 나는 생각했다. 흥미롭군.

싱 박사는 알코올과 마약, 흡연 경력으로 넘어갔다. 모두 경험이 없었다. 싱 박사는 코난 도일 소설 한 권을 쓸 만한 정보를 계속해서 늘어놓기 시작했다. 철저한 자세는 존경하지 않을 수 없었지만 이 시점에서 이럴 필요는 없을 것 같았다. 나는 말했다.

"말씀 중에 끼어들어서 죄송하지만 데보라 필모어는 어디서 살았습니까?"

필모어는 병원에 들어온 두 번째 환자였다. 세 번째 환자는 베서니 레지널드였다. 싱 박사는 눈을 깜빡였다.

"데보라 필모어 환자는 다음 차례입니다만."

좌중의 시선이 내게 쏟아졌다. 환자 브리핑은 비교적 엄격한 절차를 따르기 때문에 헬렌 존스에서 곧장 데보라 필모어로 넘어간 것은 관례 위반이었다. 하지만 여자들이 어디에서 살았느냐 하는 것은 중요한 문제였다. 다들 모여 앉아 20분 동안 브리핑을 하는 것이 중요한 게 아니라.

"싱 박사, 데보라 필모어와 베서니 레지널드는 어디서 살았습니까?"

벌락의 손가락이 초조하게 콧수염을 쓸기 시작했다. 진 매디슨이 말했다.

"맥코믹 박사, 싱 박사가 브리핑을 끝낼 때까지……."

"매디슨 박사, 우리는 감염 경로를 추적하고 있습니다. 환자들이 살았던 환경은……."

"……기다려주세요, 맥코믹 박사." 매디슨이 말을 끝맺었다.

"아뇨, 그럴 수 없습니다."

나는 다시 싱 박사를 향했다. 싱은 매디슨 박사를 쳐다보다가 다시 나를 보았다. 마침내 그녀는 입을 열었다.

"베서니 레지널드는 오픈 암스에서 헬렌 존스와 같은 방을 쓰고 있습니다. 데보라 필모어는 또 다른 보호소인 볼티모어 헤이번이라는 곳에 살고요."

"감사합니다."

이 주제를 계속 논하고 싶었지만 열받은 의사들에게 집중포화를 당하고 싶지는 않았다. 그래서 나는 항상 가지고 다니는 작은 수첩에 메모를 하기 시작했다. 싱 박사는 헬렌 존스에 대한 설명을 끝냈다. 의사들은 혈액검사니 조직 배양 등에 관해 질문하기 시작했다. 모두 훌륭한 질문이었지만 너무 오래 걸렸다. 짜증이 나서 미칠 것 같았다.

나는 벼락을 향해 말했다. "다른 환자들의 여행 경로도 알고 계십니까?"

"여행은 하지 않았네." 벼락은 시선을 똑바로 앞으로 향한 채 대답했다.

"보호소에는 가보셨습니까?"

"아니, 네이트." 벼락 역시 회의 속도에 슬슬 조바심이 나는 기색이었다.

"서둘러야 합니다. 다른 환자들하고도 이야기해보고 보호소에 가서……."

"맥코믹 박사."

누군가가 날카롭게 말했다. 나는 고개를 들었다. 이번에는 게리 해밀이 노려보고 있었다. 내가 모두의 공적이 된 건가?

"존스 환자에 대한 감별진단 결과를 발표해주시겠습니까?"

"네."

"좋습니다. 송구스럽지만 지혜를 나눠주시죠."

나는 벼락을 보았다. 그 역시 신경이 잔뜩 곤두서 있었다. 나 때문에 짜증이 난 건지, 눈앞에서 펼쳐지는 신경전 때문인지 알 수 없었다.

"해밀 박사, 더 이상 감염이 발생하지 않도록 현장에서 뛰는 것이 제가 해야 할 최선이라고 생각합니다. 밀집 지역이 밝혀졌으니 그곳부터 시작하는 것이 좋겠고……."

"맥코믹 박사……."

"이곳에는 일급 의료진이 계시니 제가 환자 치료에 대해서는 더이상 보탤 것이 없다고 생각합니다만."

"맥코믹 박사!" 진 매디슨의 목에서 얼굴로 핏기가 솟았다. "당신은 우리 병원의 요청으로 여기 와 있습니다. 그런 행동은 우리 병원과 애틀랜타에 있는 당신 기관의 관계를 악화시키고 있어요. 우리가 당신들 협조를 거부한다면……."

"아니, 진, 맥코믹 박사는 이제 보건국의 요청으로 와 있는 거요. 역할이 바뀌었소." 벌락이 조용히 말했다. "맥코믹 박사, 존스 환자에 대한 감별진단 브리핑을 하시는 게 좋겠는데? 환자들이 서로 관련이 있는 것으로 보이니 이 브리핑으로 다른 환자들에 대한 설명을 대체하도록 합시다."

진 매디슨이 비웃듯 말했다. "허버트, 만전을 기하기 위해서 일단은 환자들을 개별 건으로 다뤄야 할 것 같은데요."

"지금은 그럴 시간이 없습니다. 당신도 환자들이 걱정되지 않습니까. 보건국은 공중보건을 걱정하고 있습니다. 맥코믹 박사?"

나는 일어나서 화이트보드로 향했다. 싱 박사는 자리에 앉았다.

감별진단은 내과 진료 최대의 난관이다. 이건 기본적으로 추측을 죽 늘어놓는 것에 불과하다. 환자가 설사를 호소할 때 감별진단은 아메바성 이질부터 크론병, 스트레스까지 다양하다. 일단 이렇게 해놓고 테스트 결과가 들어올 때마다 범위를 좁혀나간다. 그러다 보면 병명이 확정되는 것이다. 아니, 원칙적으로는 그렇다. 나는 마커를 집어 들었다.

"음, 최우선적으로는……."

나는 붉은 글씨로 커다랗게 VHF라고 썼다. "바이러스성 출혈열입니다." 나는 계속 적어나가면서 에볼라 바이러스를 책이나 영화에서만 접해보았을 의사들에게 출혈을 일으키는 온갖 바이러스에 대해 빠른 속도로 설명했다. 마르부르크, 주닌, 크리미아-콩고출혈열, 라사, 뎅기열 등등등.

"정말 짜증나는군." 벌락이 말했다.

벌락과 나는 격리병동을 향해 빠르게 걸음을 옮기고 있었다. 내 발표가 끝난 뒤 둘 다 중간에 회의장을 빠져나온 참이었다.

"이놈의 신경전." 벌락이 말을 이었다.

"중간에 끼어들어주셔서 감사합니다."

우리는 입구로 들어서서 방호복을 입기 시작했다.

"자네도 도움이 안 돼. 그 태도 말이야."

"그러거나 말거나 전 상관없습니다."

벌락은 가운을 뒤집어쓰려다가 우뚝 멈췄다. 한 대 치려는 줄 알았지만, 대신 그는 웃기 시작했다.

"자네도 물건이야, 맥코믹 박사. 진짜로. 정말 배짱이 좋은 게 아니면 멍청한 게 분명해."

"배짱이 좋은 거죠."

"뭐, 그건 두고 보면 알게 되겠지." 벌락은 계속 껄껄 웃으며 호흡기를 뒤집어썼다.

6

헬렌 존스는 한 시간 전보다 상태가 좋아졌는지 이야기를 할 수 있는 상태였다.

내가 하는 역학조사는 뇌수술과는 다르다. 심장병학도 아니다. 이건 경찰 업무와 같다. 'MRI 결과는?' 이라는 질문보다는 '목요일 밤 어디 있었나? 뭘 먹었나? 누구랑 같이 있었나?' 라는 질문이 많이 나온다.

그래서 나는 우주복 같은 생물학적 보호복을 입고 환자와 이야기하고 있었다 : 헬렌 존스, 31세, 백인, 약간 비만, 의식 있음, 정신지체. 아주 얌전하고 매우 지쳐 있었으며 정신이 돌아와서 나를 경계하고 있었다.

그녀는 이렇게 말하기까지 했다.

"당신이 무서워요."

"안 그랬으면 좋겠는데요."

"무서워요."

"무서우시더라도 난 당신을 도우러 온 사람입니다, 헬렌. 내가 당신을 도우려면 당신도 날 도와줘야 해요."

"괴물같이 생겼어요."

"난 괴물이 아니라 의사입니다."

이런 식으로 40분이 흘렀다. 비록 경계를 풀지 않았고 지적 수준도 한계가 있었지만, 인터뷰를 해나가면서 몇 가지 사실은 알아낼 수 있었다 : 헬렌은 페더럴 힐의 고급 주택가 변두리에 있는 정신지체 장애인들을 위한 보호소에서 살고 있었다. 헬렌 외에 거주인은 8명, 모두 여성이었고 아침 식사와 저녁 식사를 함께 했으며 식사 전에 함께 기도를 하는 모양이었다. 헬렌은 매일 보호소 부엌에서 점심 도시락을 만든다고 했다. 식단은 언제나 땅콩버터와 젤리, 당근, 콜라 하나였다. 싱 박사가 아까 말했듯이, 지금 옆 병실에서 허버트 벌락 박사와 이야기하고 있는 베서니 레지널드와 같은 방을 쓰고 있었다.

애완동물에 대해서 물어보았더니 동물은 금지되어 있다고 답했다. 그리고 아침마다 다른 장애인들과 같이 버스를 타고 일터로 나가는 모양이었다. 도시 외곽의 한 요양원 세탁실이었다. 직장 이야기를 듣는 순간 가슴이 약간 철렁했다. 안 그래도 면역체계가 약해진 요양원 환자들 사이에 출혈열이 돈다면 이건 최악의 상황이었다. 헬렌은 요양원 이름은 기억하지 못했다.

혹시 보호소나 요양원에서 동물을 '본' 적이 있는지 물어보았다.

쥐나 고양이, 개, 뭐든지 단 한 번이라도. 헬렌은 눈살을 찌푸리며 생각에 잠기더니 일하는 곳에서 쥐를 한 번 본 적이 있고, 사는 곳 주위에도 고양이와 개가 몇 마리 돌아다닌다고 답했다.

전에 병을 앓았던 적이 있는가? 헬렌은 기억하지 못했다. 병원에 간 적이 있느냐고 물어보았다. 무슨 뜻인지 알아듣지 못했다. "여기 같은 곳 말이에요." 이렇게 말해주니 헬렌은 고개를 저었다. 가족관계와 주말 일과, 편지, 개인위생에 대해서도 물어보았다. 뭔가 놓친 것이 있을까 싶어 다시 음식과 동물로 돌아가보기도 했다. 벽시계는 열 시를 향해 가고 있었다. 이제 다른 곳으로 가야 한다.

"성관계는 합니까?"

헬렌은 빠르게 고개를 저었다. 말뜻을 못 알아들은 모양이었다.

"혹시 다른 남자나 여자가 당신 몸의 은밀한 부분을 만진 적이 있어요?"

다시 고개를 저었다.

"당신이 다른 사람의 그 부분을 만진 적도 없고요?"

헬렌은 얼굴을 붉혔다. 나는 혹시 기분이 상했나 싶어 물었다.

"이상한 질문이지요?"

"네."

"나도 이런 질문 하고 싶지 않은데 해야 해요, 헬렌. 의사들은 환자를 돕기 위해서 이상한 질문을 해야 하는 때가 있답니다." 나는 헛기침을 했다. "자, 헬렌. 이번 질문은 진짜 이상한 건데요, 혹시 남자가 성기를, 자기 은밀한 부분을 당신 몸에 집어넣은 적이 있어요?"

헬렌은 웃지 않았다. "그건 하나님이 싫어하시는 일이에요." 헬렌은 이렇게 말하더니 담요를 목까지 끌어 덮고 눈을 감았다.

어리석게도, 나는 이 대답을 '그런 적 없다'로 받아들였다.

벌락은 복도의 철제 의자에 앉아서 메모를 하고 있었다. "회의가 하나 더 있어." 그는 올려다보지도 않고 말했다.

"무슨 회의요?"

"이번에는 행정적인 문젠데, 일단 오늘 아침에는 이 회의가 마지막이야."

"아무한테서도 못 들었는데요."

"나도 방금 알았어. 방금 호출을 받았네."

나는 문을 쳐다보다가 다시 우주복 차림의 벌락을 돌아보았다. 방호복을 입었다 벗었다 하는 일은 유고 자동차 안에서 섹스하는 것 못지않게 어색한 일이다. 아니, 유고 자동차보다는 포르쉐 박스터 쪽에 더 가깝겠군. 알프스의 해는 뉘엿뉘엿 지는데 어디서 요들송은 들려오고 산 중턱에 포르쉐를 세워놓고 제니퍼 가너가 천천히 옷을…… 아, 엉뚱한 데로 흘렀다. 행정 문제로 회의를 해야 한다는 압박에 그만 공상의 세계로 도피해버린 모양이다.

"방금 이걸 입었는데요."

벌락은 메모를 계속하며 답했다. "저쪽은 그런 거 상관 안 해."

나는 잠시 생각에 잠겼다. "혼자 가세요, 허버트. 나는 계속해야겠습니다. 이건 미룰 수가 없는 일이에요. 게다가 난 워낙…… 아니, 내가 안 가는 쪽이 더 나을 거라고 해두죠. 내가 그 사람들 마음에 들지는 않을 것 같은데요."

"하지만 가야 해."

"하지만 날 싫어하잖습니까."

플라스틱 투명 얼굴보호대 너머에서 벌락의 눈가에 살짝 주름이 잡히는 것이 보였다. 그는 미소짓고 있었다. "애틀랜타에서 삐딱한 태도를 가르치는 게 그 때문이었군? 회의에 빠질 구실을 만들기 위해 말이야."

"배운 게 아니라 타고난 거죠. 회의에 빠지는 건 부수입입니다."

벌락은 일어서서 메모지를 팩스기에 집어넣었다. "자네한테는 호출이 안 갔나?"

"안 왔습니다."

"그럼 꼭 갈 필요는 없겠군. 자네한테 연락하지 않은 게 우연이라고는 생각지 않네만 그래도 올 거라고 생각하고 있을걸세. 아마 안 왔다고 또 난리칠걸."

"정치적 신경전 쪽에는 워낙 재주가 없어서요. 진 매디슨에게 욕을 먹는 게 차라리 나은 것 같습니다."

팩스가 삑삑거리며 전송이 끝났다는 신호를 보냈다. 벌락은 '필모어, 데보라' 라고 적힌 폴더에 메모지를 넣었다. "좋아. 한 가지만 명심해, 네이트. 신중하게, 알겠나? 자네가 싸질러놓고 다니는 거 치우기 싫어."

"명심하죠. 싸지르지 않기."

벌락은 클클 웃으며 방을 나섰다.

7

데보라 필모어는 집중치료실에 있어야 하는 상태였다. 그쪽으로 데려가지 않은 이유는 알고 있었지만 빈사 상태의 환자들을 다루는 의료진과 멀리 떨어진 내과 병동에 둔 것은 의료적인 이유로 내린 결정이 아니었다.

간호사 한 사람이 수액을 바꿔 걸고 있었다. 나는 신원을 밝히고 환자의 상태를 물었다.

"아, 그 전문가 분이시군요." 간호사가 말했다. 그럼 그렇지, 나는 생각했다. 소문은 빨리도 퍼지는군.

필모어는 27세의 흑인 여성이었는데 예쁜 얼굴에 의식을 잃고 누워 있었다. 가슴 위쪽과 사타구니에 연결된 중심정맥관이 담요 밑에서 뻗어나와 침대 옆 스탠드에 걸린 수액으로 이어지고 있었다. 성 라파엘 의료진의 솜씨는 칭찬하지 않을 수 없었다. 데보라 필모어와 같은 상태의 환자에게 카테터를 삽입하는 것은 어려운 일이며 상태의 심각성에 따라 현명하지 않은 판단일 수도 있다. 한 번 바늘을 찌를 때마다 혈관이 탄력을 잃고 찢어지기 때문이다. 의료진 중에 이렇게 힘든 혈관에 제대로 주사를 놓는 '저격수'가 있었던 모양이었다.

데비 필모어는 호흡기를 달고 있었다. 호흡기가 폐에 공기를 불어넣을 때마다 쉭쉭거리는 소리가 방 안을 가득 채웠다. 모니터 3대가 깜빡이며 심장 박동수, 혈관 내 산소분압, 혈압, 호흡률, 산소 공급량 등을 표시하고 있었다. 침대 옆에 걸린, 오줌이 절반쯤 찬 주머니에는 폴리 카테터가 연결되어 있었다. 의료진은 쇼크 상태가 올까봐 걱정한 모양이었다. 모니터와 수액병들은 모두 혈압 상태를 관찰하고 유지시키기 위한 것이었다.

나는 침대 옆에 허리를 굽히고 데보라의 입술과 얼굴을 살폈다. 호흡기를 입에서 떼지 않고도 출혈 부위가 눈에 띄었다. 이마를 만져보았다. 불처럼 뜨거웠다. 모니터를 보니 섭씨 40.2도였다. 화씨로는 105도에 이른다.

나는 테이프로 얼굴에 고정시켜놓은 호흡기를 떼고 플라스틱 관을 옆으로 밀었다. 하지만 입 안은 잘 보이지 않았다.

"펜라이트 있습니까?" 나는 간호사에게 물었다.

"없어요."

"하나 찾아주십시오."

간호사는 나를 노려보았다. "간호사." 나는 위아래를 확실히 깨닫게 해주는 투로 불렀다. "헬렌 존스의 병실에 라이트가 있었어요. 가져다줘요. 빨리."

간호사는 휭 하니 병실을 나섰다. 적군이 한 사람 더 생긴 듯했다. 하지만 지금껏 살아오면서 배운 것이 있다면 적을 만들지 않는 게 문제가 아니라 적으로 만들지 말아야 할 사람을 적으로 만드는 것이 문제라는 사실이다.

나는 정맥관을 건드리지 않도록 조심하면서 가운 목 부분을 풀었다. 가슴에서 몸통까지 커다란 반점들이 보였다. 림프절이 잔뜩 부풀어 오른 목은 유치원생이 서툴게 진흙으로 빚어낸 것 같았다. 무슨 바이러스인지는 몰라도 거의 모든 장기를 공격하고 있었다.

간호사가 펜라이트를 들고 나타나서 나한테 내밀었다.

"고마워요." 나는 말했다.

간호사는 대답하지 않았다. 나는 호흡기를 옆으로 치우고 펜라이트를 다른 손에 들고는 데비의 입 안을 비춰보았다. 순간 뭔가 뜨거운 것을 만졌을 때처럼 퍼뜩 손을 치우느라 하마터면 라이트를 떨어뜨릴 뻔했다.

작은 출혈반점이 입 안을 가득 덮고 있었다. 거의 골프공 크기로 부풀어 오른 편도선은 모르타르 같은 누런 회색 고름으로 뒤덮여 있었다. 금방이라도 터질 것 같았다.

인간의 신체를 질병이 망쳐놓은 광경을 보면 언제나 신경이 곤두서고 불편해지면서 화가 치밀어 오른다. 게다가 정신지체 장애인인 이들은 병에 걸렸다는 사실뿐 아니라 자신이 어떤 상태인지 이해조차 못하는 이중의 저주를 받고 있다. 데비 필모어의 입장에서 생각해보라. 평생 겪어본 적이 없는 최악의 고통을 겪고 있으면서도 도대체 무슨 일이 벌어지고 있는지 알 수가 없다. 백인들이 왜 내 몸에 바늘을 찔러 넣고 있는지, 왜 다들 우주인처럼 괴상한 옷을 입고 돌아다니는지 말이다. 어쩌면 질병이란 게 무엇인지, 왜 내 피부가 보기 흉하게 벗겨지고 있는지조차 이해하지 못하는지도 모른다.

이해하지 못함으로 인해 고통이 증폭되는, 이런 것이야말로 진정한 공포라고 할 수 있을 것이다.

분노는 의사에게 그리 합당한 덕목이 아닐지 모른다. 하지만 내가 지금 이 방에 있는 이유는, 애초에 의사가 된 이유는 바로 분노 때문이었다. 헬렌 존스와 데비 필모어가 피를 흘리며 누워 있다는 사실에 대한 분노, 창조주라는 눈먼 시계공이 이런 독물을 진화하게 하셨다는 사실에 대한 분노. 오랫동안 병원체를 공부했으면서도 손가락 하나 까딱할 수 없는 내 무능함에 대한 분노……

간호사가 헛기침을 했다. 문득 나는 내가 팔을 딱딱하게 굳힌 채 보호복 안에서 땀을 비 오듯 흘리고 있다는 것을 깨달았다.

"침착해, 맥코믹." 나는 혼잣말을 했다.

나는 데비의 입을 다시 닫아주고 얼굴에 테이프를 붙이며 속으로 욕설을 내뱉었다.

문득 아까의 신경전이 떠올라 간호사를 쳐다보고 나름대로 올리브 가지를 내민다고 내밀었다. "어떻게 생각하십니까?"

"내가 뭘 알겠어요?" 간호사가 쏘아붙였다. "난 일개 간호사잖아요."

입씨름을 하고 있을 때가 아니다. 쏘아붙일까, 좀더 화해 태세를 취해볼까 잠시 고민하고 있는데 호출기가 진동했다. 절호의 기회를 외면할 내가 아니다. 나는 김을 올리고 있는 간호사를 뒤로 하고 병실을 나섰다.

8

나는 호출기를 확인할 수 있을 만큼만 옷을 벗었다. 벌락이었다. 대기실 전화기로 그에게 연락했다.

"축하하네, 맥코믹 박사. 이 병원에 자네보다 더 인기가 없는 사람이 탄생했어."

"잘됐군요. 제 홍보회사가 손을 쓴 모양인데요."

"폐쇄하기로 했네."

"병동 전체를요?"

"병원 전체를."

"아." 이건 의외였다. 아니, 좋은 일이다, 신중한 판단이고. 하지만 그래도……

어쨌든 벌락에게는 감탄하지 않을 수 없었다. 빠른 조처였다. 나는 그에게 그렇게 말했다.

"미적거릴 수는 없지." 벌락은 억지로 웃음소리를 냈다. "자네가 옆에 있었더라면 자네 쪽으로 화살이 돌아갔을 텐데 말이야. 난 이 도시에 사는 사람이라고."

"곧 뜨셔야 할지도. 곤란해지셨습니까?"

"그런 셈이지. 병원 원장이 나한테 문자 그대로, 닷새 내에 병원을 다시 열지 못하면 내 간을 먹겠다고 했어. 자네 간도 먹겠다더군."

"아, 제 간은 안전을 위해 애틀랜타로 보내놨다고 전해주세요. 저기, 허버트. 이건 심각합니다. 데비 필모어는……." 나는 말을 끊었다.

"알고 있네. 그래서 병원을 폐쇄한 거야."

"이 정도 속도라면 더 많은 환자들에 대비해야 합니다."

"그래. 병원을 격리 구역으로 이용할 걸세."

"좋습니다." 나는 잠시 생각에 잠겼다. "허버트, 이 병은 특이한 점이 있어요. 점막 출혈, 폐, 몸통 출혈 다 있는데 얼굴에만 없습니다. 단서가 될 수도 있고 아닐 수도 있겠지만, 정확한 표적을 알 수가 없네요."

"알고 있어."

"얼굴은 비껴가고 입 안을 공격한다……." 나는 차마 입 밖에 낼 수 없어서 잠시 표현을 고민했다. 그러다 단도직입적으로 말했다. "혹시 회의에서 생물학 테러 이야기가 나오지 않았습니까?"

"여기서는 안 나왔어. 하지만 주정부에는 경고해뒀네. 자네도 애틀랜타에 귀띔해두는 게 좋을 거야."

"그러죠. 일단 박사님과 먼저 이야기하고 싶었습니다."

"고마워." 벌락은 전화를 끊으려는 것 같다가 다시 말했다. "네이트, 초장에 잡자고. 잘못하면 고약한 사태가 될 수도 있어."

당시만 해도 그의 말이 얼마나 옳았는지 아무도 몰랐다.

9

내가 성 라파엘 병원과 메릴랜드의 다른 병원들을 돕는 업무로 볼티모어에 처음 부임한 것은 전염병정보국 근무가 2년째로 접어들던 무렵이었다. 그러니 적어도 정보국 업무만은 익숙해진 시점이라고도 할 수 있을 것이다. 하지만 충분히 익숙하지는 못했다.

그러나 시내의 모든 병원에 일일이 전화를 걸어서 전염병을 다루는 의사들에게 혹시 우리와 비슷한 환자가 들어온 적이 없는지 물어보고 주의를 기울여달라고 부탁할 때만 해도 나는 그 사실을 모르고 있었다. 다행히 그런 환자는 성 라파엘 병원에만 있는 것 같았다. 게다가 다행히도 의사들은 잔뜩 겁을 집어먹었다. 전염병 초기에는 경계만이 살 길이다.

거의 두 시간 동안 통화를 한 뒤 나는 베서니 레지널드와 이야기를 나누기 위해 격리 구역에 다시 들어갔다.

베서니의 상태가 악화되기 전에 이야기를 해야만 했다. 나중에 벌락 박사와 메모를 대조해볼 생각이었다. 근심스러운 상황에도 불구하고 이번 사건을 다루는 사람은 우리 둘뿐이었다. 벌락의 말에 따르면 주 보건국에서 나온 여자가 오늘 중으로, 늦어도 내일까지는 인력을 더 배치해주겠다고 약속했다고 했다.

나는 찢어진 눈에 약간 비만 체형으로 불편하게 침대에 누워 있는 베서니 레지널드를 내려다보았다. 불행히도 21번 염색체가 하나 더 있는 다운증후군이었지만 그렇게 증세가 심하지는 않았다. 베서니는 비교적 운이 좋은 편이었다. 조리 있게 말을 할 수 있었고 다운증후군에 흔히 나타나는 심장 기형이나 내장 기형도 없었다. 게다가 이날은 비교적 상태가 양호한 편이었다. 폭풍 전야의 고요라고나 할까. 성 라파엘 병원의 저격수는 팔에 정맥관 하나만 연결시켜서 환자가 뜯어내지 못하도록 테이프를 잔뜩 붙여놓은 상태였다.

하지만 걱정스러웠다. 다운증후군 환자는 면역체계가 약하다. 스물다섯 살이라면 다운증후군 환자치고는 비교적 오래 산 편이었다.

　나는 베서니의 작은 손을 잡고 인사를 했다. 환자는 "안녕하세요" 하면서 다운증후군 특유의 일자 손금이 난 손으로 장갑 낀 내 손을 꼭 잡았다. 약간 오래 잡는다 싶은 느낌이었다.

　"기분은 어때요, 베서니?"

　"아파요."

　"어제보다 더 아픕니까?"

　베서니는 잠시 생각했다. "네. 아파요."

　"베서니, 사는 곳은 어디죠?"

　"난 아저씨가 좋아요." 환자가 대답했다.

　그렇게 대화는 시작되었다.

　나는 헬렌 존스에게 했던 질문들을 똑같이 했다. 다행히 베서니는 비교적 기력이 있었고 이야기를 하려고 했다. 자기 생활을 상세한 데까지 기억할 만한 능력이 없었던 것이 안타까웠을 뿐이었다.

　"베서니, 어젯밤 저녁에는 뭘 먹었어요?"

　"어. 모르겠어요."

　"베서니, 어제 뭘 먹었는지 기억나는 대로 말해봐요."

　"선생님 멋있어요."

　내 차림새로 미루어보건대 이건 분명 거짓말이었을 것이다.

　잠시 음식 이야기를 해보았지만 별다른 소득이 없었다. 상관없다. 보호소에서 식단을 받아보면 된다. 동물 이야기로 넘어가자 이쪽은 훨씬 기억하는 게 많았다. 보호소에서 쥐도 본 적이 있었고, 인근에 고양이와 개도 있었다. 죽은 새도 보았다고 했다. 하지만 언제 보았는지는 정확히 기억하지 못했다. 나는 섹스로 화제를 돌렸다. 알고 보니 이건 베서니의 최대 관심사였다.

"섹스." 베서니는 그립다는 투로 말했다. "정말 좋아하죠."

그래서 우리는 섹스에 대해 이야기를 나누었다. 나는 상대에 대해 물었다. 많아요, 그녀는 대답했다. 제리, 더글러스, 토머스 등등. 모두를 기억하지는 못했고 성도 몰랐다. 여자와 섹스를 한 적이 있는지 물어보았다. 해보았다는 대답이었다. 구강성교와 항문성교, 기타 체액이 교환되는 모든 행위에 대해서 물어보았다. 베서니 레지널드에게 항문성교와 온갖 변태적인 성행위를 설명하는 것은 곤욕이었다. 얼굴이 달아올라서 마스크를 쓰고 있다는 것이 다행스러운 순간도 있었다. 어쨌든 베서니는 짧은 인생에 비해 상당히 경험이 많았다. 나보다도 더 많은 것 같았다. 내가 워낙 대단치 않긴 하지만.

"베서니, 지금 살고 있는 방에서 섹스해본 적 있어요?"

베서니의 눈이 커다래졌다. 피곤해 보이던 얼굴은 순간 겁에 질렸다. "아뇨, 아뇨, 아뇨……." 연거푸 말이 흘러나왔다.

"섹스는 어디서 합니까?"

"……아뇨, 아뇨, 아뇨. 아뇨."

"이건 중요한 일이에요. 자, 내 말 들어봐요." 나는 베서니의 손을 다시 잡았다. "아무한테도 이야기하지 않을게요. 약속해요."

베서니는 안 된다고 계속 중얼거리면서 태아처럼 몸을 둥글게 말았다. 수액관이 팽팽하게 당겨져서 쇠 스탠드가 기울어졌다. 나는 얼른 스탠드를 받쳤다. 이 동작에 놀랐는지 베서니는 비명을 지르면서 이쪽으로 몸을 굴려 주사를 잡아채 팔에서 뜯어냈다. 정맥에서 피가 솟아나왔다. 피를 보자 베서니는 온몸에 피를 묻히며 환자복을 쥐어뜯기 시작했다. 내 가운과 마스크에도 피가 튀었다.

나는 뒤로 물러서서 베서니가 울부짖으며 구르는 모습을 바라보았다. 내가 다루는 병은 이래서 고약하다. 섣불리 영웅심리가 발동해서 환자가 자해하지 못하게 막으려다가는 이쪽이 죽을 수도 있는 것이다. 노골적으로 말하자면 우선 자기 몸부터 돌보게 된다. 이건 의사들에게 있어 편치 않은 일이다.

나는 응급호출 버튼을 누르고 간호사에게 몸을 묶을 것을 들고 들어오라고 소리쳤다. 출입시 주의사항 때문에 몇 분쯤 지나야 사람이 들어올 것 같았다.

헬렌 존스의 병실에 있던 벌락이 호출을 듣고 들어왔다.

"무슨 일인가?" 벌락이 물었다. 나는 대답하지 않았다. 그럴 필요도 없었다.

아픈 사람을 살리는 일을 해야만 하는 의사 둘이 베서니의 팔에 난 구멍에서 흘러내리는 피를 보고서도 무력하게 서 있었다. 피는

멎지 않았다. 흐르는 속도가 워낙 빨랐다. 바이러스인지 뭔지가 기승을 부리고 있었기 때문이다.

* * *

40분 뒤, 베서니를 진정시키고, 몸을 묶고, 정맥관을 가슴에 삽입하고 난 뒤 나는 성 라파엘 병원 바깥에 있는 내 차에 기대어 서서 1층 간호사에게 얻은 담배를 피우고 있었다. 경비가 병원 경내에서 담배를 피운다고 잔소리를 하길래 쏠 테면 쏘라고 말해주었다. 총으로 쏠 마음은 없었는지 경비는 나를 그냥 내버려두었다.

담배를 입에 갖다대는 순간, 손이 떨리고 있다는 것을 깨달았다. 이 일의 나쁜 점은 인간을 죽음에 이르게 하는 온갖 창조적인 수법들을 수천 년 동안 진화시켜온 병원체와 늘 함께해야 한다는 것이다. 그런 병원체를 뒤집어쓴다는 것은, 음, 상당히 강렬한 경험이 아닐 수 없다. 지독한 자동차 사고를 당한 뒤 멀쩡하게 걸어가더라도 정말 멀쩡한지 알 수 없는 상황과 비슷하다. 일주일쯤 괜찮다가도 어느 순간 갑자기 속을 다 토해내고 종부성사를 받게 될지도 모르는 것이다.

벌락이 나타났다. 30도가 넘는 무더위 때문에 이마에 벌써 땀이 맺혀 있었다. 그는 내가 담배를 피우고 있는 것을 보더니 얼굴을 찡그렸다. 미국에서 담배를 피우는 유일한 공중보건의에게 뭐라고 주의를 주어야 할지 고민하는 모양이었다. 그는 그냥 입을 다물었다.

"피에 접촉했나, 나사니엘?"

"아뇨."

"확실해?"

"10분이나 거울을 봤습니다, 허버트. 확실해요. 묻지는 않았습니다." 나는 담배 연기를 길게 빨아들였다. "환자는 괜찮습니까?"

"잠들었어. 어떻게 된 거지?"

불행히도 담배는 끝까지 다 탔다. 나는 신발 밑창으로 불을 비벼 끈 다음 꽁초를 집어 들었다. 내 폐를 오염시킬지언정 쓰레기를 무단 투기할 수는 없다. "자기 방에서 섹스를 한 적이 있느냐고 물어봤습니다."

"그뿐인가?"

"네."

"음." 벌락은 손등으로 이마를 닦았다. "섹스는 민감한 화제지."

"베서니는 안 그랬습니다. 섹스 이야기는 멀쩡히 잘했다고요. 그런데 자기 방에서 했느냐고 묻자 갑자기 발악을 했습니다."

벌락의 얼굴에 혼란스러운 표정이 떠올랐다. "왜 그랬을까?"

나는 어깨를 으쓱하고 병원 앞 쓰레기통 쪽으로 다가가서 꽁초를 던져 넣었다. "이제 출동해볼까요?"

10

한 시간 뒤 성 라파엘에서 다른 병원으로의 환자 이송이 본격적으로 진행되기 시작했다. 병원을 폐쇄하게 된 것이 누구 탓인지 이미 소문이 났는지, 벌락과 나에게 따가운 눈총과 수군거림이 쏟아졌다. 병원을 나서게 된 것이 홀가분했다.

벌락과 나는 역학조사를 위해 일반인들의 세상으로 출발했다. 우리는 면봉, 라벨, 혈액채취 키트 등의 검체용 키트와 수첩, 작은 쥐덫 등으로 가볍게 무장했다. 질병의 숙주 노릇을 하는 동물이나 곤충, 즉 병원소와 매개체 ─ 병원소와 환자 사이의 통로가 된 동물이나 곤충, 혹은 인간 ─ 를 찾는 것이 목적이었다. 설치류나 곤충을 잡아 실험실로 보내서 분석하게 하고 사람들의 피와 타액도 검사할 생각이었다. 이런 질병의 경우 감염 경로는 일반적으로 설치류에서 인간, 곤충에서 인간, 혹은 인간 대 인간이다. 인간 대 인간 감염은 보통 체액을 매개로 하는 경우가 많다. 뭔가 하여간 질척한 것들.

벌락은 데보라 필모어가 살던 볼티모어 헤이번으로 갔고, 나는 베서니 레지널드와 헬렌 존스가 살던 오픈 암스로 갔다.

나는 오후의 무더위 속에서 빠른 속도로 차를 몰았다. 도시는 낮 동안 내리쬔 태양열을 모조리 흡수해서 도로 방출하고 있었다. 깃발들은 깃대에 축 늘어져 있었고 승용차와 버스가 내뿜는 배기가

스는 흩어질 생각을 하지 않았다. 밖을 돌아다니는 사람은 거의 없었다. 이건 그냥 열기가 아니라 일주일 넘게 이어진 섭씨 34도의 무더위였다. 이번 더위가 끝나기 전에 재수 없는 주민 몇 명은 사망할 것이다.

나는 거리에 늘어선 벽돌 건물들과 비슷하게 생긴 건물 앞 도로변에 차를 세웠다. 다른 집보다는 밖에 꽃이 더 많은 것 같기도 했고, 약간 관리가 더 잘된 듯도 했다. 하지만 오십보백보였다. 화려한 페더럴 힐 외곽에 위치한, 전체적으로 깔끔한 동네였다.

버튼이 달린 인터폰이 청회색 문 오른쪽에 달려 있었다. 나는 벨을 눌렀다. 잠시 후 누구냐고 묻는 소리가 지직거리며 흘러나왔고 나는 대답했다. 문이 열렸다.

메리 디앤젤로는 친절한 인상의 50대, 혹은 60대 여자로서 검은 머리가 희끗희끗해지고 있었고 몸매가 육중했다. 아마 저 튼실한 두 팔 때문에 '오픈 암스'(Open Arms)라는 이름이 지어진 게 아닐까 하는 생각이 들었다. "맥코믹 박사님, 저희가 도움이 될 수 있다면 좋겠네요."

나는 틀림없이 그럴 거라고 대꾸했다. 그리고 공중보건 업무에 협조해줘서 감사하다는 말을 덧붙였다.

"헬렌 때문에 너무 걱정돼요. 베서니도 그렇고."

"알고 있습니다. 저희는 환자들을 돕고 더 이상의 전염을 막기 위해 최선을 다하고 있습니다. 저희도 그런데 부인께서는 얼마나 걱정이 되시겠습니까." 초장에 협조를 구해놓는 것이 좋다. "몇 명이나 살고 있습니까?"

"전부 여덟 명이에요."

"지금 집에 있습니까?"

"아뇨. 여기 사람들은 모두 사회생활을 한답니다, 맥코믹 박사님. 다 출근했어요. 그래서 보통 낮에는 문을 닫죠. 전 도와드리려고 일부러 온 거예요."

"몇 시에 돌아오죠?"

"여섯 시까지는 다 들어와요."

나는 시계를 보았다. "음, 그럼 그때 부인이든 저든 다시 와서 혈액 샘플을 채취하고 사람들과 이야기를 나눠야겠군요. 일단 부엌과 욕실, 베서니의 방과 헬렌의 방에서 샘플을 좀 채취해야겠습니다."

"두 사람은 같은 방을 쓴답니다."

잠시 두 사람이 룸메이트라는 것을 잊고 있었다. 작은 실수지만, 아마추어나 하는 실수다. 이쪽에서 정보를 별로 확보하지 못한 것으로 보였을 것이다. 나는 가볍게 넘겼다.

"아, 그럼 더 쉬워지겠군요."

"그러면 좋죠."

메리 디앤젤로가 뭔가 고집을 부릴 태세라는 것을 눈치챌 수 있었다. 자기가 관리하는 공간이 탐색당하는 데 거부감을 느끼는 것은 흔한 일이다. 시설에서 병원체가 발견된다면 홍보에 엄청난 악영향을 미친다는 것은 두말할 나위도 없다.

"부엌과 지하실에 쥐덫과 곤충채집망을 설치할······."

"맥코믹 박사님, 저희 시설에는 쥐나 곤충 같은 게 없습니다."

"그럼 나중에 덫을 가져갈 때 가볍게 들고 갈 수 있겠군요."

메리 디앤젤로는 팔짱을 꼈다.

"안내해주시겠습니까?"

"그러죠, 맥코믹 박사님." 메리는 딱딱하게 대답했다.

우리는 식당부터 시작했다. 커다란 원형 식탁이 놓인 아늑한 공간이었다. 벽에는 예수상과 성경 구절, 풍경화가 걸려 있었다. 프로의 솜씨 같지는 않았다. 메리는 내가 그림을 보고 있는 것을 보고 말했다.

"메릴랜드 미술협회에서 토요일마다 강습이 있어요. 저희 입주자들도 자주 가죠."

"세심하게 돌보고 계시는군요."

"그럼요."

우리는 식당에서 부엌으로 넘어갔다. 개인적으로 보호소는 둘러본 적이 별로 없었지만 이런저런 식당에는 꽤 많이 가본 편이었다. 그런데 이곳의 부엌은 가장 깨끗한 편이라고 할 수 있었다. 깨끗하게 씻은 냄비와 팬이 작업대 위의 고리에 나란히 걸려 있었다. 티끌 한 점 없는 바닥에 있는 배수구도 잘 뚫려 있었고, 역시 티끌 한 점 없었다. 접시는 싱크대 위의 선반에 쌓여 있었다. 공동시설 부엌 특유의 퀴퀴한 냄새도 전혀 없었다.

메리 디앤젤로는 튼실한 팔을 벌려 부엌을 소개했다. 하지만 아무 말도 하지 않았다.

다시 식당을 거쳐 저녁 식사 전에 입주자들이 찬송가를 부르고 기도를 한다는 피아노가 놓인 거실로 들어갔다. 그 다음에는 침실이 있는 위층으로 올라갔다.

침실은 모두 4개, 욕실은 2개였다. 침실은 모두 정돈되어 있었고 세탁물도 등나무로 짠 세탁물 바구니 안에 들어 있었지만, 1층보다는 살짝 너저분한 느낌이었다. 옷장 서랍도 닫혀 있지 않았고 음식물 포장지가 책상 위에 그대로 놓여 있었다. 욕실 세면대에는 비누 때가 묻어 있었고, 치약이 변기에 말라붙어 있었다. 누가 오늘 아침에 변기 물을 내리지 않은 것 같았다. 메리가 물을 내리며 말했다.

"관리를 잘하려고 노력은 하는데."

메리는 양탄자가 깔린 복도 끝 방으로 나를 안내했다. "헬렌과 베서니의 방이에요."

그 방은 다른 방과 비슷했지만, 큰 창문이 두 개나 있어서 약간 더 밝았다. 카펫은 낡았지만 깨끗했다. 한쪽 벽에는 메릴랜드 미술 협회의 토요일 수업에서 직접 그렸거나 잡지나 책에서 오려낸 종교 회화와 스케치가 걸려 있었다. 반대쪽 벽에도 종교 관련 그림들이 몇 점 있었지만 이쪽은 자연에 관계된 사진이었다. 동물, 풍경, 그리고 — 당연하겠지만 — 웃통을 벗은 브래드 피트 사진.

메리는 브래드 피트 사진 쪽으로 가더니 조심스럽게 압정을 떼고 사진을 치마 주머니에 접어 넣었다.

"여기 계속 계실 겁니까, 디앤젤로 씨? 샘플을 채취하고 몇 가지 질문을 해야 하는데요."

"당연하죠, 맥코믹 박사님. 혼자만 계시게 할 수는 없잖아요."

나는 아래층으로 내려가서 키트를 챙기고 부엌부터 시작했다.

냉장고, 싱크대, 바닥, 배수구, 싱크대 배수구. 이 모든 것을 면봉으로 문지른 후 플라스틱 통에 넣고 라벨을 붙였다. 음식 샘플, 설거지용 세제와 손크림도 따로 병에 넣었다. 싱크대 밑, 냉장고 뒤, 선반을 들여다보며 쥐똥이 없는지 확인했다. 전혀 없었다.

식당에서는 테이블 위에 놓인 양념 샘플을 채취했다. 위층과 아래층 욕실에서 젖은 비누도 채취했고, 수도꼭지 끝부분도 면봉으로 문질렀다.

다음으로는 헬렌과 베서니의 개인 물품을 뒤지기 시작했다. 자외선 차단제, 바셀린, 로션, 모두 가검물 키트 속으로 들어갔다. 나는 베서니의 서랍 밑바닥에서 — 베서니 쪽이 틀림없었다 — 오래된 〈셰리〉 잡지 한 부를 찾아냈다. 하드코어 포르노물이었다. 나처럼 샅샅이 뒤지지 않는다면 찾아내기 어렵도록 바닥에 깐 종이 밑에 숨겨져 있었다. 감탄하지 않을 수 없었다. 나는 잡지를 양말로 다시 숨겼다.

다른 입주자들의 방은 보다 빠른 속도로 수색했다. 지하실과 뒷마당, 거실, 다락방도 돌아다니면서 쥐덫 9개, 곤충채집망 20개를 설치했다.

나는 디앤젤로의 눈총을 받으며 지난 2주 동안 들어온 모든 우편물을 한데 모았다. 탄저균 같은 것을 의심해서가 아니라 생물학 테러 가능성이 있는 모든 사건은 우편물을 수집하는 것이 정해진 절차이기 때문이다. 어떤 때는 전염병정보국이 우체국으로 둔갑한 기분이 들 때도 있다.

두 시간 뒤 수색을 마쳤을 때는 밀봉해서 라벨을 붙인 병과 우편물들로 가득 찬 가방이 훨씬 묵직해져 있었다. 메리 디앤젤로는 온갖 종교 장식품으로 가득 찬 거실에 앉아서 잡지를 넘기고 있었다.

"끝나셨어요?" 그녀는 고개도 들지 않고 물었다.

"거의 다 됐습니다. 지난 달 식단이 필요한데요."

"그러시죠." 메리는 잡지를 덮었다. 〈굿 하우스키핑〉 과월호였다.

"요리는 누가 합니까?"

"제가 해요."

"오, 그럼 틀림없이 식단도 훌륭하겠군요."

메리는 칭찬에도 전혀 동요하는 기색이 없이 돌처럼 딱딱한 시선으로 나를 응시했다. 나는 꿋꿋이 말을 이었다.

"아침과 점심은 누가 만들죠?"

"입주자들이 해요. 아침은 여기서 먹고 점심은 싸갖고 가죠. 저는 다 출근할 때까지 여기 있어요."

"몇 시에 출근합니까?"

"달라요. 요양원 주방에서 일하는 애들은 일찍 출발하구요. 세탁실에서 일하는 애들은 한 시간 늦게 가요."

"헬렌이 요양원에서 일한다고 하더군요."

"네. 다들 거기서 일해요. 시내 요양원 몇 군데를 위탁 관리하는 업체와 계약이 되어 있어요."

"헬렌하고 베서니는 둘 다 주방에서 일했습니까?"

"베서니는 주방, 헬렌은 세탁실이요."

"직장에 친구는 있었나요?"

"친구요?"

"여기 입주자들의 생활에 대해서 몇 가지 질문드릴 게 있는데요, 디앤젤로 씨. 마음에 드시지 않는 질문일지도 모르겠습니다만, 그래도 여쭤봐야 합니다." 디앤젤로의 미소는 얼어붙은 그대로였다. "단도직입적으로 말씀드리죠. 혹시 여기 입주자들이 관계를 했다는 걸 알고 계십니까? 그러니까 성적으로 말입니다."

"맥코믹 박사님, 여기는 종교적으로 운영하는 곳입니다. 여기 사는 여자들은 모두 미혼이에요. 시내에서 가장 잘 운영되는 보호소이고요."

"제 질문에는 답이 안 됐는데요."

"남자 손님들은 위층에 올라갈 수 없게 되어 있어요. 아니, 여기 자주 찾아오는 사람은 제 남편뿐입니다."

"디앤젤로 씨."

"디앤젤로 부인이에요. 결혼했습니다."

"디앤젤로 부인, 협조해주십시오."

부인은 일어섰다. "협조해드려야죠, 맥코믹 박사님. 식단을 가져 오겠습니다."

11

"뭘 좀 찾아냈나?" 벌락은 목소리를 잔뜩 낮춰 물었다. 그는 아직 볼티모어 헤이번에서 가검물을 채취하고 있었다.

"양념, 배수구 찌꺼기, 핸드크림, 전부 해서 20파운드 정도요. 그쪽은 어떻습니까?"

"들어간 지 10분 만에 생쥐를 찾았어."

"그래도 들쥐는 없었군요."

"들쥐도 한 마리. 여긴 시궁창이야. 누가 귀뜸을 했는지 청소를 한다고 해놨는데 그게 이 모양이니…… 공공시설 관리국에 연락해서 감사를 나오라고 해야겠어. 불쌍한 여자."

불쌍한 여자란 볼티모어 헤이번에 사는 데보라 필모어를 가리키
는 말이었다. 벌락의 묘사를 들어보니 볼티모어 헤이번은 내가 생
각하고 있던 정신지체 장애인 보호소와 딱 들어맞는 곳이었다. 더
럽고 누추한, 귀찮은 장애인을 떠넘기는 시설.

오픈 암스 앞의 보도에 서 있는데, 벌써 셔츠에 땀이 배기 시작
했다.

"시내에 있나?"

"이제 갈 겁니다."

"CDC 실험실을 쓰는 게 좋겠어, 네이트. 시 보건국에 가검물을
가져가면 알아서 보내줄 걸세."

"감사합니다."

"방금 결정을 내렸어. CDC에 인력 충원을 요청하기로 했네."

나는 약간 당황했다. 인력 보강이 나쁜 결정은 아니었지만, 위에
서 우리 둘이 일을 제대로 못한다고 판단한 게 아닌가 싶었기 때문
이다.

"그럼, 일이 커지는군요."

"음, 우리가 그렇게 끌고 왔지."

이 말은 사실이었다. 생각해보니 약간 묘했다. 아픈 여자 셋, 각
자 다른 병원에 갔더라면, 그래서 전염병 감시체제에 걸리지 않았
다면 그냥 그뿐이었을 것이다. 그냥 아픈 여자 셋. 전염병이 시작

되었다고 간주되지 않았을 것이다. 그런데 지금은 병원 하나가 폐쇄되고, 연방정부가 움직이고 있으며, 몇 시간 후면 피라니아 같은 언론이 덤벼들기 시작할 것이다. 이렇게 보면 질병이란 묘하다. 살인사건도 아니고 폭탄이 터진 것도 아니며 산사태가 난 것도 아니다. 질병이 일상에 묻혀 있을 때는 비정상적인 일이 일어나고 있다는 것을 알기 힘들다. 그런데 누군가, 혹은 공중보건 기관이 뭔가 잘못됐다는 말을 한마디 꺼내는 순간 버스 안의 폭탄이 터진 것 같은 상황이 된다. 실재하는 사건, 두려운 사건이 되는 것이다.

"아직 언론에는 나오지 않았죠?"

"아직은. 하지만 곧 나올 거야." 벌락은 잠시 말을 끊었다가 물었다. "자넨 어떻게 생각하나?"

"난 생각 같은 거 안 합니다. 그래서 다들 날 좋아하는 것 아닙니까."

"지금까지 하던 대로만 계속하면 믿어주지."

"재밌군요."

사실은 그렇지 않았다. 잠시 침묵이 흘렀다. 나는 벌락이 무슨 생각을 하는지 넘겨짚어보았다.

"계획적인 범행이라고 생각하십니까?" 우리는 '테러'라는 단어를 쓰는 걸 조심한다. 특히 주위에 다른 사람들이 있을 때는. 대신 부드러운 표현을 쓴다. 범행. 공격.

다시 침묵이 흘렀다. 나는 말을 이었다. "좋네요, 정신지체자를 공격하라. 미국을 무릎 꿇게 하라." 나는 억지로 웃었다. 그리고 이 가능성을 잠시 더 생각해보았다. "배제할 수는 없겠죠."

"나도 그래. 생각해보면 나쁜 생각은 아니야."

"무슨 뜻이죠?"

조용한 곳으로 이동하는지 옷 스치는 소리가 들렸다. 벌락은 속삭이듯 말했다.

"모자란 사람들은 보통 사람만큼 경계심이 없으니 선물 같은 걸 주면 잘 받겠지. 시작하기 좋지 않아? 포장을 열면, 펑, 바이러스가 침투하는 거야. 최초의 환자 발생. 영리한 놈이라면 어떨까? 최대의 효과를 노리겠지. 면역체계가 약한 사람들이 사는 요양원에서 일한다는 걸 알고……."

"데보라 필모어는 어디서 일했습니까?"

"벨에어에 있는 요양원이야. 주방 일을 했어."

"그건 아무도 이야기 안 해주던데요."

"자네가 안 물어봤잖아, 베짱이 친구." 벌락은 헛기침을 했다. "그래서 부모뻘, 조부모뻘 되는 사람들이 죽어가기 시작하는 거야. 감정적으로 가장 취약한 부분이지."

"슬슬 겁이 나기 시작하는데요."

"난 예전부터 늘 무서웠네."

"필모어가 일하는 곳 이름이 뭡니까?" 나는 왼손으로 핸들을 잡은 채 오른손으로 수첩을 넘겨 베서니와 헬렌이 일하던 요양원 이름을 찾아냈다. "혹시 밀러 그로브 아닙니까?" 맞기를 바라는 마음이었다. 제발, 쉽게 가자. 분리된, 제한된 시설 한 군데로만. 환자들이 모두 같은 요양원에서 일했다면 조금은 대책이 생긴다.

"아니, 오크 힐스라는 곳일세."

나는 자동차 시트 속에 끼어 있는 펜을 찾아서 수첩에 이름을 적었다. "시내에 가검물을 내려놓고 벨에어로 가서 베서니와 헬렌이 일했던 밀러 그로브라는 곳을 살펴볼 생각인데요. 오크 힐스도 제가 맡죠."

"그래. 나도 최대한 빨리 그리 가겠네. 주정부에서도 사람이 나올 수 있어."

침묵이 흘렀다. 벌락이 이마를 긁적거리는 소리가 들리는 듯했다. "병원체를 파악할 만한 단서가 조금이라도 있으면 좋겠는데. 증상만이라도. 확실한 증후와 증상 범위."

"얼굴을 제외한 몸통과 점막에 출혈……."

"하지만 다 합치면 들어맞는 게 없지."

"들어맞는 게 너무 많기도 하죠."

"그 말도 맞아."

"어쩌면 복합감염이나 변종일지도 모릅니다." 대화를 하다 보니 초조해져서 담배 생각이 다시 났다. "좋습니다. 또 뭡니까? 또 어떤 감염 경로가 가능할까요?"

"이 시궁창 같은 꼴을 감안할 때 설치류나 절지동물 매개도 가능하겠지."

"하지만 오픈 암스에서는 환자가 두 명 발생했습니다. 허버트, 여기 부엌은 성 라파엘 병원 조리실보다 더 깨끗해요."

"그래도 알 수 없어. 어쨌든 일단은 공통 매개체가 있다는 가정 하에 수사를 진행하고 있어. 혹시 보호소에서 마약을 했는지도 모르지. 주사기나 수혈 도구를 같이 썼다든지……."

"그럴 수도 있겠죠. 환자들의 직장이 얼마나 가까운지 확인해야 합니다. 직원들의 접촉 정도는 얼마나 되는지, 같은 배달업체나 세탁소, 보수업체를 이용하고 있는지. 인간 매개도 배제하지 말도록 하죠."

"왜?"

"감염 집단이 확실하니까요. 동일한 활동범위에서 동일한 사람과 접하는. 로스앤젤레스와 뉴욕의 소집단에서 발생했던 수수께끼의 증상 있잖습니까. 남자 동성애자, 젊은이." 에이즈가 처음 발견된 경로였다. 벌락도 나도 당시에는 공중보건 일을 하지 않았지만 ─ 나는 오후마다 던전 앤 드래곤 오락을 하며 사춘기의 고민을 짊어지고 있었다 ─ 에이즈가 모습을 드러낸 사연은 공중보건계에서는 전설에 속한다.

"페이션트 제로(Patient Zero, 질병을 전파하는 중심 연결고리로 추정되는 환자. 에이즈 감염 경로를 추적하면서 만들어진 단어─옮긴이)를 찾자?"

"제발 아니었으면 좋겠습니다."

12

나는 다운타운에 있는 보건국으로 향했다. 연구원 두 사람이 포장 도구와 페덱스 봉투를 준비하고 기다리고 있었다. 운송장에는 이미 CDC 애틀랜타 지부 주소가 적혀 있었다. 나는 오픈 암스에서 가져온 가검물을 전했고, 그들은 라벨을 붙이고 다시 포장을 시작했다. 공무원들도 마음 내킬 때는 상당히 동작이 빠르다.

지금은 동작이 빨라야 할 때였다.

나는 볼티모어 교외의 벨에어에 위치한 헬렌과 베서니의 옛 직장 밀러 그로브로 차를 몰았다. 시내를 관통해서 95번 고속도로를 타고 북쪽으로 가야 했다. 나는 도시 풍경을 즐기는 사람이라 도로의 열기와 냄새, 소리가 그대로 들어오도록 창문을 열어놓고 차를 몰았다.

교차로에서 빨간 불에 걸렸다. 나는 흙 위에 겨우 2층 높이로 지어진, 공리주의를 제창한 홉스에게는 미안한 표현이지만, 악취미의 구질구질한 공영주택 앞에 차를 세웠다. 신호가 바뀌기를 기다리고 있는데, 모퉁이에 모여 선 민소매 셔츠 차림의 젊은이들이 박박 민 머리에서 땀을 흘리면서 나를 노려보았다. 말했듯이 나도 의대 마지막 2년 동안을 여기서 살았는데, 바깥의 저 빈들거리는 패거리들에도 불구하고 그때가 그리웠다. 물론 이곳은 전국 최고의 살인사건 발생률을 자랑하는 곳이고 민망하게도 몇 년 전에는 매독이 유행하기도 했던 곳이다. 인종 문제도 극심했다. 여름 날씨는 열대 지방 같았고 겨울에는 축축하고 우중충했다. 화려한 가게가 잔뜩 늘어선 우아한 샌프란시스코에 비하면 볼티모어는 사랑을 주기 힘든 도시였다.

하지만 도시는 차츰 발전하는 중이었다. 비판하는 사람들도 많았지만 다운타운에는 고급 주택가가 들어서면서 활기를 찾아가고 있었다. 돈 있는 사람들이 좋은 식당과 훌륭한 바, 흥겨운 해안의 풍취가 있는 도시 생활의 매력을 깨닫기 시작하면서, 역으로 빈곤은 도시 중심가에서 변두리로 옮겨가고 있었다. 나는 입주자들이 매주 열심히 닦아서 로마 석상처럼 반짝반짝 윤이 나는 연립주택과 흰 대리석 계단이 몇 블록이고 늘어선 그릭타운과 버처힐을 지나쳤다. 전염병이든 뭐든 이번 일이 어서 사그라졌으면 하는 마음이 들었다. 더 많은 사람들이 아파하는 걸 보고 싶지 않았다. 겨우 단정한 모습으로 힘겹게 되돌아오고 있는 이 도시에 더 이상의 낙인이 찍히는 것은 원치 않았다.

하지만 아무리 좋은 일도 끝은 있는 법. 15분이 지나자 도시는 점차 21세기 미국의 특징인 몰개성한 상가와 공동주택단지로 접어들었다. 전국 각지로 암세포처럼 전이한 교외와 준교외 풍경은 미니애폴리스나 보스턴, 로스앤젤레스 어디든 별다를 것이 없다.

벨에어 간선도로 중 한 곳을 달리다 보니 밀러 그로브로 향하는 진입로가 나타났다.

원장 댄 밀러는 성형한 치아와 잘 태운 피부색을 자랑하며 최대한 유들유들한 얼굴을 하고 있었지만, 이번 건에 잔뜩 긴장해 있다는 것을 눈치챌 수 있었다. 수석 간호사 지나 해처는 날씬한 흑인 여성으로서 보수적인 빳빳한 흰색 간호복 차림이었다. 내가 이곳의 고용인 두 사람이 질병을 앓고 있다는 이야기를 하는 동안 두 사람은 딱딱하게 굳어서 듣고 있었다. 아니, 따져보면 세 사람이었다. 밀러 가문은 시내에 요양원 네 군데를 운영하고 있었는데, 데보라 필모어가 일하던 오크 힐스도 그 중 하나였다. 오크 힐스는 바로 길 건너편에 있었다.

밀러는 세상 물정에 밝은 사람이라 상황이 점점 고약하게 되어간다는 것을 충분히 알고도 남았다. 재수가 없거나 한 발짝 발을 잘못 디디면 빠져나올 수 없는 구렁텅이로 떨어질 수 있다는 것을 알면서도 굳이 저항하려 하지 않았다.

"어디서 나오신 분이라고요?" 밀러의 물음에는 따지는 기색은 없었다.

"CDC와 볼티모어 시 보건국입니다."

"벤 티먼스?" 티먼스는 볼티모어 시 보건국장이었다.

"허버트 벌락도 있습니다. 벌락 박사가 수사를 지휘하고 있지요."

"그렇군요. 두 분 다 압니다. 좋은 분들이지요. 음, 맥코믹 박사, 당신 덕분에 간이 콩알만해졌습니다. 저희가 어떻게 해야 할까요?"

"일단 몇 가지 여쭤보겠습니다." 나는 수첩을 꺼내고 질문을 던지기 시작했다. 평상시와 다른 질환은 없는가? 새로 들어온 환자는? 새로 들어온 직원은? 직원들이 환자와 어떤 신체적 접촉을 가지는가? 세탁실 일을 구체적으로 말해달라. 주방 일도. 모든 대답은 없다, 아니면 단답식이었다.

댄 밀러와 지나 해처에게 충분히 질문을 던진 뒤, 나는 말했다. "직원들하고 이야기를 해보고 싶습니다. 밀러 그로브와 오크 힐스에서 가검물도 채취해야 합니다. 밀러 씨?"

"네?"

"주방 직원들에게 음식물을 내다버리지 말라고 전해주십시오. 우편물도 모두 모아주시고요." 나는 시계를 바라보았다. 3시 30분이었다.

"다들 아직 있습니까? 직원들 말입니다."

"대부분 있습니다." 밀러가 말했다. "간호사는 삼교대를 하기 때문에……."

"좋습니다. 빠진 사람은 나중에라도 확인하면 되니까요. 여기 있는 사람만 다 모아주시겠습니까?"

"지금요?"

"당장 하는 게 좋겠죠."

"가능하면 저녁 식사 후에 했으면 좋겠습니다. 식사를 끝내고 해도 되겠죠?"

나는 잠시 생각했다. 낮에 직간접적으로 병원 폐쇄에 관여한 마당이라 수백 명의 노인과 병자들에게 줄 저녁 식사까지 늦추는 일을 벌이고 싶지는 않았다. "좋습니다. 단, 직원들에게 한번 쓴 음식 재료나 양념은 쓰지 말라고 해주십시오. 전부 새 걸로 준비하라고요."

"제가 가서 이야기하죠." 지나 해처가 말했다.

나는 의자에서 일어났다. "그럼 저는 가검물 채취를 하고 쥐덫과 곤충채집망을 설치하도록 하겠습니다." 간호사는 일어서서 문으로 향했다. 나도 뒤따르다가 문간에서 멈춰 섰다. "두 분께 감사드립니다. 아주…… 음, 곤란한 문제가 두 분 덕분에 쉬워졌습니다."

밀러도 일어섰다. "저도 이게 어떤 일인지는 잘 알고 있습니다." 밀러는 벽에 걸린 졸업장을 자랑스럽게 가리켰다. 78년도 존스홉킨스 대학 공중보건 석사 학위였다.

13

5시, 밀러 그로브 주방에서 가검물을 모두 채취한 뒤 나는 작은 예배당으로 가서 밀러 가문이 운영하는 요양원 네 곳 중 두 곳에서 모인 직원들을 둘러보았다. 인종적으로나 정신적으로 다양한 군상들이었다. 겉보기만으로 볼 때 직원 중 4분의 1은 '모자란' 사람들이었다. 댄 밀러의 진보적인 경영철학은 칭찬하지 않을 수 없었다. 물론 상당액의 세금 감면 혜택도 누리고 있겠지만 말이다.

나는 내가 누구인지 밝히고 여기 온 이유를 설명했다. '아직 아는 것이 별로 없으니' 기자들에게는 절대 이야기하지 말라고 당부하기는 했지만, 기자들이 이미 냄새를 맡고 성 라파엘 병원 바깥이나 보건국에 진을 치고 있는 게 아닌가 하는 걱정이 들었다. 40명이 넘는 밀러 요양원 직원들이 모두 취재원으로 둔갑해서는 곤란하다.

기본적으로 내가 이들에게서 알아내고 싶었던 것은 1) 소포라든지, 부엌의 쥐라든지, 병이라든지 보통 때와 다른 특이한 것을 본적이 있는가, 2) 발병한 환자들에 대해서 무엇을 알고 있는가, 3) 발병한 환자들이 단순한 직장 동료 이상의 관계였다는 것을 알고 있었는가였다. 밀러는 퇴근 시간이 늦어지는 만큼 수당을 지급하고 집으로 돌아가는 택시 요금을 주겠다고 약속했다. 사람들을 붙잡아놓는 데는 이 정도면 충분했다. 밀러는 —— 그는 빠른 속도로 볼티모어에서 가장 마음에 드는 사람이 되어가고 있었다 —— 근처 식당에서 피자 주문까지 해놓았다.

인터뷰를 시작할 때쯤 되니 좌석에는 50명이 넘는 사람들이 앉아 있었다. 긴 밤이 될 모양이었다.

세 번째 인터뷰로 넘어가서 내 스페인어 솜씨와 쌍벽을 이룰 정도로 영어가 서툰 로사라는 세탁실 직원과 힘들게 몇 마디 주고받고 있는데 피자가 도착했다. 배고픈 보통 사람이라면 누구나 그렇지만 로사 역시 즉시 나에 대한 관심을 잃어버렸다. 나는 보내주었다. 로사는 페페로니 두 조각을 들고 돌아왔다. 인터뷰를 시작하려는데 잘생긴 젊은 백인 남자가 일어서더니 사람들을 밀치고 앞줄로 나가서 피자 한 상자를 통째로 집어 드는 광경이 눈에 띄었다. 그는 상자를 열어 한 조각 꺼내들고는 예배당 뒤쪽으로 나가기 시작했다. 나는 행여라도 이런 일이 벌어질까봐 신경을 쓰고 있었다. 미처 이야기도 못 한 사람이 도망가도록 내버려둘 수는 없다. 게다가 이 남자는 상자 하나를 통째로 집어 들었다. 일단은 공평하지 않다는 생각에 끼어들지 않을 수 없었다.

"누구죠?" 나는 로사에게 물었다. "키에네스?"

"더글러스." 로사가 말했다. "엘 노비오 데 데비." 엘 노비오. 데비의 남자친구라는 뜻이다.

나는 얼른 일어섰다. "에스페라르. 에스페……." 나는 스페인어로 부르려다 포기하고 남자의 뒤를 쫓았다. "실례합니다. 더글러스?"

그는 나를 돌아보았다. 덩치가 컸고 검은 머리였다. 깎은 듯한 턱이 약간 축 처져 있었다.

"배가 많이 고픈가 보죠?" 내가 말했다.

그는 먹고 있던 피자를 상자 안에 떨어뜨리고 뚜껑을 닫았다.

"다음은 당신 차례입니다. 5분만 기다려줄 수 있죠? 5분 뒤에 이야기할 수 있겠어요?"

"아니, 아니, 난……."

"알다시피 다들 차례를 기다리고 있잖습니까." 나는 상대가 정신지체인지 아닌지 알아내려고 애썼다. "도로 들고 들어가서 몇 조각만 드시고 이야기를 하죠."

더글러스는 마치 자신을 구해줄 동지라도 찾는 듯 초조하게 머리를 양옆으로 두리번거렸다.

"아니, 좋습니다. 지금 이야기하죠. 제가 한 조각 먹어도 되겠죠?" 나는 상자에 손을 내밀었고 더글러스는 걷기 시작했다. 주기 싫었던 모양이다.

나는 뒤따랐다. "데비 필모어라는 사람을 알고 있다고 들었습니다. 데비를 압니까?"

"아니, 아니. 난 몰라."

"데비 필모어. 당신 여자친구. 데비."

"아니, 난 모르는 여자야."

뭔가 확실히 수상했다. 그는 거짓말을 하고 있었다. 분명했다. 게다가 마라톤 선수처럼 땀을 흘리고 있었다.

"그럼 당신은 왜 나하고 이야기를 하려고 했죠?"

"아니, 난 그럴 생각 없었어."

"한 시간이나 기다렸잖습니까."

"아니, 그렇지 않아. 난……."

피자가 욕심났겠지. 그렇지, 더글러스? 나는 생각했다.

더글러스는 이제 출구가 아니라 내가 안 보이는 곳이면 어디든 좋은지 서둘러 걷고 있었다. 우리는 긴 복도로 접어들었다. 나는 인터뷰를 밀고 나갔다.

"혹시 데비가 소포를 받은 적이 있나요?"

"아니."

"데비의 우편함에 소포가 온 적이 있습니까? 친구한테 받은 적 있어요?"

"몰라." 더글러스는 앞을 똑바로 쳐다보며 말했다. "몰라!"

우리는 왼쪽으로 돌아 다른 복도로 접어들었다. 더글러스는 뛰기 시작했다. 나도 보조를 맞췄다.

"데비가 당신 여자친구였습니까?" 나는 더글러스의 바로 뒤까지 따라잡아서 물었다. 땀 냄새가 풍겼다. "키스한 적 있어요?"

뛰느라 답답해서 속도를 늦춰볼 생각으로 나는 그의 어깨에 손을 없었다. 실수였다. 러닝백이 라인맨에게 볼을 패스하듯이, 더글러스는 휙 몸을 돌려 피자 상자와 팔을 나한테 휘둘렀다. 왼팔이 내 몸을 세게 쳤다. 나는 체구가 작은 사람이 아니지만 중심이 휘청거릴 정도로 강한 충격이었다. 나는 반대편 벽에 부딪히며 몸을 가누었고, 그는 달려갔다.

나는 다 쓸데없다는 것을 깨닫고 뒤따르지 않았다. 이건 거의 코미디였다. 파파존스 상자를 든 정신지체자 뒤를 쫓아 요양원 복도를 뛰다가 핀볼처럼 얻어맞는 꼴이라니. 게다가 저쪽에서 간호사 몇 명이 이쪽을 훔쳐보고 있었다.

더글러스와의 인터뷰는 다음으로 미뤄야겠다.

14

다음 날 아침 5시, 나는 오픈 암스로 가서 그쪽 입주자들과 이야기를 나누었다. 메리와 마이크 디앤젤로 부부는 알고 보니 시설 바로 옆에 살고 있었고 내게 커피를 대접했다. 나는 4시간밖에 못 잔 흐릿한 머릿속을 청소하기 위해 두 잔을 연거푸 마셨다.

거실에 앉아 있으니 입주자들이 내려왔다. 메리는 사람들을 내게 인도했고, 나는 의례적으로 하는 질문들을 던졌다. 별다른 것은 없었지만, 두 여자에 대한 사람들의 인식이 확연히 틀리다는 것을 느낄 수 있었다. 헬렌은 인기가 좋았던 것 같았다. 반면 베서니는 참아줘야 하는 상대였다. 하지만 다들 베서니와 헬렌을 걱정하고 있었고, 자기들도 병에 걸릴까봐 겁을 집어먹고 있었다. 나는 최대한 안심시켜주려고 했지만, 그다지 설득력은 없었다. 사실 입주자 모두를 격리해서 병이 더 확산될 가능성을 방지하고 싶은 생각이 들기는 했다. 하지만 그러기엔 너무 일렀다. 아직 전염 방식도, 감염 경로도, 병원소도, 감염 기간도 모르고 있었다. 사실 아는 게 전혀 없었다. 아무것도 모르면서 사람들을 집에 가둬놓을 수는 없는 노릇이라, 나는 내키지 않는 마음으로 여자들이 하루 일과를 시작하도록 내버려두었다.

아침 기도를 마친 뒤 9명이 아침 식탁에 앉았다. 그런 다음 식탁 정리 시간을 알리는 음악 소리와 함께 나는 마이크 디앤젤로와 이야기를 했다. 덥수룩한 턱수염에 배가 불룩하게 나온 곰 같은 남자였다. 아내보다는 훨씬 협조적이었다. 그리 쓸 만한 대답은 나오지 않았지만 — 소포나 선물, 여행 경험은 전혀 없었다 — 적어도 나를 경계하지는 않았다.

나는 여자들의 성관계에 대해 물어보았다. 남편 옆에 앉아 있던 메리는 팔짱을 단단히 끼고 입을 일자로 꾹 다물었다.

"여기서 섹스는 금지입니다." 마이크는 커피를 들여다보며 말했다. 그리고 시계를 흘끗 보았다.

"그 점은 알고 있습니다. 하지만 혹시라도 뭔가 아시는 게 있는지요? 남자친구에 대해서 이야기를 나눈다든가."

"나한테는 하지 않지요."

나는 잠시 생각할 시간을 준 뒤 다시 입을 열었다. "혹시 선물을 받았을 수도 있기 때문에 여쭤보는 겁니다. 애인들이 다른 사람을 시켜 선물을 주고받을 수도 있고요. 게다가 섹스 자체도 질병 감염 통로가 되니까요……." 두 사람 다 나를 뚫어지게 쳐다보고 있었다. "어쨌든, 아시는 게 전혀 없습니까?"

"없습니다."

나는 몇 가지 질문을 더 해본 뒤 커피를 다 마시고 어제 설치해놓은 덫을 확인하기 위해 부엌으로 향했다.

그때 마이크 디앤젤로가 일어섰다. "맥코믹 박사."

메리가 날카롭게 말했다. "마이클……."

"나중에." 남편이 부인에게 말했다. 그리고 다시 나를 향해 말했다. "거실로 잠시 오시겠습니까? 커피를 더 드릴까요?"

나는 커피를 거절하고 그의 뒤를 따랐다. 메리 디앤젤로가 바짝 붙어서 따라왔다.

마이크는 뻣뻣한 비닐 소파에 앉았다. 그는 아내와 마찬가지로 50대였으며 사회복지사였다. 그는 기독교인다운 너그러운 말투로 말을 이었다.

"맥코믹 박사, 정신지체 장애인 여성들을 위한 보호소를 운영한다는 건 쉬운 일이 아닙니다……."

"물론 그러시겠……."

"제가 마저 말씀드리겠습니다, 박사. 필요 이상 시간을 끌고 싶진 않군요." 그는 커피를 마셨다. "정신지체 장애인들을 돌보는 방식은 여러 가지가 있지만, 저희는 엄격한 윤리적·기독교적 운영이야말로 입주인들을 위해 최선의 길이라고 생각하고 있습니다.

베서니는 이 보호소가 처음 문을 열었을 때부터 같이 있었습니다. 열여덟 살 때부터죠. 우리가 이런 가정을 꾸려나간다는 것이 어떤 건지 체험하며 배우는 과정을 같이 겪었고 온갖 좋은 일, 궂은일을 함께했지요. 하지만 어느 가정이나 문제가 있고 문제아가 있지 않습니까."

여자 셋이 거실로 고개를 내밀고 작별 인사를 했다. "점심은?" 메리가 물었다. 다들 갈색 봉투를 들어 보이고 개미떼처럼 한 줄로 서서 집을 나섰다. 다시 나를 돌아보는 메리 디앤젤로의 얼굴에는 진심으로 괴로워하는 표정이 어려 있었다.

마이크가 말을 이었다. "베서니는 문제아입니다. 아니, 제 말을 곡해하진 마십시오. 우린 그 아이를 사랑하고 기꺼이 용서하려고 합니다. 그리고 정말 진심으로 걱정됩니다. 하지만 저희를 시험에 들게 했지요. 아, 정말입니다."

메리는 눈길을 피했지만, 나는 그 눈에 맺힌 눈물을 볼 수 있었다. 마이크는 말을 이었다.

"사연은 많지만 구구절절 늘어놓을 건 없겠죠. 제가 말씀드리는 것이 별다른 도움은 안 될 것 같습니다만, 전 질병 전문가는 아니니까요. 그러니 말씀드리겠습니다. 그래야 할 것 같습니다. 부디 사려 깊게 헤아려주시기만……."

다른 여자 한 사람이 늦었는지 작별 인사의 말을 외쳤다. 이번에도 메리는 젖은 눈빛을 현관 쪽에 보이지 않으려고 하면서 점심을 챙겼는지 물었다.

"비밀을 지켜주시기 바랍니다, 박사. 다른 아이들이 알게 되면 안 됩니다. 저희들 입장도 난처해집니다. 여기는 신망받는 기관입니다."

메리가 말했다. "마이클……."

"여보, 가만있어. 몇 주 전에 우연히 상담 일정이 취소되었길래, 손보지 않은 전등이 생각나서 고치러 왔습니다. 일과가 취소될 때 자주 와서 일을 하곤 하는데, 도대체 아이들이 무슨 생각을 한 건지……."

"생각이나 했겠어요." 메리가 말했다.

"메리." 마이크는 헛기침을 했다. "불이 나간 이층으로 올라갔는데 베서니와 헬렌의 방에서 무슨 소리가 들렸습니다. 방문으로 가서 열어보니…… 열어보니 바닥에 남자가 있었는데…… 팔과 다리로 바닥을 짚고 엎드린 여자 뒤에서 무릎을 꿇고 있었습니다. 모두 발가벗은 채. 베서니는 바닥에 등을 대고 누워 있었죠. 엎드린 여자는 헬렌이었습니다."

15

나는 온갖 생각으로 복잡한 머리를 안고 성 라파엘 병원으로 빠르게 차를 몰았다.

섹스라, 나는 생각했다. 지금까지 가담자는 셋, 그 중 둘이 병에 걸렸다. 성 접촉으로 감염되는 병이라고 단정지을 만큼 결정적인 단서는 아니지만 ─ 전염병 역학조사 후일담을 들어보면 엉뚱한 길로 들어서서 헤맨 일화가 수없이 많다 ─ 이 생각은 뇌리를 떠나지 않았다.

나는 머릿속에서 이름을 적은 네모 칸을 선으로 이으며 성 접촉 경로도를 그려보았다. 네모는 겨우 3개였다. 헬렌과 베서니, 그리고 수수께끼의 남자. 불행히도 마이크 디앤젤로는 남자가 누군지는 몰랐다. 얼굴을 제대로 보지도 못했다고 했다. 삼각관계의 현장을 목도하자마자 문을 쾅 닫고 다시 아래층 거실로 내려갔던 것이다. 잠시 후 계단에서 발자국 소리가 나더니 현관을 지나 문 밖으로 사라졌다. 베서니와 헬렌에게 누구냐고 다그치지도 않았다. "누군지는 중요하지 않았습니다." 마이크가 말했다. 발각된 충격으로 제발 성욕이 사그라졌으면 하는 마음에 베서니와 헬렌에게 그 일에 대해 추궁하지도 않았다. 제발 이 역겨운 상황이 아무 일 없었다는 듯이 흐지부지되었으면 하는 심정이었으리라.

한데 그렇게 되지 않았다.

그래서 나는 성관계가 문란하다는 사실이 확인된 베서니를 접촉 경로도 한가운데에 놓고 헬렌과 수수께끼의 남자를 선으로 연결했다. 그리고 베서니가 성관계를 했을지도 모르는 사람 5명을 가정하여 선을 그은 다음, 이들 중 한 사람과 데보라 필모어를 연결시켰다. 하지만 최초 발병자는 문란한 베서니가 아닌 헬렌이었다. 왜?

이런 질병에는 정해진 각본이 없기 때문이다. 무슨 유전적인 이유 때문인지는 몰라도 베서니가 저항력이 더 높았는지도 모른다. 접촉 경로도는 베서니라는 왕거미를 중심으로 하여 희생자들이 주위를 둘러싸고 있는 형태의 거대한 거미줄처럼 커지기 시작했다.

환자 이송이 거의 끝났는지 성 라파엘 병원 주차장은 텅 비어 있었다. 벌락의 말에 따르면 오늘 아침 볼티모어 보건국장 벤 티먼스가 CDC 고위 관계자에게 연락을 한 모양이었다. 나는 잠시 무슨 내용일지, 어떤 조치가 내려질지 생각해보았다. 티먼스가 기병대를 끌고 올 것이다. 적군을 섬멸하는 데는 도움이 되겠지만 그 과정에서 나도 짓밟힐 수 있다.

뭐, 예전에도 수없이 밟혀봤지만 그래도 난 아직 살아 있다. 아마 티먼스가 SOS 신호를 보낸 모양인데, 볼티모어 시에 난리가 났다는 인상을 주지 않으면서 도움을 받으려면 EIS 연구원 한두 명을 더 불러오는 정도가 최선일 것이다. 하지만 나는 워낙 걱정이 많아졌기 때문에 몇 단계 수위를 더 올리고 싶었다. 그래서 차에서 내려 CDC 지국장 티머시 리어리 랭커스터에게 전화를 걸었다. 그는 내 보스다.

"지원이 필요합니다, 팀." 나는 말했다. 그리고 상황 설명을 했다.

어제까지는 나만 볼티모어에 두고 실험실 분석 작업 외에는 모두 현지 의료진을 활용하여 일을 진행하자는 계획이었다. 하지만 성 접촉 감염 가능성이 있는 이상 상황은 달라졌다. 거의 백 퍼센트에 달하는 치사율을 자랑하며 신속하고 소리 없이 전파된 에이즈가 아직 모든 사람들의 기억에 생생했기 때문에 내 말은 틀림없이 먹힐 것이다. 진행 속도가 워낙 빠르기 때문에 저절로 소진될지도 모른다고는 했지만 이건 근거 없는 헛소리였다. 우리는 환자들이 언제부터 아팠는지 전혀 모르고 있었다. 감염되었지만 발병하지 않은 사람들이 얼마나 더 있는지도 모른다.

나는 귀에서 전화로 흐르는 땀을 닦았다. 오전 8시 30분이었는데 기온은 벌써 30도에 가까웠고 습도는 백 퍼센트였다. 우간다에 와 있는 것 같았다.

"걱정됩니다." 나는 팀에게 말했다.

"나도 그래." 코로 숨을 내뿜는 소리가 들렸다. "테러는 아니라고 말하고 싶지만." 다시 긴 한숨. "자네 설명대로라면 이전에 보지 못했던 증상과 징후라는 건 확실해."

'자네 설명대로라면', 하. 편리한 표현이군, 팀.

그는 말을 이었다. "게다가 최초 감염자를 생각할 때…… 성행위가 활발하지 않은 집단에서 시작되었는데도 이렇게 들불처럼 번지고 있으니 보다 큰 집단으로 옮겨간다면……."

"그 생각도 했습니다." 나는 이쪽도 빈틈없다는 것을 알려주기 위해 한마디 했다.

"EPO와 이야기해보겠네." EPO(Epidemiology Program Office)란 전염병대책국을 말한다. "대책을 생각해보지. 나도 급한 일은 별로 없으니까. 자네는 보건부에 이야기해서 겁을 준 다음 나한테 다시 전화하게."

"그쪽은 벌써 겁먹고 있습니다."

"잘됐군. 요원 한 사람을 더 붙여주지. 내가 갈지도 몰라. 전산요원 한 사람이랑."

나는 장단을 맞춰서 최선을 다하겠다고 말했다.

하지만 정작 하고 싶은 이야기는 하지 못했다. 당신이 직접 올수도 있다는 생각은 미처 못했다. 전화한 게 후회된다. 볼티모어 반경 1백 마일 안에는 제발 들어오지 말았으면 좋겠다. 현지 보건부와 EIS 요원 나사니엘 맥코믹이 알아서 잘하고 있다 등등. 이번 일은 경력을 결정지을 수 있는 중요한 사건이었다. 그런 사건을 내가 해결하고 있다. 내가. 팀 랭커스터가 여기 와서 남의 주목을 독차지하는 상황은 달갑지 않았다.

속이 울렁거렸다. 공중보건이야 어떻게 되든 말든 제 몫의 영광만을 확보하려고 안달하는 과거의 악동 네이트 맥코믹이 무덤에서

되살아나고 있었다. 나는 그놈을 도로 구덩이에 밀어넣고 역겨운 기분으로 벌락의 번호를 돌렸다.

벌락의 반응 역시 팀과 마찬가지로 걱정 반, 뭔가 진척이 있다는 반가움 반이었다. 그는 데보라 필모어가 살던 보호소에서 입주자들에게 성관계 쪽을 집중적으로 물어보고 있는 모양이었다. 그는 내게 일단 베서니 레지널드, 헬렌 존스와 성관계를 가진 사람들을 추적해보라고 말했다.

나는 환자들의 가검물을 보냈던 실험실에서 소식이 없는지 물었다.

"연락은 왔는데 아무것도 안 나왔다는군."

"수수께끼의 병원체로군요."

"그래서 더 재미있지."

"불행히도요."

나는 성 라파엘 병원 입구로 들어서면서 바깥에 서 있는 경비에게 신분증을 보여주려고 주머니를 뒤졌다.

16

사람 없는 병원처럼 으스스한 곳도 없을 것이다. 병원은 문을 닫지 않는다. 하루 24시간, 1년 365일, 10년이고 20년이고 눈이 오나

비가 오나 크리스마스 때든 테러 공격이 일어나든 언제나 문을 열고 북적거리는 곳이 바로 병원이다. 성 라파엘이 1915년에 지어진 이래 이 정도로 텅 빈 적은 아마 없었을 것이다. 언젠가 인간이 멸종된 뒤 외계인 고고학자들이 이 병원을 발견한다면 그때도 이것과 비슷한 풍경일 것이다. 엘리베이터는 작동하지 않겠지만.

M-2 병동으로 올라가보니 다시 인간의 흔적이, 아니 반쪽 인간들의 흔적이 보였다. 눈이 벌겋게 충혈된 레지던트와 해골 같은 간호사들이 유령처럼 돌아다니고 있었다. 게리 해밀이 당직 근무를 하고 있었는데 의대 졸업 이후 한숨도 못 잔 것 같은 얼굴이었다. 나는 수사 진척 상황에 대한 질문이 나올까봐 짧게 인사하고 얼른 지나쳐서 보호복을 입었다. 그리고 환자들을 보러 들어갔다.

우선 베서니의 병실로 들어갔다. 환자는 잠들어 있었는데 상태가 좋지 않아 보였다. 질병이 몸속에서 기승을 부리고 있었다. 박애주의자로서 쉬도록 내버려두는 게 좋을 것 같았다. 나는 헬렌을 만나러 갔다.

"안녕하세요, 헬렌. 맥코믹 박사입니다. 어제 일 기억하세요?"

헬렌은 고개를 저었다.

"당신이 왜 아픈지 알아내려고 왔습니다." 헬렌은 말이 없었다. "기분은 어떠세요?"

"집에 가고 싶어요." 좋은 징조였다. 집에 가고 싶을 정도로 몸이 나아졌다는 이야기니까. 병은 물러가고 있는 것 같았다.

"그렇군요." 나는 의자를 침대 옆으로 끌어와 앉은 뒤 잠시 말을 어떻게 꺼내야 할지 고민했다. "몇 가지 질문을 더 하려고 합니다. 어제처럼요. 괜찮겠죠?"

헬렌은 고개를 이쪽으로 돌렸다. 입 안의 반점은 혈액이 응고되어 이제 짙은 갈색으로 변해 있었다. "좋아요."

"질문에 대답을 해주시면 됩니다. 솔직하게요. 알겠죠? 내 말뜻 알아들었어요?"

"네." 헬렌은 가냘프게 말했다.

"중요한 일입니다." 나는 가지고 온 서류철에서 백지 몇 장을 꺼냈다. 인터뷰가 끝나면 안에 있는 팩스기를 통해 내용을 전송해서 바깥에서 받아갈 생각이었다.

시작해볼까, 나는 생각했다. "헬렌, 당신 몸의 은밀한 부분을 남자가 만진 적 있어요?"

"안 해……." 헬렌은 징징거렸다.

"제발. 누가 만졌는지 꼭 알아야 해요."

헬렌은 고개를 돌렸다. 되도록 쉽게 대답을 끌어내보려고 했지만 불가능할 것 같았다.

"당신 침실에서 남자랑 섹스한 적 있어요?"

다시 징징거리며 '안 해'라는 대답이 들려왔다. 내 질문에 대한 대답이라기보다는 질문 자체가 듣기 싫다는 이야기 같았다.

"헬렌, 마이크가 당신 방에 들어왔을 때 당신과 베서니랑 같이 있던 남자가 누구죠?"

헬렌은 내게서 잔뜩 고개를 돌리고 눈을 질끈 감았다.

"헬렌." 나는 불렀다. 헬렌은 자는 척하려는 것 같았다. 나는 그녀의 팔에 손을 얹었다. 반응이 없었다. 내가 왜 이런 꼴을 당해야 하는가?

"헬렌, 들어봐요. 나한테 말 안 하면…… 나한테 솔직하게 말 안 하면 마이크랑 메리한테 당신에 대해 일러바칠 거예요……." 뭘 일러바친다는 건지는 나도 몰랐지만, 어쨌든 거짓말로 밀고 나갔다. "나한테 말 안 하면 그 집에서도 쫓겨날 거예요. 나한테 말하면 아무 일 없지만, 나한테 말 안 하면 내보낸다고 했다고요. 그게 좋아요?"

헬렌은 눈을 떴다. 머리가 부들부들 떨리고 있었다. 양심의 가책에 마음이 아팠지만, 그래도 어쩌겠는가. 다급한 상황인 걸.

나는 말을 이었다. "베서니도 쫓아낸다고 했어요. 그럼 좋겠어요, 헬렌?"

떨리던 머리가 멈췄다. "네." 헬렌은 쉰 목소리로 중얼거렸다.

음, 놀랍군. "베서니가 왜 없어졌으면 좋겠어요?"

"베서니가 그 사람들을 데려오니까요."

"누구를요?"

"남자들이요. 남자들을 데려와요."

아하. 그렇다면 베서니와 헬렌이 대낮에 벌였던 섹스파티는 한

두 번이 아니었다는 이야기다. 맹한 디앤젤로는 단 한 번 있었던 일로 알고 있는데. 아니, 그렇게 믿는 척한 건지도 모르지.

"남자가 많이 왔어요, 헬렌?"

헬렌은 이제 울고 있었다. "몇 명."

"몇 명이나요?"

"그냥 몇 명."

흠, 이건 그리 도움이 안 된다.

"이름이 기억나요? 헬렌, 이건 정말 중요한 거예요. 이름이 기억나요?"

"아뇨." 나는 갑갑한 기색을 드러내지 않으려고 애썼다. 잠시 후 헬렌은 말을 이었다. "제리. 헨리. 그리고 더요."

나는 수첩에 이름을 적었다. 이리저리 튀는 헬렌의 논리에도 차츰 익숙해져가고 있었다. "성은 기억 안 나요?"

혼란스러운 기색. 울음. 나는 보다 알아듣기 쉽게 설명해보려 했다. "그 남자들이 당신하고 같이 일해요? 밀러 씨 집에서 당신하고 베서니랑 같이 일하는 사람들이에요?"

헬렌은 고개를 끄덕였다.

"헬렌, 마이크가 당신 방에서 본 남자가 누구였는지 기억나요? 마이크가 당신이랑 베서니, 그 남자가 벌거벗고 있는 걸 본 날 말이에요."

헬렌은 격하게 고개를 저었다. "아뇨, 아뇨! 말하지 마세요, 말하지 마세요!"

"말 안 할게요." 나는 덧붙였다. "마이크랑 메리는 당신을 사랑해요." 이건 사실이었다. "당신이랑 베서니랑 같이 벌거벗고 있던 남자 이름이 뭐죠?"

헬렌은 내 가운을 붙잡았다. 전날의 일이 떠올라서 뒤로 물러서려다가 젠장, 모르겠다 싶어 그냥 내버려두었다.

"말하지 마세요. 제발 말하지 마세요. 더글러스. 제발!"

"더글러스?"

"말하지 마세요."

좋아, 됐어. 예카테리나 여제(많은 정부를 뒀던 것으로 유명한 러시아의 여성 차르—옮긴이) 베서니의 카사노바를 찾아냈다.

"더글러스랑 몇 번이나 만났어요? 한 번 같이 있었어요?"

헬렌은 고통스럽게 고개를 끄덕였다.

"두 번 같이 있었어요?"

다시 고개를 끄덕였다. "제발, 말하지 마세요. 말하지 마세요." 헬렌은 떨리는 목소리로 말하더니 뭐라 중얼거렸다. 기도 같았다.

"말 안 할게요." 나는 거짓말을 했다. "당신한테는 아무 일 없을 거예요." 이건 양심의 가책을 줄이기 위한 말이었다. 헬렌 존스에게 아무 일이 생기지 않도록 뭐든지 다 할 생각이었다. 곤란한 일이 생기면, 젠장, 우리 집에 데려가지 뭐. 용감하게 잘했어.

헬렌은 내 가운을 더 세게 붙잡았다. "베서니한테 말하지 마세요. 말하지 마세요."

"베서니? 헬렌, 난 다른 사람들한테 말하지 말라는……."

"난 베서니를 사랑해요. 제발, 진심으로 사랑해요."

나는 흐느끼는 헬렌 옆에 10분 동안 앉아서 머리를 쓰다듬었다. 퍼즐 조각들이 맞춰지기 시작하고 있었다. 불쌍한 헬렌. 왕성한 욕구를 자랑하는 베서니를 너무 사랑한 나머지 기꺼이 섹스 도구까지 돼주다니. 두 사람이 같이 방 안에 있는 모습을 상상해보았다. 얼마나 됐을까? 몇 주? 몇 달? 몇 년? 그러다 베서니는 싫증을 내고 다른 남자들을 방에 끌어들이기 시작한 걸까?

헬렌 같은 사람에게 여자친구가 멀어진다는 것은 어떤 기분일까? 아무한테도 이야기할 수 없었다면 마음이 얼마나 아팠을까?

베서니는 깨어났지만 열이 워낙 심해서 정신이 오락가락했다. 하지만 헬렌이 말해준 이름을 확인하고 미첼이라는 이름까지 추가할 수 있었다.

나는 베서니에게 헬렌을 사랑하느냐고 물어보았다. 베서니는 그렇다고 답했다. 더글러스와 제리, 헨리도 사랑하느냐고 물었다. 그렇다는 대답이었다.

베서니의 입 안에는 검푸른 산탄총 자국 같은 반점이 잔뜩 나타나 있었다.

17

보스는 손짓 메타라는 전산요원과 같이 그날 저녁 볼티모어에 도착할 예정이라고 연락해왔다. 팀 랭커스터는 99년 뉴욕에 웨스트나일 바이러스가 퍼졌을 때 질병 감시체제를 확립한 핵심 인물이었고 이후 뉴욕 서부와 남부로 확산되자 미국 전체를 맡았다. 911 테러가 일어났을 때는 이차적으로 생물학적 공격이 있을 가능성을 대비하여 최초로 대응한 전력도 있었다. 미국 북동부에서 공중보건을 담당하는 주요 인물들과도 대부분 아는 사이였다. 풍부한 경험, 피로를 모르는 정력, 통솔력, 정치력을 겸비한 그는 CDC의 떠오르는 샛별 중 하나였다. 나도 그런 인물이 되고 싶다는 생각은 들지만, 솔직히 밑에서 보좌하기에는 힘든 타입이었다. 게다가 서른다섯 살, 나보다 두 살 많았다.

그가 온다니 좋았다. 진심으로, 마음이 놓였다. 자꾸 이렇게 말하다 보면 정말 그런 생각이 들지도 모를 일이다.

나는 랭커스터 총통이 곧 도착한다는 사실을 받아들이기로 했다. 하지만 그가 와서 군림하시기 전에 일단 해두고 싶은 일이 몇 가지 있었다.

나는 이 지저분한 육체관계에 가담했던 남자들이 밀러의 요양원에서 무슨 일을 하는지 추적해보았다. 헨리와 제리, 미첼은 거기서 일했다. 하지만 더글러스—정식 이름은 더글러스 뷰캐넌이었다

── 는 그렇지 않았다. 요양원 사람이 전화해서 아프다고 했다. 나는 요양원에서 헨리와 제리, 미첼을 만나보았다. 요전 날 밤에 환자들과 관계가 있었느냐고 물었을 때는 거짓말을 했지만, 이날 오후에는 보다 솔직하게 대답해주었다.

베서니와 헬렌 외에 세 남자의 전적은 별것 없었다. 나는 혈액과 정액 샘플을 채취했다. 혹시 개한테 셰익스피어 암송을 시킨다든지, 정말 힘든 일을 체험해보고 싶다면 왜 자기 정액을 달라는지 도대체 이해하지 못하는 정신지체 장애인들에게서 정액을 한번 받아내보라. 댄 밀러가 와서 은근히 압력을 넣어줬는데, 그가 동석했다는 사실이 어떤 법률 위반인지는 생각하고 싶지도 않다. 어쨌든 우리는 몇 분 동안 달래고 나서야 〈허슬러〉 잡지와 콘돔을 하나씩 들려 차례로 화장실에 보낼 수 있었다. 모두 성공했다는 소식을 전할 수 있어서 기쁘다.

나는 혈액과 정액 샘플이 든 가방을 메고 밀러 그로브를 떠나 더글러스 뷰캐넌의 보호소로 향했다. 가는 동안 머릿속에서 이들의 관계를 계속 그려보았다. 그릴 때마다 거미줄은 커져만 갔다. 제2의 에이즈, 아니 얼굴만 남겨놓는 출혈열이든 뭐든 병은 점차 손쓸 수 없이 퍼져나가고 있는 것 같았다.

나는 벌락에게 전화를 했다. 그는 주정부에서 나온 사람들을 시켜 우리가 빠뜨린 입주자들을 인터뷰하게 하고 사무실로 들어와 있었다. 질병이 발생했을 때 처음 인터뷰 20건 정도는 쉽지만 마지막 100건 정도는 고역이다. 벌락이 서류 업무를 핑계로 안에 들어와 있는 것도 탓할 수는 없었다.

나는 벌락에게 상황을 전했다. "진척이 있군." 그가 말했다.

"그럴지도요." 나는 볼티모어 헤이번에 가서 더글러스 뷰캐넌을 만나볼 예정이라고 했다.

"데비 필모어도 거기 살잖아."

"네. 만나기 편했겠지요."

"자네도 편해졌잖아. 재미있게 해봐. 거긴 시궁창이야." 벌락이 서류를 넘기는 소리가 들렸다. "같이 가고 싶지만 여기서 조율할 일이 있어. 주정부에서 나온 사람들하고 자네 쪽 CDC 사람들을 맞을 준비를 해야 해. 참, 자네 보스가 애틀랜타에서 직접 오는 것 같던데."

"들었습니다."

"티먼스가 자네 같은 EIS 요원들을 요청할 줄 알았는데. 이제 보니 거물급을 원했던 모양이야."

"팀 랭커스터한테 전화한 건 접니다, 허버트. 제가 와달라고 했어요."

"아." 벌락은 단조롭게 말했다. "티먼스가 코앞에서 수류탄이라도 터진 얼굴을 하고 있었던 게 그 때문이군."

팀 랭커스터가 전염병이 아니라 티먼스 본인의 경력에 대해 잔뜩 겁을 주면서 전방위 압력을 가하는 모습이 눈에 선했다. 전형적인 몸보신 작전. 뭔가 잘못되었을 때 CDC 쪽이 벤 티먼스보다는 입지가 든든하다. 팀 랭커스터도 알고 벤 티먼스도 안다. 나도 알고 허버트 벌락도 아는 사실이다.

"두 사람에게 행운을." 내가 말했다.

"그래야지."

벌락은 잠시 말이 없었다. 페이지 넘기는 소리만 들렸다. "더글러스 뷰캐넌. 우리가 갈 때마다 이 사람은 못 만났지."

"요양원에서 절 피해 도망친 그 사람입니다."

"그래. 볼티모어 헤이번에서 드디어 잡겠군. 미리 전화하지 말고 가."

"그래야죠."

"그리고 그 사람 방을 볼 수 있을 때까지 기다려."

"무슨 뜻이죠?"

"그냥 기다려보면 내 뜻을 알 거야." 벌락은 헛기침을 했다. "네이트. 수고 많이 했어."

안 그래도 칭찬이 필요한 시점이었다. 나는 그에게 감사하다고 말하고 작별 인사를 했다. 그런데 끊기 전에 벌락이 다시 입을 열었다.

"참, 대신 덫도 좀 봐주겠나?"

"해충 같은 언론들이야 그쪽 사무실 앞에 진을 치고 있잖습니까?"

"아주 재미있군, 박사. 덫에 누가 손을 댄 흔적이 있는지 잘 봐. 덫마다 회색 테이프를 붙여놨는데, 그게 뜯겨져 있으면 손을 댄 거야."

18

하나님 맙소사, 벌락의 말이 옳았다. 볼티모어 헤이번은 전혀 '쉼터'라고는 할 수 없는 곳이었다. 볼티모어 북서쪽의 퇴락한 동네에 위치한 베이지색 3층 벽돌 건물에서는 36명을 수용하고 있었다. 꼭대기 층에서는 드루이드 공원이 훤히 내려다보일 것 같았다. 거기서 자주 발생하는 살인과 강간사건을 떠올리지 않는다면야 멋진 공원이다.

문이 열렸고, 나는 깨진 리놀륨이 깔린 복도로 걸어 들어갔다. 접수 데스크 같은 곳에 여자 한 사람이 앉아 있었다. 아니, 상담 데스크일 수도 있었다. 작은 간판에 빛바랜 색으로 곰 그림이 그려져 있었고 말풍선 안에 '제게 말하세요. 뭐든지 도와드릴게요'라고 적혀 있었기 때문이다. 여자는 남자친구랑 상담을 하는지 껌을 씹으며 전화에다 대고 킬킬거리고 있었다.

"볼티모어 시 보건국에서 나온 나사니엘 맥코믹 박사입니다." 잘 알려지지 않은 연방 기관 이름을 대는 것보다 시당국이 더 무게감 있게 들릴 것 같았다. 나는 보건국에서 받은 신분증을 꺼냈다.

"잠깐만." 여자는 입에서 수화기를 뗐다. "원하시는 게 뭐죠?"

이 집은 문 닫고 당신은 맥도날드에서 버거나 만들었으면 좋겠어. "여기 입주자 한 사람을 만나보러 왔습니다. 더글러스 뷰캐넌. 어제 벌락 박사가 설치한 쥐덫도 확인해야 합니다."

"다시 전화할게." 여자는 수화기에 대고 따분한 목소리로 말했다. 그리고 전화를 내려놓았다. "뭐부터 하실 건데요?"

"일단 뷰캐넌 씨를 만나게 해주십시오."

"삼층, 복도 끝이에요." 일어나서 안내해줄 기미는 없었다. 이런 여자가 공중보건 일을 한다고? 맙소사.

"제가 찾아가겠습니다."

"그러시죠."

왼쪽으로 부서진 의자와 보드 게임 몇 개, 텔레비전이 놓인 커다란 오락실이 있었다. 입이 축 늘어진 입주자 둘이 텔레비전을 응시하고 있었다. 오픈 암스가 천국이라면 볼티모어 헤이번은 지옥 쪽에 가까웠다.

벌락이 말했던 대로 당국의 주의가 이쪽으로 쏠린 뒤 청소한 흔적이 있었다. 아니, 아직도 진행 중이었다. 지저분한 작업복 차림의 남자가 계단을 닦고 있었는데 솜씨가 시원찮았다. 회색 구정물이 계단을 흘러내려오고 있었다. 분수라면 쓸 만했겠지만 사람이 지나다니는 통로로는 낙제점이었다. 나는 난간 쪽에 붙어서 계속 걸었다.

"안녕하십니까." 인사를 해보았지만, 남자는 표정 없는 눈으로 한 번 쳐다보더니 다시 더러운 걸레로 계단을 닦기 시작했다.

나는 계단을 벗어나 20피트 길이의 복도로 들어섰다. 복도 양쪽에 문이 늘어서 있었고 맨 끝 정면에도 닫힌 문이 하나 있었다. 안내원의 탁월한 설명 덕택에 이 끝 방이 더글러스의 방이라는 것을 알 수 있었다.

오른쪽 첫 번째 문이 열려 있었다. 아니, 정확히는 부서져서 경첩 하나에 매달린 채 열려 있었다. 안에는 침대 두 개가 있었고 한쪽에 남자가 앉아 있었다. 그는 자기 몸을 껴안고 중얼거리고 있었다. 방 안의 장식품이라고는 '좋은 이웃처럼 늘 당신 곁에 있겠습니다'라고 적힌 스테이트 팜 보험사 포스터와 흑인 예수가 흑인 열두 사도들에 둘러싸여 있는 그림 한 장뿐이었다.

또 다른 열린 문 안에서는 남자가 허리 아래로는 아무것도 입지 않은 채 침대에 누워서 다리를 가슴까지 세우고 있었다. 침대에는 싼 지 얼마 안 된 변이 묻어 있었다. 옆방은 작은 라디오에서 유황지옥불 설교가 흘러나오고 있었고 남자가 의자에 앉아 축 처져 있었다. 자기 셔츠를 먹기라도 할 자세였다.

나는 복도 끝까지 가서 닫힌 문을 노크했다.

"누구야?" 안에서 목소리가 들렸다.

"맥코믹 박사입니다, 더글러스. 간밤에 요양원에서 봤었죠. 잠시 이야기를 하고 싶습니다."

잠시 아무 기척도 없었다. 문득 덜걱 하고 자물쇠 푸는 소리가 들렸다.

벌락의 말이 맞았다. 더글러스의 방은 달랐다. 대단치는 않았지만 볼티모어 헤이번의 다른 방과 비교하면 마치 플라자 호텔 스위트룸 같았다.

가장 먼저 눈에 들어온 것은 튼튼한 예일 데드볼트 자물쇠와 침대가 하나밖에 없었다는 사실이었다. 일인용 방인데다 개인 소지품도 잔뜩 있었다. 샌프란시스코 포티나이너스 포스터, 샌프란시스코 자이언츠 포스터. 액자에 넣은 골든게이트 다리 사진. 여기에는 스테이트 팜 포스터 같은 것은 없었다.

휴대용 시디플레이어에서 음악이 흘러나오고 있었다. 에어컨이 웅웅거렸다.

청바지와 흰 티셔츠 차림의 더글러스 뷰캐넌이 팔짱을 끼고 내 앞에 서 있었다. 그는 시선을 피했다. "방 좋군요, 더글러스."

"고마워." 그는 초조한 투로 말했다.

나는 잠시 침묵을 지키다가 물었다. "샌프란시스코를 좋아하나 봐요." 나는 포스터를 가리켰다. "가본 적 있어요?"

내가 다시 가고 싶지 않은 곳이 단 한 군데 있다면 바로 샌프란시스코, 아니, 베이 지역 전체다. 차라리 볼티모어 헤이번에서 셔츠를 씹어 먹는 남자와 한 방을 쓸지언정 샌프란시스코 시내라면 별 4개짜리 호텔이라도 단 하루도 머물고 싶지 않았다.

음, 좀 과장된 것 같긴 하지만 어쨌든 그렇다.

나를 쏘아보던 더글러스 뷰캐넌의 눈이 내 눈과 마주쳤다. 그는 얼른 눈을 내리깔았다. "안 가봤어."

"재미있는 곳입니다." 나는 말했다. 그리고 화제를 바꿨다. "아파요?"

"아니." 그는 얼른 덧붙였다. "아파."

"어디가요? 꼭 알아야 합니다. 일하는 곳 사람들한테는 이야기 안 할게요."

한참 후 그가 대답했다. "아니."

"난 의사예요, 더글러스. 이마를 한 번 짚어봐도 되겠죠? 열이 있는지 보려고요."

나는 대답할 시간을 주지 않고 손을 뻗었다. 그는 움찔했지만 이마를 만지게 해주었다. 땀이 나서 약간 축축했지만, 아무리 에어컨이 있어도 볼티모어의 7월 날씨다. 상태는 괜찮아 보였다.

나는 손을 거두고 바지에 닦았다. "더글러스, 여자친구에 대해 몇 가지 물어볼까 합니다. 여자친구 있죠?"

그는 팔짱을 좀더 세게 꼈다. "아니."

"데보라 필모어 알아요? 여기 사는데."

대답이 없었다.

"헬렌 존스나 베서니 레지널드 알아요? 밀러 씨의 요양원에서 일합니다."

"몰라."

"더글러스, 이건 아주 중요해요. 데비, 베서니, 헬렌 모두 많이 아파요. 당신 도움이 필요합니다."

그가 나를 힐끗 보았다. 겁이 나서? 화가 나서? 알 수 없었다. "더글러스, 그 여자들을 알고 있잖아요. 여자들한테서 들었어요." 음, 그 중 한 사람에게 들었으니 뭐. "더글러스, 섹스가 뭔지 알아요?"

"그래, 섹스가 뭔지 알아." 짜증스러운 투였다. 그는 침대에 앉아 튼튼하고 억센 턱을 손으로 문질렀다. 이야기를 나눠보지 않으면 겉보기에는 지능이 모자라다는 티가 전혀 나지 않았다. 말을 시켜 본다 해도 몇 문장 들어봐야 모자라다는 것을 알 것 같았다.

좋아, 한 번만 더 해보고 강하게 밀어붙이자. 나는 생각했다. "헬렌이나 데비, 베서니랑 섹스한 적 있어요?" 더글러스는 침대 옆 테이블에서 작은 장난감 트럭을 집어 들고 바퀴를 돌돌 돌리기 시작했다. "마지막으로 이 여자들이랑 섹스한 게 언제죠?"

돌, 돌, 돌.

"더글러스, 말 좀 해봐요."

돌, 돌, 돌.

"더글러스, 정말 중요한 일이라서 그래요. 말 안 하면 경찰에 알릴 겁니다."

바퀴가 멈췄다. 그는 나를 올려다보았다. 얼굴에는 공포가 떠올라 있었다. 노골적인 공포.

"안 돼……." 그가 작은 목소리로 말했다.

"그래야 합니다. 당신이 말을 안 하면……."

"안 돼!"

분노를 터뜨린 순간, 벨 소리가 들렸다. 반사적으로 휴대전화에 손을 뻗긴 했지만 나는 늘 진동으로 해놓는다. 호출기도 마찬가지였다. 방 안에는 전화기가 없었다. 벨 소리는 더글러스의 주머니에서 들려왔다. 그는 주머니를 내려다보고 나를 보더니 다시 트럭 바퀴를 돌리기 시작했다.

그가 말했다. "이 주일 전, 아니면 일주일 전. 몰라." 벨 소리는 계속 울리다가 갑자기 멈췄다.

"마지막으로 섹스한 사람은 누구죠?" 대답이 없었다. "베서니였나요?"

"응."

"언제?"

대답이 없었다. 나는 다시 물었다.

"일주일 전 아니면 이 주일 전."

"이건 정말 중요합니다, 더글러스. 헬렌, 데비, 베서니말고 섹스한 사람이 있나요?"

그가 한숨을 쉬었다. "있어."

"누구죠?"

"경찰한테 말하지 마."

"말 안 합니다. 이름이 뭐죠?"

"아무한테도 말하지 마."

공공의 안전을 위해서, 나는 이를 악물고 거짓말을 했다. "약속하죠. 말 안 하기로."

더글러스는 마지못해 5명의 이름을 댔다. 나는 수첩에 이름을 꼬박꼬박 적었다. 모두 들어본 이름이었다. "밀러 씨 요양원에서 일하는 사람들인가요?"

"누구?"

"같이 섹스를 했던 여자들이요."

"응."

"전부 다?"

"응."

잘됐군, 나는 생각했다. 성 접촉으로 전염되는 병이라면 더 이상의 전염을 막을 수 있었다.

더글러스의 휴대전화가 두 번 삑 하고 울렸다. 메시지가 들어온 모양이었다. 그는 소리를 끄지 않았다.

"섹스를 할 때 콘돔을 썼나요?"

더글러스는 잠시 무슨 뜻인지 생각하다가 말했다. "잊어버렸어."

훌륭하시군. "더글러스, 남자랑 섹스한 적도 있어요?"

"아냐!" 그가 소리쳤다. "가. 당장 나가. 이제 갈 시간이야." 그는 일어섰다. "가버려, 가. 가라고!"

더글러스 뷰캐넌은 덩치 큰 사내였다. 나보다 키는 2인치, 몸무게는 40파운드 정도 더 나갈 것 같았다. 부끄러운 이야기지만 심장이 쿵쿵거렸다. 나는 한두 걸음 뒤로 물러섰다. 나도 맞을 만큼 맞아본 사람이다. 간밤에도 더글러스에게 맞았고. 하지만 어제는 더글러스의 몸에 병원체가 득실거릴 수도 있다는 것을 모르고 있었다. 어쨌든 나는 꿋꿋이 그대로 서 있었다. 더글러스는 더 이상 다가오지 않았다.

"더글러스, 필요한 게 하나 더 있어요. 피를 좀 채취해야겠습니다."

"안 돼." 그는 격하게 고개를 젓고 다시 한 걸음 다가섰다.

응급실과 정신과 병동에서 근무할 때 가장 먼저 배웠지만, 폭력은 의도적인 경우가 거의 없다. 미리 나타나는 신호가 있다. 점점 차올라가는 흥분, 위협적인 동작. 곧 폭력으로 터져나올 거라는 사실은 분명히 알 수 있지만, 단지 정점에 이르러 주먹이 날아오는 정확한 시점을 알 수가 없다. 더글러스 뷰캐넌은 곧 폭발한다는 신호를 분명히 보내고 있었다.

이번에는 내가 물러섰다. 나는 부드럽게 말했다. "좋아요, 일단 이 정도로 하죠. 나중에 다시 이야기합시다. 알겠죠?" 휴대전화가 다시 울렸다. 나는 주머니를 가리켰다. "나중에 전화하게 휴대전화 번호 좀 가르쳐줘요."

"무슨 전화?"

"당신 주머니에 있는 그 휴대전화 말이에요."

묘한 표정이 떠올랐다. 더글러스는 정신지체 장애인치고는 상당히 영리한 사내였다. 그는 자기가 모자라다는 것을 알고 있었다. 게다가 그걸 다른 사람들이 알고 있다는 사실도 알고 있었다. 그는 그 점을 이용하고 있었다.

나는 포기하기로 하고 문으로 향했다. 하지만 나가기 전에 다시 돌아섰다.

"한 가지만 더. 앞으로 섹스를 할 때는 콘돔을 사용하세요. 당신하고 같이 잤던 여자들이 섹스로 전염되는 병을 앓고 있을 가능성이 있습니다. 무슨 말인지 알겠어요?"

"알겠어." 아마 그의 귀에는 시내버스에 붙은 재미없는 공익광고 문구처럼 들렸을 것이다.

"내가 방금 했던 말을 다시 말해보세요."

"섹스를 하면 죽을 수도 있어."

잘했어, 더글러스. 나는 말했다. "다시 섹스할 때는 콘돔을 사용할 거죠? 그렇게 해줄 거죠?"

더글러스 뷰캐넌은 멍한 눈빛으로 고개를 끄덕였다.

"고마워요, 더글러스. 아주 잘했습니다." 나는 억지로 미소를 지어 보였다.

19

나는 볼티모어 헤이번, 아니 지옥을 나서는 길에 상담 데스크에 잠시 들렀다. 여자는 놀랍게도 아직까지 수다를 떨고 있었다. 책상을 톡톡 치니까 의도했던 대로 수다가 끊기면서 여자가 짜증을 내는 효과가 발생했다.

"입주자들에게 휴대전화 소지가 허용됩니까?"

"등 뒤에 공중전화가 있어요." 여자는 불쾌한 말투로 말했다. 뒤돌아보니 현관에 정말 공중전화가 있었다.

"내가 물어본 건 그게 아닌데요."

여자는 전화를 끊고 한참 책상을 뒤져서 오래된 복사철을 꺼냈다. 그리고 서류를 넘기더니 어떤 페이지를 펼치고 읽었다. "입주자들은 볼티모어 헤이번 내에서 개인통신장비(호출기, 휴대전화)를 소지할 수 없다." 여자는 다시 서류를 정리했다. "마약 거래를 막기 위해서예요."

왜 공중전화로는 마약 거래를 못 한다는 건지 의아해서 실제로 물어볼 뻔했다. 하지만 전화를 자세히 들여다보니 그럴 생각이 사라졌다. 수화기에는 입에 대는 부분과 귀에 대는 부분이 없었다.

내부가 고스란히 드러나서 전선이 튀어나와 있었다.

나는 다시 돌아서서 여자를 향했다. "부엌과 지하실을 보여주시겠습니까?"

"왜요?"

"쥐덫을 확인해야 합니다."

여자는 시계를 빤히 쳐다보더니 도전적인 눈빛으로 나를 쳐다보았다. "여기서 제퍼슨 박사님을 기다리세요. 당신을 만나시겠대요." 여자는 수화기를 집어 들고 번호를 눌렀다.

나는 그때를 틈타 책상 옆을 지나 부엌이 있는 듯한 작은 복도로 들어섰다.

"이봐요!" 등 뒤에서 여자가 소리쳤다. "거기 들어가면 안 돼요."

오른쪽에 지저분한 식당이 있었고 테이블 위에는 먹다 남은 아침 식사가 아직 놓여 있었다.

"계속 가면 당신 골치 아파져!" 이 말이 맞다면 아마 이번 괴질의 병원소는 여기일 것이다. "당신 이름이 뭐야?" 여자는 찢어지는 목소리로 말했다.

기억이 안 나는 모양인데 굳이 되새겨주고 싶은 생각은 없었다. "난 파우스트 박사요." 나는 등 뒤로 외쳤다. 그리고 휴대전화를 꺼내 벌락의 전화번호를 눌렀다.

"덫 어디 있죠?" 나는 물었다.

벌락은 쥐덫을 놓은 열 군데의 위치를 대략 가르쳐주었다. 나는 수첩을 꺼내 대충 지금 서 있는 주방과 식료품실, 지하실 약도를 그렸다. 주방 직원 두 사람이 라디오에서 흘러나오는 라틴 음악을 들으면서 느릿느릿 샌드위치를 만들고 있었다.

"여기 좀 골치 아파질 것 같은데요." 나는 벌락에게 말했다.

"그래도 나보다는 자네가 당하는 게 낫지. 이봐, 네이트, 대충 챙겨서 나가. 내가 갔을 때는 날 돕겠답시고 제퍼슨이 사람 둘을 보냈었네. 우락부락하게 생긴 골치 아픈 친구들이었어. 그래서 그렇게 오래 걸렸던 걸세."

나는 주위를 둘러보았다. 냄새는 고약했지만 썩어가는 쓰레기 더미나 바닥 하수구에서 부글거리는 구정물 같은 건 없었다. "허버트, 당신이 왔다 간 다음에 청소를 한 모양입니다."

"아마 그랬겠지." 그는 잠시 멈췄다가 말을 이었다. "내가 판사에게 긴급 수색영장을 신청해놓겠네."

"하. 판사라."

"뭐, 그쪽에다 그렇게 이야기해. 잠깐이나마 물러날 거야. 어제는 통했었네."

"날 건드리면 여길 완전히 뒤집어놓을 겁니다. 우린 수색할 권한이 있어요."

"이봐, 네이트. 너무 나가지는 마. 제퍼슨이란 작자가 권력층에 연줄이……."

"가보겠습니다." 나는 전화를 끊었다.

주방에는 쥐새끼 한 마리도 없었지만 걸레가 미처 미치지 않은 구석에서 쥐털이 눈에 띄었다. 벌락이 붙여놓았던 회색 덕 테이프를 확인해보니, 덫 3개에서 테이프가 떨어져 있었다. 쥐가 있기는 있었다는 얘기다. 그놈들이 어떤 악랄한 병을 옮기고 다니는지는 한동안 수수께끼로 남아 있어야 할 것 같았다.

나는 미끼를 다시 놓고 식료품실로 들어갔다.

공공시설에서 흔히 볼 수 있는 식료품들이었다. 뿌옇게 색이 변한 기름, 아마 상한 것 같았다. 밀가루, 오트밀, 기타 등등. 쥐똥도 보였다. 하지만 덫에는 아무것도 없었다. 한 덫에서 테이프가 떨어져 있었다.

나는 지하실로 향했다. 아니, 가려고 했다. 문은 잠겨 있었다.

"열쇠 있습니까?" 나는 주방 직원들에게 물었다. 둘 다 뚱뚱한 라틴 여자였다. 두 사람은 서로 마주보았다. "티에넨 야베스?" 아무도 움직이지 않았다. "소이 운 독토르, 델 라 오피시나 데 살룻." 스페인어 솜씨는 형편없어도 뜻만 제대로 전달되면 된다. 나는 CDC 배지를 꺼냈다. "네세시탄 아브리르 라 푸에르타." 문을 열어야 합니다. 이제 겁먹은 표정이 떠올랐다. 이민단속국이라는 결정적인 카드로 협박하려는 순간 둘 중 한 사람이 앞치마에서 열쇠 꾸러미를 꺼내 문을 열었다.

"무차스 그라시아스." 나는 이렇게 말하고 불을 켠 다음 계단을 내려가기 시작했다.

볼티모어 헤이번 지하실에 비하면 헤라클레스가 청소했던 아우게이아스 왕의 외양간은 무균실이라고 할 수 있을 것이다. 그곳에는 각종 공공시설물 쓰레기가 널려 있었다. 낡은 카펫, 부서진 의자, 테이블. 구석에 놓인 쌀포대는 찢어져서 내용물이 바닥에 흩어져 있었다. 막상 안에 들어와 보니 아까 그렸던 약도가 얼마나 엉터리인지 알 수 있었다. 나는 약도를 수정한 뒤 축축하고 정신없는 지하실을 돌아다니며 X자로 표시해뒀던 쥐덫을 찾아다녔다.

부서진 전등 스탠드 뒤쪽에 하나가 있었다. 비어 있었다. 나는 축축한 벽을 따라가며 습기 때문에 삭아가는 종이 박스 옆을 지나쳤다. 한 박스에서 옷 무더기가 바닥에 떨어졌고, 다른 박스에서는 깨진 액자와 찢어진 사진이 떨어졌다. 입주자의 소지품일까? 그렇다면 왜 위층 방에 있지 않고 여기 있을까. 입주자의 신원을 알 만한 물건을 모조리 빼앗은 게 아닌가 싶었다. 경영진은 아마 그걸 '치료 요법'이라고 부를 것이다.

어둠 속에서 뭐가 부스럭거렸다. 덫이 있었고, 커다란 들쥐 한 마리가 그 안에서 정신없이 맴을 돌고 있었다. 나는 덫을 들어 올려 방 한가운데 있는 부서진 테이블 위에 올려놓았다. 그리고 쥐가 들어 있는 다른 덫들을 빠른 속도로 찾아냈다.

그때 계단을 내려오는 발소리가 들렸다.

랜들 제퍼슨 박사가 계단 맨 밑에 서 있었다. 그 뒤로는 '건달'이라는 표현이 가장 잘 어울릴 만한 덩치 큰 남자가 서 있었다. 제퍼슨은 흑인이었고 부하는 백인이었다. 저명한 정신과 의사이자 사업가인 박사의 명성은 익히 알고 있었고, 벌락이 보여준 신문에서 사진을 본 적도 있었다. 천오백 달러는 될 듯한 정장을 보아 하니 사업은 잘되는 모양이었다. 랜들 제퍼슨처럼 정신지체자를 돌보는 사람에게는 시당국에서 하루에 삼백 달러씩 보조금이 나간다는 이야기를 듣기도 했다. 숙식과 직업 교육, 정신치료 비용으로 사용하라는 돈일 것이다. 위층에서 셔츠를 씹어 먹고 있던 남자는 과연 어떤 치료를 받고 있는지 궁금했다. 제퍼슨의 신발을 보니 내 주급보다 더 비쌀 것 같았다. 흐음. 어디 보자. 볼티모어 헤이번은 입주자가 35명이니 일인당 하루 삼백 달러라면……

"맥코믹 박사." 짐짓 귀족적인 악센트였다. 내 이름도 알고 있었다. 볼티모어 헤이번 원장이 나 같은 놈에게 관심이 있다니. 그가 말을 이었다. "상당히 곤란한 곳에 들어오셨소."

나는 주위의 쓰레기 더미를 둘러보았다. "그렇군요. 저기 긴 의자를 어떻게 지나쳐야 할지 모르겠습니다."

제퍼슨은 냉혹한 미소를 띠며 고개를 저었다. "상당히 웃기시구만."

"늘 노력하죠." 나는 손에 들고 있던 쥐가 든 덫을 다리가 3개밖에 없는 의자 위에 내려놓았다.

제퍼슨이 말했다. "미리 알리지 않고 우리 입주자와 이야기를 하셨던데."

"미리 알려야 하는지 몰랐습니다만."

"그 대화의 내용을 알고 싶소."

"안됐지만 비밀입니다. 의사와 환자 사이의 상담이니까요."

"쯧, 쯧, 맥코믹 박사. 그렇지 않다는 걸 잘 아실 텐데. 당신은 더글러스의 주치의도 아니고, 이런 수사를 하신다고 해서 의사와 환자 관계가 성립되는 건 아니지." 절반은 맞는 말이었다. 더글러스 뷰캐넌은 내 환자가 아니었다. 아마 십중팔구 제퍼슨의 환자일 것이다.

"하지만 이번 수사의 성격상 나는 어디든 들어가서 누구하고든 이야기할 수 있습니다."

"법원 영장이 없으면 안 되잖소."

"영장도 있습니다." 거짓말이었다. 받았어야 했나. 벌락도 받았어야 했고, 그래서 랜들 제퍼슨이 이런 골치 아픈 상황을 만들지 못하도록 했어야 했다. 불행히도 아무도 이런 문제를 예상하지 못했다.

"그렇다면 영장을 보여주시지."

"벌락 박사가 갖고 있습니다."

"아, 어련하시겠나." 제퍼슨의 얼굴에서 마침내 미소가 사라졌다. 퍽 오랫동안 참고 있었던 것이 대견했다. 훌륭한 정치가의 자질이 있는 인물이었다. "맥코믹 박사, 선의를 가진 분이라고 믿소. 우리 역시 마찬가지요. 우리도 보건당국의 이번 질병 수사에 적극 협조하고 싶소. 하지만 그걸 당연하게 여기는 건 달갑지가 않소. 그저 우리 시설에 와서 입주자들을 만나기 전에 연락만 해줬으면 하는 마음인데, 그랬다면 일이 한층 쉬워졌을 거요."

숨겨야 할 것을 숨길 시간을 달라, 이 말이군. 나는 생각했다. "곧 다시 연락드릴 겁니다. 아마 오늘 중으로. 더글러스 뷰캐넌과도 다시 만나봐야겠습니다. 그것도 아마 오늘 중일 겁니다."

"그렇다면 도와드릴 수 있을 거요. 아까 대화 내용만 이야기해주신다면."

"아, 그럼 지금 뷰캐넌 씨를 만나러 가는 게 어떨까요? 정액 샘플과 혈액 샘플도 필요합니다. 그것도 좀 도와주시죠."

제퍼슨도 건달도 이 제안에는 관심이 없는 것 같았다. 제퍼슨이 차갑게 말했다. "안됐지만 더글러스는 나갔소."

"왜 놀랍지가 않을까요?"

나는 지하실을 둘러보았다. 확인할 쥐덫이 하나 더 남아 있었지만 그냥 갈 생각이었다. 이미 두 마리나 확보한데다 제퍼슨과 그의 부하가 세 번째 쥐를 잡도록 도와줄 것 같지도 않았다. 나는 쥐덫을 집어 들었다. 쥐가 불안한지 찍찍거리며 돌아다니기 시작했다.

"그건 놔두고 가셨으면 좋겠소." 제퍼슨이 덫을 가리켰다. "나중에 영장을 가지고 와서 가져가시오. 안전하게 보관해놓을 테니."

"이거요?" 나는 두 손을 들어 보였다. "이건 제가 가져온 겁니다. 애완용으로 키우거든요. 말동무 삼아."

"당신 재미있는 사람이군, 맥코믹 박사."

프로레슬러 수준의 덩치를 자랑하는 건달이 자세를 바꿨다. 얼른 빠져나가는 게 좋을 것 같았다.

"쥐덫을 내려놓고 변호사한테 연락하시지. 곧 필요하게 될 테니까."

"실례."

나는 못 들은 척 말하고 계단 쪽으로 걸음을 옮겼다. 두 남자가 내 앞을 막아섰다. 쥐덫 안의 쥐가 요란하게 찍찍거렸다.

건달은 쥐덫을 빼앗으려고 손을 내밀었다. 나는 아무 생각 없이 계단으로 향했다. 건달은 두툼한 손가락으로 창살을 감아 잡아당겼다. 나는 놓지 않았다. 실랑이를 하는 통에 쥐가 더욱 흥분했다. 쥐는 깍깍거리며 문지 그대로 창살 벽에서 벽으로 마구 튀기 시작했다. 어쩐지 위층에서 셔츠를 씹고 있던 남자가 생각났다.

"아!" 건달이 비명을 지르며 손을 얼른 뺐다. 그리고 손을 입술에 갖다댔다. "물었어! 쥐새끼가 날 물었어!"

이제 두 마리 다 찍찍거리고 있었다. 나는 건달에게 덫을 휘둘렀다. 그리고 그가 뒤로 약간 물러나는 사이에 얼른 계단을 뛰어올라갔다. 제퍼슨이 등 뒤에서 뭐라고 소리쳤다.

복도를 지나 현관문까지 뛰면서 나는 나 자신에게 욕을 퍼부었다. 멍청한 놈, 멍청한 놈. 나는 손에 든 쥐덫과 그 안의 쥐를 쳐다보았다. 만약 이 쥐가 매개체라면 내가, 나사니엘 맥코믹 박사가 방금 다른 사람을 감염시킨 것이다.

제발 이 녀석이 건달의 피부 속까지 깨물지 않았으면 하는 바람, 아니 간절한 기원뿐이었다.

길포드 애비뉴에 있는 볼티모어 시 보건국으로 돌아가서 쥐를 전달하고 벌락 박사와 상의하기 전에, 일단 마음을 좀 가라앉힐 필요가 있었다. 존 폴스 고속도로를 타고 곧장 시내로 들어가는 길이 가장 빨랐다. 하지만 나는 시내로 들어가서 메릴랜드 대학 볼티모어 캠퍼스, 점심 식사 때 내가 가장 즐겨 찾는 식당으로 향했다. 질병 역학조사를 하는 의료 형사도 먹어야 산다. 더구나 방금 폭행까지 당했다면. 게다가 누군가에게 질병을 감염시키지 않았나 하는 걱정이 머릿속에 꽉 차 있다면.

메릴랜드 대학 볼티모어 캠퍼스와의 인연에 대해 잠시 설명할까 한다. 우선 메릴랜드 대학은 내 모교다. 의대 후반기를 거기서 보냈으니 대학병원에서 근무했다는 뜻이고, 즉 거기서 의사가 되는 법을 배웠다는 뜻이다. 2년 동안 기초과학을 배우는 예과 과정은 서부 해안, 실리콘 밸리 안에 자리잡은 그 유명한 대학에서 이수했다. '농장'이라는 별명으로 불리는 그곳, 전국적인 명성을 자랑하는 햇빛 좋고 활기 넘치는 대학. 서둘러 골든 스테이트를 떠났던 것은 무엇보다 나의 성격적 결함으로 인해서였다.

메릴랜드가 다시 의학을 공부할 수 있는 기회를 주었고, 나는 여기서 졸업장을 받았다. 우등으로. 이후 노스캐롤라이나 대학에서 내과 레지던트 과정을 거쳤으며 마침내 CDC 애틀랜타 지부에 자리를 잡았다. 더위와 습기를 못 견디는 체질이면서 메이슨딕슨선(미국 북부와 남부를 가르는 상징적인 경계선—옮긴이) 이남에서 너무 오래 살았다는 점만 빼면 캘리포니아를 떠난 뒤로 내 인생은 그럭저럭 괜찮은 편이었다.

어쨌든 나는 레드우드 스트리트에 위치한 메리스 디너의 포마이카 테이블에 앉아 2달러짜리 버거를 씹고 있었다. 길가에 불법으로 주차한 자동차의 차창은 열려 있었고 쥐들은 뒷자리 바닥에 넣은 철창 안에서 포근히 쉬고 있었다. 나는 웨이트리스와 잠시 이야기를 나누었다. 나는 그쪽을 또렷이 기억했지만, 그쪽은 내가 누군지 전혀 몰랐다. 휴대전화가 울려서 이야기가 끊겼다.

"나사니엘, 진 매디슨입니다." 피곤한 목소리였다. 호칭도 딱딱한 '맥코믹 박사'가 아니었다. "안 좋은 소식이 있어요."

"뭡니까?"

"음…… 이번 일, 뭔지는 몰라도 치명적인 병입니다." 박사는 수화기에 대고 한숨을 뿜어냈다.

"뭐냐구요?"

"데보라 필모어가 죽었어요."

20

30분 전에 먹은 버거가 위장에서 부글거리고 있었다. 어쩌면 버거가 아니라 환경 때문인지도 모른다. 나는 성 라파엘 병원 병리학과에 와 있었다.

홉킨스와 메릴랜드 대학병원에서 그쪽 병리학 연구실을 사용해도 좋다는 제안을 해왔지만, 데보라 필모어의 시체와 같은 병원체를 옮긴다는 것도 좋은 생각은 아니었다. 매디슨 박사의 말대로 이제 이건 치명적인 질병이 되었다. 상황이 바뀐 것이다. 다들 불안한 안색이었다. 따라서 보건부에서 가장 성능이 좋은 보호장구를 갖추게 되었다. 호흡기가 달린 완전 방호복. 그래도 안전하다는 기분은 들지 않았다.

메스가 처음 들어가는 순간 나는 햄버거를 다 토할 뻔했다. 얼굴에 호흡기를 쓰고 있었으니 토했다면 볼만했을 것이다. 병리학자가 복부에 큰 칼을 밀어넣는 순간 피가 흐르기 시작했다. 계속해서 흘렀다. 복부에서 솟아나온 피가 가운을 입은 부검의의 팔에 튀었다. 다들 뒤로 물러서며 비명을 질렀다. 일순간 방 안은 조용해졌다. 들리는 소리라고는 부검대 위로 흐르는 물소리와 호흡기에서 숨을 들이마시는 소리뿐이었다.

누가 속삭이는 소리가 들렸다. "맙소사……."

"괜찮아…… 후안, 괜찮지?…… 괜찮아." 누군가 부검의에게 말했다. "내가 할게." 한 남자가 앞으로 나섰다. 바이러스성 질환을 전공하고 있는—이제 우리는 90퍼센트 정도 바이러스성이라고 확신하고 있었다—홉킨스 병리학자 잭 다우드가 부검대로 다가 왔다. 병리학 레지던트와 성 라파엘 병원 병리학과장이 뒤따랐다. 그들에게는 중요한 순간이었다. 병리학은 수술을 하는 과가 아니 기 때문에 배짱이 얼마나 두둑한지 보여줄 기회도 자주 오지 않는 다. 잠시 후 다우드는 절개를 시작하며 천장에서 늘어진 마이크에 대고 나지막하게 말하기 시작했다.

"환자 성명 : 데보라 필모어. 환자번호 : 7716321. 사망 시각 : 7월 15일 13시 10분. 환자는 흑인 여성으로서……."

우리는 배짱 두둑한 잭 다우드가 부검하는 모습을 지켜보았다. 기술적으로 데비 필모어의 사인은 다발성 장기부전이었다. 말 그 대로다. 신장이 피를 걸러내지 못하고 전해질과 체액의 균형이 망 가진다. 다른 장기는 혈액이 부족하게 된다. 그러다가 폐기능이 정 지되고 심장기능이 정지되고 뇌기능이 정지된다.

다발성 장기부전을 초래한 원인은 쇼크였다. 혈압이 떨어져서 신체 모든 장기에 골고루 혈액을 공급하지 못하게 된 것이다. 쇼크 를 초래한 원인은 모세혈관과 주요 혈관의 파열에 따른 내출혈이 었다. 동맥과 정맥 안에 있어야 할 피가 지금 모두 체강에서 흘러 나오고 있었다.

장기는 모두 조심스럽게 적출해서 무게를 단 뒤 절개했다. '조심스럽게'가 핵심이었다. 자칫 칼을 헛놀렸다가 데비 필모어처럼 죽고 싶은 사람은 아무도 없었다.

30분 뒤 나는 필요한 사항을 확인했다. 이번 질병의 사인이 바이러스성 출혈열로 인한 사인과 일치한다는 사실이었다. 나는 병리학 연구실에 딸린 샤워 부스에서 몸을 씻고 소독약 냄새를 풍기며 병동을 나섰다.

"빌어먹을, 네이트. 쥐덫은 그냥 가져가게 두지 않고?"

"그 사람들은 전염병 수사를 방해하려고 했습니다."

"그래봤자 도움이 안 돼. 정말 문제가 커질 수도 있단 말이야." 벌락은 펜으로 책상을 두드렸다. "다시 말해봐. 덫을 잡으려고 해서……?"

나는 다시 상황을 설명했다.

"이건 정말 도움이 안 돼. 피부가 찢어지지 않은 건 확실한가?"

"모르겠습니다."

"젠장. 제퍼슨에게 연락해서 그 친구 소독하라고 해야겠어."

"제퍼슨을 아십니까?"

"어느 정도. 흑인에, 의사에, 볼티모어에 산다면 서로 알게 돼 있지." 벌락은 나를 보았다. 나는 시선을 내리깔았다. "아, 젠장, 네이트. 도대체 왜……." 그는 말을 흐리며 벗겨진 머리를 앞뒤로 연신 쓸었다. "이봐, 제퍼슨은 어쨌거나 의사야. 어떻게 해야 하는지 알고 있을 거야. 이번 병이 어떤 건지도 알고 있을 거라고. 이건…… 아니, 그 사람은 정말 저질이란 말이야."

우리는 철제 책상과 온갖 의학저널로 꽉 차서 성인 남자 둘이 앉기에는 버거운 벌락의 작은 사무실에 앉아 있었다. 벌락은 한숨을 쉬었다. "좋아. 상황이 확실해질 때까지는 그냥 약간 꼬집힌 정도로 생각해두지."

"좋습니다."

"인간 매개 가능성은 어떻게 생각하나?"

쥐새끼 사건. 벌락은 고맙게도 가볍게 질책하고 더 이상 거론하지 않았지만 상황은 좋아 보이지 않았다. 피부가 찢어졌건 말았건 나는 이 일로 큰 곤욕을 치르게 될 것 같았다. 공중보건의가 이런 일에 연루되어서는 안 된다. 나는 내가 한 행동이 정당하다고 믿었고 쥐에 물린 것은 제퍼슨의 부하가 어리석었기 때문이라고 생각했지만, 그리고 결국에는 내게 아무런 과실이 없다는 것이 밝혀질 것이라고 믿었지만, 그래도 어쨌든 모양새는 좋지 않았다. 제퍼슨은 변호사를 동원해서 골칫거리를 만들 것이다. 벌락이 열받은 것도 그 때문이었다.

어쨌든 인간 매개로 돌아가자. 나는 말했다. "뭔가 있어 보이긴 합니다. 남자 한 사람이 환자 셋과 모두 성관계를 가졌어요. 더글러스 뷰캐넌."

"뷰캐넌이 시작이었다면 그는 왜 증상이 없을까?"

"면역 기능 때문이겠죠." 사람마다 질병의 증상은 다 다르다. 웨스트나일 바이러스도 보균자의 1퍼센트 정도만 뇌염을 일으킨다. 그 중에서도 극히 일부만 사망한다. "어쩌면 특정 유전자를 지닌 집단만 발병하는 건지도 모릅니다. 여성만 발병하는 건지도 모르죠. 에스트로겐이나 테스토스테론 레벨에 따라서요."

"그럴 수도 있지."

"아니면 잠복기라 곧 발병할 수도 있고요. 환자들과 성관계를 가진 사람이 더 있을지도 모르지요."

"그럴 가능성은 별로 없는데." 벌락이 말했다.

"아닙니다. 이 집단은 성적으로 매우 활발합니다."

"어떻게 그리 잘 아시나?"

"제가 예전부터 정신지체 여자들하고 잠자리를 했거든요. 아니, 농담 아닙니다. 인터뷰를 시작한 지 겨우 이틀 됐는데, 서로 잠자리를 안 한 사람이 없는 것 같다니까요. 다른 병원에서 환자가 발생했다는 보고는 안 들어왔습니까?"

"경고는 보내놨는데 아직 없어. 나타나면 알 수 있겠지. 증상이 상당히 놀라워."

"항상 이런 증상만 나타나는지도 아직 확실치 않습니다. 어떤 사람은 가벼운 감기 정도로 앓고 말 수도 있어요." 나는 잠시 말을 끊었다. "더글러스 뷰캐넌은 무증상 보균자일 수도 있습니다."

"아예 감염되지 않았을 수도 있겠고."

"그렇지요."

그때 내 전화가 울렸다. 팀 랭커스터였다. 손짓 메타와 함께 방금 막 볼티모어-워싱턴 국제공항에 도착했고 한 시간 내로 보건국에 도착할 거라는 내용이었다.

벌락은 펜으로 옅은 콧수염을 두드리고 있었다. "제퍼슨에게 연락해서 좀 달래봐야겠군."

전화번호부를 넘겨 제퍼슨의 번호를 찾는데, 그의 호출기가 울렸다. 벌락은 호출기를 보며 작게 욕설을 내뱉었다. 벌락이 다이얼을 돌리는 동안 나는 팀 랭커스터가 볼티모어에 도착했다는 사실에 자기 연민으로 착잡해졌다. 아직은 팀도 모르고 있겠지만, 쥐 사건을 알게 되면 사자가 죽은 가젤 영양을 찢어발기듯이 나를 잡아 족칠 것이다.

불호령이 떨어지면 어떻게 할까 막막한 기분으로 벌락을 바라보고 있는데, 약간 불쾌한 표정이던 그의 얼굴이 대단히 불쾌한 표정으로 변했다.

"환자가 발생했어." 벌락은 전화를 끊으며 말했다. "메릴랜드 병원에 네 번째, 다섯 번째 환자가 들어왔어. 지금 성 라파엘 병원으로 이송 중이야."

그는 사무실을 나섰다. 나도 뒤따랐다.

21

우리는 서둘렀다.

환자의 이름은 브라이언 티닝스와 매기 펠프스였다. 둘 다 제퍼슨이 운영하는 보호소에 살고 있었다. 브라이언은 볼티모어 가든스, 매기는 볼티모어 론이었다. 성 라파엘 병원 바깥은 비교적 조용했다. 언론은 메릴랜드에서 환자 두 명을 이송 중이라는 사실을 아직 눈치채지 못한 모양이었다.

병원 바깥 벤치에서 간호복 차림의 여자가 조용히 담배를 피우고 있었다. 흡연 욕구가 유례없이 치솟았다. 여자가 미인이라는 점도 한몫했다.

벌락은 병원 입구에서 레지던트 한 사람을 불러 세워 질문을 하기 시작했다. 환자와 같이 온 사람이 누구냐는 물음이 들렸다.

레지던트는 담배를 피우고 있는 여자를 가리켰다. "태비사 키너드입니다. 저 사람이 데려왔어요."

나는 조용히 담배 연기를 뿜어내는 여자를 다시 돌아보았다.

"이야기를 해봐야겠군." 벌락이 말했다.

"제가 잠시 기다려달라고 말했습니다."

"잘했네." 벌락이 말했다.

"감사합니다." 레지던트는 활짝 웃으며 말했다. 맙소사, 나는 생각했다. 의대 공부가 얼마나 혹독하면 저 정도 칭찬에 저런 표정을 짓는 걸까.

벌락과 나는 마스크를 쓰고 레지던트를 따라 안으로 들어갔다.

매기와 브라이언은 둘 다 30대 중반으로 다른 환자들과 비슷한
증상을 보이고 있었다. 매기가 더 심했다. 복부와 가슴에 통증이
있었고 입 안에 약간의 출혈이 있었다. 브라이언은 시작 단계였다.
전신 통증과 미열 정도라 그냥 감기라고 해도 이상하지 않을 것 같
았다. 하지만 레지던트 말로는 키너드 간호사가 굳이 병원으로 데
려가야 한다고 고집한 모양이었다. 잘했어요, 키너드 간호사.

한 사람은 남성 전용 보호소, 한 사람은 여성 전용 보호소에서
살고 있었다. 보호소는 서로 옆 건물이었다. 둘 다 밀러 요양원에
서는 일하지 않았다. 브라이언은 시내 한 극장 관리인이었고, 매기
는 모텔 청소부였다. 우리는 두 사람이 일하는 곳 이름을 적었다.

또한 네 번째 환자와 다섯 번째 환자는 한 쌍이었다. 우리는 섹
스에 대한 질문을 했다. 상대, 빈도, 콘돔 사용 여부 등등. 브라이
언은 매기 외에는 아무와도 섹스를 하지 않았다고 했는데 내가 보
기엔 사실인 것 같았다. 매기 역시 브라이언 외에 다른 사람과는
섹스를 하지 않았다고 했다. 하지만 아니라고 말하는 순간 눈빛이
흔들렸다.

"매기." 나는 말했다. "음, 브라이언말고 다른 사람과 섹스했으
면 그렇다고 말해줘야 합니다."

"아니에요. 난 브라이언을 사랑해요."

"브라이언을 사랑한다면 더욱 말해줘야 해요. 브라이언이 지금 아픈데, 당신이 사실대로 말해주면 그 사람을 도울 수 있어요."

"난 브라이언을 사랑해요."

매기와 내가 10분 동안 이런 문답을 주고받자, 옆에 서 있던 벌락은 눈에 띄게 초조해했다. 마침내 그가 끼어들었다. "매기, 다른 사람들을 죽일 생각입니까?"

이 말에 매기는 놀랐다. 나 역시 놀랐다. 너무 초조해서 폭발한 게 아닌가 하는 생각이 들었다.

"아뇨." 매기가 대답했다.

"브라이언을 죽이고 싶어요?"

"아뇨, 난 브라이언을……."

"우리한테 사실대로 말하지 않으면 그렇게 될 겁니다. 누구하고 섹스했는지 말하지 않으면 브라이언은 죽어요."

"난 브라이언을……."

"사랑하는 건 알고 있어요. 하지만 나한테 말 안 하면 그 사람은 죽습니다."

"안 돼……."

"다른 사람 누구하고 섹스했습니까?"

"난……."

"누구랑 했습니까?" 매기는 대답하지 않았다. "다른 사람 누구와 했냐고요?" 벌락의 목소리가 한층 날카로워졌다.

매기는 흐느끼기 시작했다.

"허버트……" 내가 끼어들었다. 허버트 벌락의 새로운 면모에는 나조차도 불편함을 느꼈다.

"다른 누구랑 했어요? 브라이언을 죽이고 싶은 거요? 다른 누구랑 했냐니까?" 벌락은 장갑 낀 손으로 매기의 팔을 잡았다.

"모르겠어요. 몰라요. 그 사람은……."

벌락은 계속 밀어붙였다. "이름이 뭡니까?"

매기는 흐느끼며 고개를 저었다.

"백인입니까, 흑인입니까?" 혹시 빠뜨렸을까봐 나는 덧붙였다. "아니면 피부가 갈색이었습니까?"

"백인이요." 매기는 흑인이었다.

"브라이언 말입니까?" 브라이언은 백인이었기 때문에 혹시 혼동했을까봐 나는 다시 물었다.

"아뇨. 덩치가 컸어요. 덩치 큰 백인 남자요."

"그 사람하고는 언제 했습니까?" 벌락이 물었다.

"모르겠어요."

"매기, 어디서……." 벌락의 말투가 점점 초조한 기색을 띠었다. "그 남자와 어디서 섹스를 했습니까?"

"제퍼슨 씨의 생일 파티에서요." 매기는 겁에 질려 우리를 쳐다보았다. "난 사람을 죽이지 않아요. 브라이언도 안 죽여요. 제발."

"브라이언은 안 죽을 겁니다." 나는 안심시켜주었다. "잘하고 있어요, 매기."

애당초 그 남자의 이름을 몰랐을지 모르는데도 벌락은 계속 매기를 몰아붙였다. 벌락은 사실상 내 보스였고 지금까지 내가 별 소득을 거두지 못한 데 반해 벌락은 성과를 거두고 있었기 때문에, 나는 매기가 울며 결백을 호소하는데도 가만히 있었다. 하지만 더 이상 바라보고 있을 수가 없었다. "전 간호사와 이야기를 해보겠습니다." 나는 이렇게 말하고 병실을 나섰다.

우리를 병원으로 안내했던 레지던트가 눈에 띄어서, 나는 키너드 간호사가 어디 있는지 물었다. 아마 M-2 병동 대기실에 있을 거라는 대답이 돌아왔다.

땋아서 늘어뜨린 긴 머리에 유리라도 절단할 수 있을 것 같은 날카로운 광대뼈의 소유자 태비사 키너드는 가까이서 보니 아까 멀리서 봤을 때보다 훨씬 미인이었다. 그녀는 〈뉴스위크〉 과월호를 넘기고 있었다. 나는 내 소개를 하고 손을 내밀었다. 우리는 악수를 나누었다.

질문보다 니코틴이 급해서 나는 물었다. "담배 하나 빌릴 수 있을까요?"

"밖에 기자들이 와 있어요."

"안 내려가면 되지요."

잠시 후 우리는 병원 옥상에 올라가서 나란히 담배를 피우며 볼티모어 남부의 쇠락한 시가지를 내려다보고 있었다. 다른 때 같으면 아마 담배가 몸에 나쁘다는 둥 멍청한 소리를 했을 텐데, 지금은 그런 말이 어울리지 않는 것 같았다.

"난 직장에서 쫓겨날 거예요." 키너드가 담담하게 말했다.

"왜요?"

"확실해요. 당신 질문에 대답을 해야 하니까요." 키너드는 담배를 길게 한 모금 빨고 연기를 내뿜었다. "괜찮아요. 간호사는 새 직장 구하기도 쉬워요. 물어보세요, 박사님."

나는 질문을 시작했다. 그녀는 매기를 돌보다가 라디오에서 괴질이 발생했다는 뉴스를 언뜻 들었다고 했다. 걱정이 되었지만 어젯밤 매기와 사귀고 있는 브라이언까지 열이 오르자 안 되겠다는 생각이 든 모양이었다. 아침에도 차도가 없어 병원으로 데려왔다고 했다.

"그냥 감기인 줄 알았어요."

"그럴 수도 있습니다." 하지만 내 말은 설득력이 없었다. "그러길 바라야죠. 매기가 아프다는 걸 처음 알게 된 게 언제입니까?"

"사흘 전이요."

"계속 상태가 악화됐구요?"

"네."

"왜 이제야 데려왔습니까? 단순한 감기 정도가 아니라는 걸 아셨을 텐데."

"데비 필모어가 죽었죠."

"그런데 왜 지체하셨죠?"

그녀는 한참 동안 내 눈을 바라보았다. 벌꿀 같은 금빛 눈동자였다. "병이 발생해도 아무한테도 이야기해서는 안 되기 때문이었어요. 의사한테도, 병원에도. 매기는 어제 방에 격리되어 있었어요. 볼티모어 론 내부에서 치료할 예정이었죠."

이건 이상한 소리였다. "왜요?"

"제퍼슨 박사가 그렇게 명령했어요. 휴." 그녀는 콘크리트 난간에 몸을 기댔다. "이제 정말로 새 직장을 알아봐야겠네요. 보건국은 직원 혜택이 괜찮나요?"

"난 CDC 소속입니다."

"아, 애틀랜타에도 친척이 살고 있는데." 그녀는 미소지었다. "왜 그런 명령을 내렸는지는 모르겠어요. 이틀 전 제퍼슨 박사가 입주자들을 돌보는 간호사 셋을 불러서 모든 처치를 내부에서 하라고 했어요. 이유는 설명하지 않고. 제퍼슨 박사한테 이유를 물어봤자 소용없죠. 만나보셨죠?"

"네."

"박사는 당신하고 흑인 의사, 뭘 물어보는 사람들을 경계하라고 했어요. 입주자들을 돌보는 데 필요한 장비는 모두 구해줄 테니 걱정하지 말라고요."

"그래서 구해줬습니까? 장비 말입니다."

"오늘 도착하기로 돼 있어요." 간호사는 시계를 보았다. "그 사람들을 만나야 할 시간인데." 그녀가 미소를 지었다. "아, 랜들이 펄펄 뛰겠네요." 그녀의 손이 살짝 떨리는 것이 눈에 띄었다. 그녀는 내 시선을 느꼈는지 손을 콘크리트 위에 얹고 도시를 내려다보았다.

"다른 환자는 없습니까?"

"제가 아는 한은 없어요. 그랬다면 같이 데려왔겠죠."

나는 담배 연기를 길게 한 모금 빨아들였다. "키너드 씨. 언론에는 이야기하지 말아주십시오. 아직 이번 질병의 원인을 밝혀내지 못했습니다."

"언론에서도 이미 알고 있는 것 같던데요."

"네. 몇 가지 가설은 세워놨습니다만 언론에 알릴 건 못 됩니다. 특히 매기와 브라이언 건을 볼 때, 제퍼슨 박사의 요양원에 병원소가 있지 않나 하는 걱정이 드는군요."

"놀랄 일도 아니죠."

이미 뭔가 알고 있거나 짚이는 데가 있는 듯한 그녀의 대답에 나는 놀랐다. "질병의 원인을 알고 계십니까?"

"아뇨, 아뇨. 그런 뜻이 아니라. 그저…… 볼티모어 헤이번에 와 보셨잖아요?"

나는 고개를 끄덕였다. 그리고 잠시 후 물었다. "지나친 질문인지도 모르겠지만, 왜 거기서 일하십니까?"

간호사는 웃었다. "간단하게 말하자면, 전 먹여살릴 애가 둘이나 있는데 제퍼슨 씨는 시내 어떤 곳보다 월급을 많이 주거든요. 좀 더 설명하자면, 음, 너무 길어요. 그런 것까지 아실 필요는 없을 것 같네요."

"그건 제가 판단하겠습니다."

"아뇨, 이번 일과는 상관없는 일이니까요."

더 이상 캐묻지 말자. "좋습니다. 저희는 이번 질병이 성 접촉으로 인해 감염되는 것일지도 모른다고 생각하고 있습니다. 아직 확실하지는 않지만……."

"그렇다면 맥코믹 박사님, 정말 심각한 문제예요. 보호소는 성행위가 활발하거든요. 저희 입주자들 중에도 성욕이 하늘을 찌르는 사람들이 많죠. 강간이 적어도 일주일에 한 건은 발생해요. 합의된 섹스는 훨씬, 훨씬 더 많구요."

"규제하는 사람은 없습니까?"

"별로. 제퍼슨 박사는 치료에 도움이 된다고 생각해요."

"한데 임신하는 사람은 왜 없죠?"

"제퍼슨 박사는 데포 주사를 대단히 신뢰하시죠."

데포-프로베라는 3개월에 한 번씩 접종하는 피임 주사다. 그 '감기' 환자들이 성 라파엘 병원으로 줄줄이 실려 오는 광경을 상상하자 속이 울렁거렸다. 나는 담배를 비벼 끄고 나서 꽁초를 주머니에 넣었다.

"당신도 제퍼슨 박사의 생일 파티에 가셨습니까?"

"업무죠. 네, 저도 갔었어요. 제퍼슨 씨는 없었구요."

"매기 펠프스가 그 파티에서 한 남자랑 성관계를 가졌다고 했습니다."

"매기 펠프스는 브라이언 티닝스와 사랑하는······."

"그런데도 파티에서 누군가와 관계를 가졌다는군요. 백인 남자였답니다. 키가 큰."

"맥코믹 박사님. 보호소에 키 큰 백인 남자는 많아요."

키너드는 담배를 끄고 꽁초를 지붕에 던졌다. 나는 명함을 꺼내 건넸다.

"기억나는 게 있으시면 연락 주십시오. 그동안 저희는 제퍼슨 보호소의 입주자 명단을 확보하겠습니다. 오늘 중으로 다시 만나서 입주자들의 관계를 추적했으면 합니다."

나는 허리를 굽혀 키너드의 꽁초를 주위 내 주머니에 넣었다. 그녀는 미소를 지었다. "질서의식이 투철하시네요."

"그렇지 않습니다." 나는 문 쪽으로 향했다. 키너드는 움직이지 않았다.

"잠깐만요, 박사님······ 요양원에 성적으로 상당히 문란한 키 큰 백인 남자가 하나 있는데요. 솔직히 말하면 여자 사냥꾼이죠. 그 사람한테······ 당한 여자를 많이 치료하는데요. 매기랑 한 건 몰랐지만 그럴 수도 있을 거예요. 볼티모어 헤이번에 있는데, 이름은 더글러스 뷰캐넌이에요."

여자 사냥꾼, 성 접촉으로 감염되는 질병. 이미 세 명의 환자와 관계를 가졌던 더글러스 뷰캐넌.

"감사합니다, 키너드 씨." 나는 문손잡이를 잡았다. "아, 한 가지 더. 더글러스 뷰캐넌의 방은 왜 다른 사람보다 좋습니까? 방을 혼자 쓰는 사람은 그 사람뿐이더군요."

"난 볼티모어 헤이번에서 일하지 않아요."

"다른 사람보다 더 좋은 방을 쓸 만한 이유가 뭘까요? 짚이는 데라도?"

"모르겠어요."

"그럼 그런 짓을 하고 다니는데 왜 제재를 받지 않을까요?"

"제가 특별대우를 받는, 아니, 받았던 것과 같은 이유 아닐까요?"

"무슨 뜻입니까?"

"제퍼슨 박사는 저를 좋아했어요. 아마 더글러스도 좋아하나보죠."

"잠깐, 그렇다면……?"

"아뇨, 아뇨." 그녀는 웃었다. "제퍼슨 박사와 저는 그런 사이였는데요, 더글러스 뷰캐넌은, 음, 다른 이유가 있을 수 있겠죠. 뭔지는 모르겠어요."

문을 닫기 직전, 키너드 간호사의 목소리가 들렸다. "하지만 좋은 일도 다 끝이 있는 법 아니겠어요?"

22

빨리 빨리.

사건이 해결되지 않고 오래 끌수록 해결될 확률은 낮아진다. 살인사건의 경우에도 시간이 흐를수록 사람들은 대부분 자기가 어디 있었고 무엇을 했는지 잊게 마련이다. 알리바이를 생각해내고 변명을 지어낼 기회가 많아지는 것이다.

매기 펠프스와 태비사 키너드가 더글러스 뷰캐넌을 지목하자 우리는 마음이 급해졌다. 판사 역시 마찬가지였던 모양이다. 성 라파엘 병원 옥상에서 내려온 지 30분 만에 볼티모어 헤이번에 대한 수색영장이 떨어졌다.

벌락은 전직 군의관답게 피 냄새를 맡았는지 승리감에 차 있었다. 그거야 상관없었지만 운전대를 잡고 30마일 구간에서 60마일로 달린다는 게 문제였다. 나는 안전벨트를 맸다.

호출기가 울려서 액정에 찍힌 작은 번호를 들여다보았지만 울퉁불퉁한 도로 위를 달리는 와중이라 읽기가 쉽지 않다. 30분 전에 휴대전화에 찍혔던 번호, 30분 동안 3번이나 호출기에 찍혔던 번호였다. 팀 랭커스터가 나를 애타게 찾고 있는 모양이었다. 하지만 이쪽은 별로 그런 기분이 아니었다. 나는 호출기를 벨트에 다시 꽂았다.

우리는 더글러스 뷰캐넌이 사는 보호소 바깥에 끽 하고 차를 세웠다. 볼티모어 경찰이 와주기로 했기 때문에, 나는 총을 든 경찰들이 고함을 치며 우리를 호위하는 거창한 상황이 펼쳐질 것으로 기대하고 있었다. 하지만 경찰은 아직 도착하지 않았다. 진입 작전에는 벌락과 나만 참여해야 할 것 같았다.

한데, 그렇지 않았다.

"또 뭐야?" 벌락이 말했다.

덩치 큰 남자가 이쪽으로 걸어오고 있었다. 정장 차림의 마른 남자가 그 뒤를 따랐다.

"저 사람이 맥코믹 박사요."

덩치 큰 남자는 차에서 내리는 나를 가리키며 말했다. 어제 쥐 사건 때문에 아직 마음이 안 풀린 것 같았다. 마른 남자가 우리에게 다가왔다.

"제퍼슨 박사의 변호사 드루 미저스키입니다." 변호사는 내 소개를 기다리는 것 같았지만, 저쪽이 나를 알고 있었기 때문에 나는 가만히 있었다. 변호사가 마침내 다시 말했다. "우리는 제퍼슨 박사와 박사의 시설에 거주하는 입주자들에 대한 협박 금지 가처분 신청을 준비 중입니다."

"잘해보시죠." 내가 대꾸했다.

"맥코믹 박사, 당신이 제퍼슨 박사와 여기 더니건 씨에게 폭력을 행사하지 못하도록 접근금지 신청서에 필요한 서류를 준비하고 있다는 점도 말씀드립니다. 다시 시설에 무단 침입할 경우 법정은 그 역시 증거로 채택하여……."

"비키시오." 벌락은 이렇게 말하고 계단을 올랐다.

"맥코믹 박사, 당신이 어제 더니건 씨에게 가한 폭행에 대해 고소장도 제출했다는 사실을 알려드립니다."

"폭행?"

"그렇습니다. 어제 당신은 더니건 씨를 쥐로 폭행……."

"이봐요."

"집어치우라고 해, 네이트." 벌락은 문 밖에 달려 있는 인터폰을 눌렀다.

"집어치워요. 피부가 찢어지지도 않았는데."

"그렇지 않습니다."

변호사가 말했다. 더니건이 기다렸다는 듯 붕대를 감은 손가락을 들어 보였다. 나는 미저스키를 가리키며 말했다.

"당신이 깨문 거요, 아니면 당신 옆의 쥐새끼가 깨문 거요?"

"그런 말씀을 하시면 안 되지."

더니건은 이렇게 말했지만, 그도 웃음을 참을 수 없는 모양이었다. 벌락은 인터폰에서 손을 떼고 주머니에서 영장을 꺼냈다.

"이거나 한 번 읽어보시오."

변호사는 얼른 벌락에게 다가가서 영장을 받아들고 훑어본 뒤 돌려주었다. "이건 한 시간 내로 무효가 될 거요."

"한 시간이면 충분해."

나는 계단을 올라가서 문을 두드리기 시작했다. 아무도 나오지 않았다. "말도 안 돼." 나는 돌아섰다. "들여보내줘요."

더니건은 씩 웃었다. 변호사는 웃지 않았다. "우린 열쇠가 없는데 어쩌나." 더니건이 말했다.

"그럼 가져와요." 내가 말했다.

"흠, 잃어버린 것 같소만."

우리는 둘 다 움직이지 않았다. 벌락이 휴대전화를 꺼냈다.

"경찰을 부르겠소." 벌락은 귀에 휴대전화를 대고 다른 손으로 미저스키를 가리켰다. "변호사 양반, 나중에 이 집 문이 왜 부서졌는지 당신 고객한테 설명해주시오. 질병 수사를 왜 방해했는지도 판사 앞에서 설명할 준비를 하시고……."

"그리고 당신과 시당국은 보호소 시설과 박사의 명예에 끼친 손해를 배상할 책임이……." 미저스키는 벌락 못지않게 강경한 태도였다.

두 사람이 그러고 있는 동안 나는 문을 두드렸다. 벌락은 군에서 배운 기본 격투기 솜씨로 변호사의 목이라도 부러뜨릴 기세였다. 하지만 그는 돌아서서 전화를 받은 경찰에게 뭐라고 말했다. 나는 문을 계속 두드렸다. 쾅, 쾅, 쾅.

벌락이 말하고 있었다. "정말이지 보기 흉한 정치판……"

그때 손잡이가 돌아가더니 문이 빠끔 열렸다.

"문 닫아!" 더니건이 계단 밑에서 소리 질렀다. 그는 우리 쪽으로 달려왔다. 그러나 너무 늦었다. 나는 문 사이에 발을 끼우고 세게 밀었다. 안에서 여자가 비명을 질렀다. "문 닫아! 빌어먹을, 문 닫아!"

내가 문을 열자 더러운 운동복 바지와 티셔츠 차림의 남자가 입을 멍하니 벌리고 현관으로 물러났다. 상담원인지 안내원인지 모를 저번의 그 여자가 쏜살같이 달려오고 있었다.

"휴게실로 돌아가!" 여자는 정신없는 상황에 놀라 멍하니 서 있는 남자에게 소리쳤다. 그리고 남자 옆을 지나치면서 셔츠를 붙잡고 밀쳐냈다. 남자는 허리를 굽히며 작게 징징거렸다. "휴게실로 돌아가라니까!" 여자는 고함치며 남자를 손으로 쳤다. 남자는 저쪽으로 얼른 달아났다. 여자는 우리에게 말했다. "당신들 여기 못 들어와요."

나는 벌락을 보았다. 그는 영장을 들고 이미 여자 옆을 지나 계단을 오르고 있었다. 나는 뒤를 따랐다. 여자 옆을 지나며 나는 말했다. "저 남자 한 번만 더 건드리면……" 나는 말끝을 흐리며 잠시 무섭게 쏘아본 뒤 벌락의 뒤를 따랐다.

더글러스 뷰캐넌의 방문은 잠겨 있었다.

"산 넘어 산이군." 벌락은 문을 두드렸다. "뷰캐넌 씨? 맥코믹 박사와 벌락 박사요. 당신을 만나러 왔소."

그렇게 해서 과연 문을 열 수가 있을까요, 박사님. 나는 생각했다. 하지만 벌락은 전투 태세였다. 솔직히 나도 이런 그가 더 좋았다. 어제 지하실에 갔던 사람이 벌락이었다 해도 나처럼 제퍼슨과 더니건을 밀치고 지나갔을 것 같다는 생각이 들었다. 마음에 들었다.

그동안 나는 전자수첩을 꺼내 밀러 가문에서 운영하는 요양원 주소 목록을 넘겼다. 그리고 번호를 찾아 전화를 걸었다. 더니건과 미저스키, 안내원이 우리 뒤에 진을 치고 서 있었다. 멍한 눈을 한 남자 둘이 각자 방에서 고개를 내밀었다.

"경찰에 연락해." 미저스키가 안내원에게 말했다. "누가 개인 거주 공간에 침입하려고 한다고. 직원들과 입주자들을 폭행하려 한다고 해."

믿을 수가 없었다. 제대로 생각조차 할 수가 없을 정도로 화가 머리끝까지 치밀었다. "변호사는 목이 부러질 것 같다고도 전해주시지."

안내원은 복도 저쪽으로 사라졌다. 미저스키가 등 뒤에 대고 소리쳤다. "협박도 추가해."

벌락은 다시 문을 두드리기 시작했다. 밀러의 비서가 마침내 전화를 받았다. 나는 말했다. "CDC의 나사니엘 맥코믹입니다. 댄 밀러 씨 계십니까?"

비서는 회의 중이라고 대답했다.

"잠시만요." 나는 벌락에게 말했다. 그는 문 두드리던 것을 멈췄다. 나는 다시 전화기에 대고 말했다. "그럼 됐습니다. 오늘 더글러스 뷰캐넌이 출근했는지만 알아봐주십시오."

전화기 너머도, 복도도 잠시 정적이 흘렀다. 미저스키는 자기 전화를 꺼내 번호를 눌렀다. "빌. 금지 명령은 아직 안 떨어졌나?"

비서의 목소리가 다시 흘러나왔다. "아직 안 왔는데요."

"보통 몇 시에 출근합니까?"

"여덟 시부터 근무 시작이에요." 비서가 말했다. 4시가 다 되어가고 있었다. 나는 고맙다고 말하고 전화를 끊었다.

"출근하지 않았답니다." 나는 말했다. 벌락은 다시 문을 두드리기 시작했다. 나도 합세했다. "더글러스. 문 좀 열어보세요. 이야기를 해야 합니다. 당신을 도우려는 거예요."

더글러스 뷰캐넌이 튼튼한 예일 데드볼트 자물쇠가 달린 문 뒤의 침대에 누워서 문 두드리는 소리를 듣고 있는 광경이 머릿속에 펼쳐졌다. 문간에서 벌어지는 소동에 귀를 막기 위해 스테레오에 연결된 헤드폰을 꽂고 있을지도 모른다. 껍질 속에 틀어박혀 바깥 세상을 잊기 위해.

나도 때론 그런 기분이 들 때가 있다. 아니, 지금 그런 기분이었다. 침대 속에 틀어박혀 세상만사를 잊고…….

"집어치워." 벌락이 말했다.

멀리서 사이렌 소리가 들렸다.

나는 돌아섰다. 미저스키는 금지 명령인지 뭔지를 독촉하는지 아직 통화중이었다. 벌락은 뒤에 서 있는 사람들을 밀어내고 경찰을 기다리기 위해 복도 저쪽으로 향했다. 입주자들은 각자 방으로 들어갔다.

경찰을 기다린다. 도대체 우리가 왜 경찰을 기다려야 하나? 우리는 정의의 편이고 등 뒤에 있는 저 멍청한 놈들은 금지 명령에다 전화에다 노골적인 협박으로 수사를 방해하려고 하는데. 내가 보기에는 지극히 단순한 문제였다.

문과 나 사이는 8피트, 사이에는 아무도 없었다. 문은 싸구려 합판이었다. 우리에게는 법원 영장이 있지만, 미저스키가 최대한 상황을 복잡하게 만들면 아래층에 와 있는 경찰과 잠깐 이야기한 뒤 무효가 될지도 모른다.

집어치워. 경찰 도움을 꼭 받아야 한다면 벌락도 집어치워.

"더글러스! 문에서 물러서요." 그리고 나는 돌진했다. 내 어깨에 부딪힌 약한 합판이 움푹 들어가면서 데드볼트 자물쇠 주위가 부서졌다.

"그만둬!" 미저스키가 소리쳤다. 뭔가 가택 무단 침입 같은 말을 한 것 같았다. 나는 5피트 뒤로 물러서서 뒤를 돌아보았다. 벌락은 씩 미소지었다. 더니건이 빠른 속도로 다가오고 있었다.

나는 다시 문을 향해 돌진했다.

이번에는 데드볼트 자물쇠 주변이 완전히 뜯겨져나가면서 문이 1인치 가량 열렸다. 더니건이 나를 덮쳤고, 문짝이 안쪽으로 부서지면서 우리 둘은 방 안으로 굴렀다.

가장 먼저 눈에 띈 것은 난장판이었다. 옷가지와 소지품이 이리저리 널려 있었고, 서랍은 바닥에 뒤집혀 있었으며, 작은 벽장의 내용물이 무더기로 쌓여 있었다. 하지만 뭔가 분명 없었다.

침대 위에 누워 있어야 할 더글러스 뷰캐넌이 없었다. 구석에 웅크리고 있지도, 주먹을 불끈 쥐고 나를 기다리고 있지도 않았다. 더글러스는 사라진 것 같았다.

볼티모어 최고의 경찰 두 사람이 출동해서 —— 감사의 마음을 전한다 —— 절도 있고 사려 깊은 태도로 우리 편을 들어주었다. 2001년 9월 이후로 법집행기관과 보건기관은 대체로 밀월 관계를 누리고 있다. 공공의 안전을 보호하는 일, 우리가 하는 일이 바로 그것이었다.

이제 벌락과 나, 미저스키, 경찰 두 사람이 남았다. 더니건은 고양이를 고문하러 갔는지 뭘 하러 갔는지는 몰라도 떠났다.

미저스키는 배지 넘버를 적고 징계 처분을 한다는 둥 협박하느라 분주했다. 한 경찰이 냉랭하게 그를 달랬다.

"저건 뭡니까?" 배지에 C. 블레이클리라고 적힌 30대 흑인 경찰이 부서진 문짝을 가리키며 물었다.

"안에 아픈 사람이 있는 것 같길래." 내가 대꾸했다. "잘못 들었나 봅니다."

경찰은 작은 수첩에 이 말을 받아 적었다. "그럴 만하군요."

벌락과 나는 상황 설명을 끝낸 뒤 뭐든지 찾아봐야 하니 방을 수색해도 되느냐고 물었다. 쥐똥, 쓰고 버린 콘돔, 뭐든지. 하지만 이건 이제 경찰 업무로 넘어갔다. 우리는 형사와 감식반이 올 때까지 기다리라는 지시를 받았다.

미저스키는 고맙게도 사무실에서 더 비싼 고객이 기다리시는지 자리를 떴다. 하지만 그때 불행히도 더니건이 돌아왔다.

"폭행죄로 고소하고 싶습니다." 그가 블레이클리 경찰에게 말했다. "맥코믹 박사가 쥐로 날 공격했습니다."

블레이클리가 말했다. "방금 간 변호사랑 같이 덤볐다는 뜻입니까?" 모두들 한바탕 웃어댔다. 의사라서 좋은 점 중의 하나는 변호사가 아니라는 사실이다. 이 농담만은 영원히 살아남기를. 내가 선택한 직업을 끊임없이 긍정하도록 만들어주니까 말이다.

"거기에 주소가 있죠?" 블레이클리가 더니건에게 명함을 건넸다. "볼티모어 시경 주소예요. 시내에 가면 거기 있는 친절한 경찰들이 고소장을 받아줄 겁니다."

더니건은 크로마뇽인치고는 영리한 놈이었다. 여기서는 자기 말이 먹히지 않는다는 것을 깨닫고 돌아서서 어깨를 축 늘어뜨린 채

사라졌다.

보통 실종사건은 경찰에서 그다지 크게 다뤄지지 않지만 벌락과 나는 집단 감염이라는 카드로 블레이클리를 위협했고, 그는 그대로 보고를 올렸다. 30분 뒤 형사와 감식반이 도착했다.

이렇게 해서 총 네 사람, 볼티모어 경찰에서 나온 두 사람, 벌락, 그리고 내가 라텍스 장갑을 꼈다. 감식요원이 방을 수색하다가 흥미로운 것이 나오면 우리한테 알리고 그러면 벌락과 내가 샘플을 채취하든지 보관하기로 했다. 처음 20분 동안 감식요원은 머리카락 하나, 수상한 섬유 하나가 나올 때마다 우리를 불렀다. 결국 벌락은 동물 똥이나 정액, 체액, 혈액 같은 젖은 것만 찾으라고 지시했다. 그제서야 그녀는 알아들었다.

그동안 나는 방 바깥에 서서 존 마이어스라는 형사의 질문에 대답하고 있었다. 마이어스는 구식 형사, 즉 70년대쯤 처음 경찰 일을 시작할 때의 스타일을 그대로 고수하고 있는 사람이었다. 울트라스웨이드 재킷과 폭이 좁은 넥타이 차림이었고, 입술 주변에는 희끗희끗한 콧수염이 드문드문 나 있었다. 키는 5피트 6인치 정도, 몸무게는 140파운드, 성깔 있는 치와와 같은 인상이었다.

마이어스는 더글러스의 방을 둘러보더니 다시 나를 보았다. "마지막으로 만났을 때 불안해하고 있었다?"

"그렇습니다."

"이유를 알고 있소?"

"네. 제가 불안하게 만들었으니까요. 질문을 했습니다."

"어떤 질문이었소?"

"성생활에 대한 질문이었습니다."

"그가 도망칠 이유가 있는 것 같소?"

나는 복도 저쪽을 바라보았다. 가련한 사람들 몇 명이 이쪽을 쳐다보고 있었다. 마이어스는 내 시선을 따랐다. 나는 말했다. "이유는 뻔한 것 같습니다만."

나는 말을 이었다. "더글러스는 여자 사냥꾼이었다는 의심을 받고 있습니다."

"그렇다고 도망칠 것까지는 없는 것 같은데."

"우리가 그걸 알고 있다는 걸 그가 아는지는 모릅니다. 자기가 한 짓이 잘못이라는 것을 아는지 모르는지도 알 수 없고요."

"뷰캐넌의, 그, 성향에 대해서는 누구한테 들었소?"

"태비사 키너드. 다른 요양원의 간호사입니다."

마이어스는 부서진 문 안쪽을 다시 들여다보았다. 포티나이너스와 자이언츠 포스터가 눈에 띈 모양이었다. "볼티모어 팀은 마음에 안 드나보지? 슈퍼볼에서 우승까지 했는데, 쳇. 샌프란시스코 출신이오?"

"한 번도 가본 적이 없다고 했습니다. 거짓말일 수도 있죠."

"난 프리스코에 가봤소." '프리스코'라는 줄임말이 귀에 거슬렸다. "좋은 도시지. 동성애자가 좀 많아서 그렇지. 참, 이 친구 혹시 그쪽 아닌가? 남자 사냥도 하는 거 아니오?"

아닐 걸, 나는 생각했다. "모르겠습니다. 남자하고는 성관계를 한 적이 없다고 했습니다."

"알겠소." 마이어스는 수첩을 덮었다. "일단 이 정도로 해두지. 다른 사람들하고 이야기를 해봐야겠소…… 침을 질질 흘리는 저 친구들이 뭐 쓸 만한 걸 알고나 있는지는 모르겠지만." 농담을 하는 것을 보니 불행히도 긴장을 늦추는 모양이었다. 나는 무표정한 시선을 주었다. "뷰캐넌에 대해서 뭐 이상하다 싶은 점은 더 없었소, 박사?"

어디서부터 시작해야 할까? "이 방은 다른 방보다 훨씬 좋았습니다."

"그래서?"

"모르죠. 형사는 그쪽 아닙니까. 더글러스 뷰캐넌이 왜 특별 대우를 받았는지는 제퍼슨 박사에게 물어보십시오."

"말씀대로 형사는 이쪽이지. 나는 내가 생각하기에 사건과 관계가 있다 싶은 질문만 할 거요."

마이어스 형사는 내 말이 비위에 거슬리기 시작하는 모양이었다. 그래서는 좋을 게 없다. "죄송합니다, 형사님. 워낙 여러 가지 일이 많아서요."

"일이란 게 그렇지. 다른 건 없소?"

"아, 더글러스는 휴대전화도 갖고 있었습니다."

"그래서?"

"여기 입주자들은 전화 소지가 허용되지 않습니다."

"알겠소. 전화번호는 알고 있소?"

"아뇨."

"필요하면 전화회사에 연락해서 통화내역을 알아보겠소."

"언제쯤 알아보실 겁니까? 뷰캐넌이 누구와 접촉했는지 알고 싶습니다. 제게 직접 알려주시면 제일 빠르고 편하겠는데요. 명령체계를 거치고 어쩌고 하면 번거로우니까요." 나는 명함을 건넸다. 형사는 내 말을 생각해보더니 잠시 후 고개를 끄덕였다. "뷰캐넌과 접촉했던 모든 사람들과 이야기를 하고 싶습니다. 혹시 그 사람들한테 무슨 일이 생길지도 모르니까요."

"무슨 일?"

"형사님, 우린 지금 그걸 알아내려는 겁니다."

23

CDC의 떠오르는 샛별께서는 팔짱을 낀 채 살집이 없는 엉덩이를 책상 모서리에 걸치고 있었다. 보건국의 어느 작은 사무실이었다. 당분간 이 사무실이 CDC 볼티모어 지부 노릇을 하게 될 모양이었다.

팀 랭커스터는 한참 동안 침묵을 지키며 모범생 같은 안경 너머로 나를 빤히 쳐다보았다. 그 안경에다 매부리코, 튀어나온 이마, 6피트 4인치의 껑충한 키 때문에 왜가리를 연상시키는 모습이었다. 그는 거의 30초 동안을 그렇게 앉아서 나를 쳐다보다가 입을 열었다. "네 번이야, 네이트."

"다섯 번이죠. 휴대전화까지 쳐서요."

다시 침묵.

"자네가 어떻게." 랭커스터 총통께서 말했다. "어떻게 내 호출을 무시할 수가 있나?"

"추적 중이라 바빴습니다, 팀."

"그 쥐새끼 폭행 사건이 일어난 곳을 그렇게 열심히 추적 중이시라는 걸 내가 알았다면……"

"폭행 미수죠."

"어쨌든. 내가 알았다면 물러서라고 지시했을 거야."

"전 이번 수사에서 제 상관인 허버트 벌락 박사와 같이 있었습니다. 그분은 물러서라고 하지 않으시던데요."

"자네 상관은 나야. 직속상관, 그렇지? 직속상관이 네 번이나 호출을 하면 자넨 당연히 연락을 해야 해. 더 이상 말하지 마." 그는 목을 긁었다. 이건 팀의 습관이었다. 스트레스로 인한 가려움증이었다. "게다가 여기 사람들은 이런 일에 경험이 없잖나. 하찮은 일 하나가 모든 걸 망쳐놓을 수도 있다는 걸 모른다고."

"그렇다고 신출내기들도 아닙니다. 지금까지 잘해왔다고 생각하는데요."

"좋아, 어쨌든 자기 구역에 침범한 걸 몹시 껄끄러워하는 사람이 있어. 쥐새끼 건만이 아니야. 그렇지 않다면 이 사람들이, 이 제퍼슨이란 사람이 자네와 실랑이를 벌일 리가 없잖아. 그러니 뭔가 있다고 봐야 해. 무슨 말인지 알겠지?"

"그럼요."

이 말은 사실이었다. 무슨 이유에선지 누군가—그 누군가는 랜들 제퍼슨인 것 같았다—수사를 방해하기 위해 전력을 다하고 있는 것 같았다. 팀은 몸을 일으켜서 책상을 돌아 의자로 향했다. 그리고 앉았다.

"좋아. 앞으로는 호출하면 즉각 연락해. 알겠나?"

"알겠습니다."

"그럼 이제 상황 설명을 해보게. 처음부터 끝까지 자세히."

나는 헬렌 존스가 성 라파엘 병원 응급실에 들어온 일부터 지금 이 순간까지 하나도 빼놓지 않고 설명했다. 팀은 연신 가슴을 긁으며 메모를 했다.

"좋아."

"아직 다 안 끝났습니다. 그래서 이렇게 말씀하셨죠. '직속상관이 네 번이나 호출을 하면 자넨 당연히 연락을……'."

"도대체 내가 이런 놈을 왜 데리고 있는 거야?"

"제가 없으면 백 번이나 호출 때릴 사람이 없으니까 그렇죠."

"맞아." 팀은 방금 메모한 내용을 훑어보았다. "정말 이런 말은 하기 싫지만, 자넨 지금까지 아주 잘해줬어. 몇 가지 사건을 저지른 것만 빼고. 상황이 쉽지 않아. 자네도 알지 모르지만 주정부에서 사람을 더 보낼 거야. 자네는 누구보다 이번 일을 잘 알고 있으니까, 물어보지. 주정부와 시당국 중에서 어느 쪽이 지휘를 맡는 게 낫겠나?"

"시당국이 나을 겁니다. 그 사람들이 가장 잘 알고 있으니까요. 벌락도 좋은 사람입니다."

"그렇지. 전직 군의관에 가정의. 신뢰감이 있지." 팀의 정치적인 머리가 뱅뱅 돌아가는 소리가 들리는 것 같았다. "언론도 벌락이 상대하라고 하는 게 좋겠군."

"자세한 사항은 그렇게 하도록 하시죠. 하지만 티먼스 박사가 아마……."

"티먼스는 너무 교활해. 정치가야. 우린 진짜 의사가 필요해."

"벌락에게 무슨 말을 해야 하는지를 미리 알려주시죠. 준비를 시키세요. 잘할 겁니다." 나는 순전히 오기로 덧붙였다. "저야 워낙 언론 다루는 솜씨가 좋지 않으니까요."

"어쨌든 우리는 경험이 있어. 보카에서 저질렀던 그런 실수는 피할 수 있겠지."

공중보건 종사자들에게 2001년 10월은 뼈아픈, 하지만 소중한 교

훈이었다. 보카 라톤의 아메리칸미디어 사에 탄저균이 배달되고 63세의 사진기자가 사망했던 이 사건을 수사하면서 몇몇 어리석은 잘못을 저질렀던 것이다. 가장 중대한 실수는 수사 자체가 아니라 정보를 취급한 방식이었다. 의사나 역학자, 과학 교육을 받은 사람들은 동작이 빠른 사람들이 아니다. 문화 자체가 가정이 아닌 사실, 추측이 아닌 데이터에 기반하고 있기 때문이다. 사실과 데이터는 취합하고 분석하는 데 오랜 시간이 걸린다. 하지만 대중은 질병이 돌면 겁을 집어먹고 당장 대책을 요구한다.

눈부신 텔레비전 조명 아래에서 이 문화 충돌이 극적으로 펼쳐졌다. 의사와 공중보건 담당자들은 언론의 질문에 제대로 대답하지 못했다. "아직 충분한 정보가 없습니다." "아직 모릅니다." "할 말 없습니다." 불쌍한 플로리다 의사들은 이런 말을 주문처럼 늘어놓았다. 한편 아메리칸미디어는 나흘이나 업무를 계속하다가 임시 폐쇄되었다. 직원들과 관계자들은 당국이 그렇게 위험한 곳에서 사람들이 일하도록 내버려두었다는 것을 형법상 과실에 가까운 태만으로 보았다.

팀이 말했다. "FBI도 콴티코에서 인력을 보내려고 해."

"맙소사. 아직 테러인지 아닌지도 모르잖습니까. 테러처럼 보이지도 않고요."

"테러처럼 보이는 게 어떤 건지도 모르잖아."

"모르긴요, 팀. 전 사람들하고 이야기해봤습니다. 우편이나 소포를 받은 사람도 없었어요. '악마에게 죽음을', '미국에 죽음을' 같은 문구도 없었습니다. 자기가 했다고 나선 사람도 없고요. 게다가 타깃이 정신지체자 아닙니까. 톰 브로코(미국 NBC의 유명 앵커—옮긴이) 같은 사람이 아니라. 대중에게 공포를 심어주려면 힘 있는 사람을 공격해야죠. 적어도 유명한 사람을. 이건 에이즈와 동성애자 같은 경우예요. 보통 사람들은 '그 사람들 문제지' 이러고 넘어갈 그런 상황인데 테러라뇨."

"테러리스트가 언제 목표물을 제대로 설정하는 거 봤나."

"말도 안 돼요." 나는 말했다. 하지만 팀은 꿈쩍도 하지 않았다. 나는 계속 쏘아붙였다. "범죄자가 있다면 사람들을 그런 시궁창에서 살게 하는 랜들 제퍼슨일 겁니다."

"알고 있어. 나도 FBI는 막고 있네. 그러고 있다고. 하지만 사건이 오래가면 나나 오도넬 국장이 막는 데도 한계가 있어." 팀은 의자에 몸을 기댔다.

공중보건 문제가 테러리스트와 연관이 있다는 인상을 주는 가장 빠른 방법이 바로 FBI의 개입이다. FBI가 수사에 착수하면 곧장 생물학 테러라는 말이 튀어나오게 마련인 것이다. 팀 랭커스터와 팻 오도넬 국장이 누구보다 잘 알고 있었다.

"포트 디트리히 육군 생물학무기 연구소에서도 두 사람이 파견됐어."

"여기 와 있습니까?"

"오늘 오후에 도착할 거야."

"알려줘서 고맙군요."

"난 아직 여기 상황도 다 모르고 있어."

"볼티모어 보건부도 디트리히 건에 대해 알고 있습니까?"

"그럼. 벤 티먼스가 요청했어. 제발 언론에 새어나가지만 않기를 바랄 뿐이야. 상황이 엉망진창이 될 조짐이 보여."

팀 랭커스터의 언어에 대해 잠시 설명하고 넘어가야겠다. 그는 욕을 하지 않는 사람인데 이건 종교적 신념이나 고상한 가정교육 덕분이 아니라 아내가 네 살짜리 아이 때문에 욕을 하지 못하도록 했기 때문이었다. 전설에 따르면 옛날의 팀은 원양어선 선원들조차 얼굴을 붉힐 만큼 걸쭉한 욕설의 소유자였다고 한다. 하지만 요즘은 'Heck' 아니면 'F this', 'Holy S' 정도였다. 랭커스터 부인, 홀륭한 분이다.

"그럼." 나는 말했다. "저는 이만 나가보겠습니다."

"네이트……."

바로 그때 약속이라도 한 듯 문을 두드리는 소리가 들렸다. 벌락이 고개를 들이밀었다. "벌락 박사." 팀이 말했다. "맥코믹 박사가 방금 당신 칭찬을 많이 했습니다."

"너무 좋은 말이 아니었으면 좋겠군요." 벌락이 말했다. "내 이미지를 망치면 곤란하니까요. 그건 그렇고 제퍼슨이 백기를 들었어요. 모든 시설에 대한 점검을 허락하겠답니다."

"왜 마음이 바뀐 거죠?"

"종교에 귀의했나보지. 언론에 안 좋은 기사가 더 실릴까봐 그런 건지도 모르고. 우리 변호사가 연락했어, 네이트. 고소도 취하하겠대."

"그럼 쥐새끼 폭행죄는 없어진 겁니까?"

"그래."

"자유네요."

나는 농담처럼 대꾸하고 문으로 향했다. 팀이 말했다.

"어디 가나?"

"또 돌아다녀야죠. 질병이 돌고 있잖습니까."

"기다려." 팀은 이렇게 말하고 입을 다물었다. 벌락은 문간에, 나는 사무실 한가운데 서서 잠시 불편한 순간이 흘렀다. "벌락 박사, 잠시 자리를 좀 비켜주겠습니까?"

벌락은 고개를 끄덕이고 문을 닫았다. 팀은 다시 의자에 앉으라고 손짓했다.

"나사니엘, 주 보건부에서 사람이 나온다고 했지? 자네는 외근 나가지 말게."

"무슨 뜻입니까?"

"오후에는 나랑 같이 보고서를 작성해야겠어."

"그건……"

"그 다음에는 손짓한테 가서 자네와 다른 보건당국자가 인터뷰

했던 인물들을 데이터베이스로 정리하게. 범위를 좁혀나갈 수 있도록 위치 지도를 그리고 접촉 경로를 차트로……."

"범위는 이미 좁혀났습니다."

"베스와 앤디가 도착하면 지금까지 자네가 했던 일을 설명해주고……."

"베스와 앤디? 그 친구들은 왜 옵니까?"

"내가 불렀으니까. 내일 아침에 도착할 거야."

"이러지 마십시오, 팀."

"이건 승진이야, 네이트. 자넨 조직의 꼭짓점에 올라앉은 거라고. 데이터 업무를 모두 마치면 외근을 나가게."

"팀, 내 말 좀 들어봐요. 난 밖에서 훨씬 일을 잘……."

"아니, 네이트. 자네가 내 말 들어. 지금까지 자넨 일을 잘해줬고……."

"그럼 계속 잘하게 해주십시오."

"내 입으로 꼭 말을 해야겠나? 자넨 일반인과 분란을 일으켰어. 그것도 병원균이 들어 있을지도 모르는 쥐로. 남의 문짝까지 부쉈지. 한데 참, 어깨는 좀 괜찮나?"

"전……."

"성질을 좀 죽여, 박사. 자넨 FBI가 아니야. 내가 그 친구들을 콴티코에 눌러놓으려는 것도 이유가 있고, 자넬 여기 이 사무실에 잡아놓는 것도 이유가 있어."

빌어먹을 팀 랭커스터. 미리 예상했어야 했다. 어쩐지 별다른 질
책이 없는 걸 이상하게 생각했어야 했다. 칭찬을 늘어놓은 것도 이
말을 하려는 수순이었다. 팀이 기다리라고 했을 때 얼른 벌락 옆을
지나쳐서 복도를 지나 밖으로 나갔어야 했다.

그런데 내 입에서 나온 말은 고작 "왜 이러십니까?"였다.

"이유는 말했잖아. 손짓이 밖에 작업공간을 마련하고 있어. 가서
일을 시작해."

여기서 CDC에 대해, CDC의 문화와 윤리, 역사, 그리고 나사니엘
맥코믹 박사의 갑갑한 처지에 대해 잠시 설명하고 넘어가겠다.

CDC는 미국 내의 말라리아를 퇴치하기 위해 '전염성질병센터'
라는 이름으로 40년대 초반에 처음 창설되었고, 5년 뒤 전염병정보
국(EIS)이 설립되었다. 그때도 지금과 마찬가지로 공중보건국의 산
하 기관이었는데, 공중보건국은 처음 해군에서 시작되었다. 공중
보건국이 해군에서 분리된 것은 오래되었지만 청색 제복, 흰색 제
복, 카키색 작업복 등에는 아직 해군의 잔재가 남아 있다. 항상 훈
장과 견장이 잔뜩 달린 제복 차림이었던 전 국장 새처 같은 사람도
있었지만, 나는 딱딱한 격식 같은 것에 통 익숙해지지 않았다. 본
사에서 떨어진 곳에 출장을 와서 좋은 점 중 하나는 촌스러운 제복
을 입을 일이 별로 없다는 것이다.

CDC는 초창기와 비교할 때 많은 변화를 겪었다. 우선 이름이

'질병통제센터'로 바뀌었다. 92년에는 업무 범위가 넓어졌다는 것을 강조하기 위해 '예방'이라는 단어가 덧붙여졌다. 20세기 말에는 총 12개 센터에 예산 60억 달러가 넘는 규모로 성장했다. 하지만 빌어먹을 제복, 군대와 유사한 계급체계는 그대로 남아 있다. 내 정식 직책도 믿으실지 모르겠지만 '장교'다. 이 경직된 군대식 조직문화는 정말 신경에 거슬린다. 원조격인 해군만큼 딱딱하지는 않지만 그래도 아직 상명하복식의 위계질서가 남아 있다. 사무 업무는 싫다고 팀에게 항의하긴 했지만, 그는 내 상급자이므로 그의 말이 곧 법이다. 그가 팔굽혀펴기 20회 실시를 명령하면 나는 한 10분 투덜거리다가도 결국에는 바닥에 엎드려 팔굽혀펴기를 해야 한다. 이 점 때문에 CDC 직원들은 불만이 좀 있다. 다들 자의식이 강하고 독립적이며 신중한 의사, 역학자들인데 상황이 닥치면 해병대처럼 명령에 복종해야 하니 말이다. 다행히도 나는 빠졌지만 친구 중에는 이라크에 파견된 경우도 있었다. 출발 5일 전 바그다드로 가라는 지시를 받았던 것이다.

어쨌든 군대는 아닌 만큼 대장의 지시에 대해서도 약간의 융통성을 발휘할 여지는 있었다. 팀에게는 미안하지만, 나는 손짓을 찾지도 않았고 일을 시작하지도 않았다. 대신 현관으로 나가서 경비에게 담배 한 대를 빌렸다. 경비는 내 배지에 찍힌 '의학박사'라는 글자를 보더니 말했다. "이런 거 피우면 죽습니다, 박사님."

"들이마시지는 않아요." 나도 참 별난 놈이다.

그날 오후는 30도가 넘는 폭염이었고 습도도 90에 가까웠다. 나는 금연구역인 건물의 밖으로 나갔다. 팀 랭커스터가 창밖으로 나를 보았으면 하는 마음이었다. 아마 입에 거품을 물 것이다.

콘크리트 바닥에서 열기가 그대로 올라왔기 때문에 서서 담배를 피우는 것도 고역이었다. 하지만 시원한 에어컨 바람을 맞으며 손짓을 도와 숫자를 입력하고 보고서를 작성하고 사무 업무를 하느니 이쪽이 나았다.

나는 담배 한 대를 다 피우고 마침 지나가던 남자에게서 한 대 더 빌렸다. 그는 아무 말 없이 담배를 주었다. 정말 훌륭한 나라다.

군복 차림의 남자 하나와 여자 하나가 지나갔다. 포트 디트리히에서 파견된 군인들인 모양이었다. 두 사람은 내게 힐끗 시선을 던졌다. 그 시선은 이렇게 말하고 있었다. 보건부 건물 밖에서 담배를 피우는 놈이라니, 수상하다. 기억해두자.

흑사병 환자라도 된 것 같았다.

어쨌든 두 번째 담배를 눌러 끄고 다시 들어가서 팀 랭커스터를 만나려는데 호출기가 진동했다.

"빌어먹을, 팀." 나는 투덜거렸다. 전화를 걸고 싶은 마음은 아니었지만, 그렇다고 난 바보도 아니었다. 경력에 흠이 가는 짓도 잔뜩 해놓았으니 더 이상 속 좁게 굴 수는 없었다. 나는 번호를 확인했다. 팀의 번호가 아니었다.

나는 전화를 걸었다. 쉰 듯한 목소리가 대답했다. "존 마이어스요."

"맥코믹 박사입니다."

"아, 박사. 당신이 관심을 가질 만한 일이 있소."

"뭡니까, 형사님?"

"경찰서로 오시는 게 좋겠소만."

"저를 체포하시는 겁니까?"

"할 수만 있다면 하겠소." 그는 웃었다. "아니, 다른 용건이오. 다른 의사 한 분도 데려오시오."

"허버트 벌락 박사님이요?"

"맞소."

나는 잠시 생각에 잠겼다. 벌락에게 경찰이 전화했다고 이야기하고 팀에게도 알려야 할 것이다. 그리고 랭커스터 박사의 지시에 따라야 할 것이다. 하지만 나는 팀이 어떤 결정을 내리리라는 것을, 그 결정에 내가 동의할 수 없으리라는 것을 알고 있었다. 그래서 나는 팀에게 연락하지 않았다. 벌락 박사 역시 애매한 입장에 처할 테니 그를 끌어들일 수도 없었다.

"벌락 박사님은 사무실에 안 계십니다." 나는 마이어스에게 말했다. "제가 곧 가겠습니다."

나는 손짓에게 전화해서 먹을 것을 사러 나갈 테니 먼저 일을 시작하라고 말했다.

24

볼티모어에서 청년기를 보낸지라 경찰서 위치는 정확히 알고 있었다. 나는 존 마이어스와 통화한 뒤 10분도 채 안 지나서 경찰서에 도착했다.

이렇게 하여 나는 창문이 없는 방에서 탁자를 사이에 놓고 형사와 무슨 기술자 같은 사람과 마주 앉았다.

"싱귤러 이동통신사에서 뷰캐넌의 전화번호를 알아냈소." 마이어스 형사가 말했다. "전화를 걸어보면 쉽게 찾을 거라고 생각했는데, 서비스가 정지됐더군."

"아마 끊은 지 얼마 안 됐을 겁니다. 어제 그와 이야기하는데 전화가 걸려왔으니까요. 음성메시지 기능도 있었습니다. 전화를 받지 않으니까 계속 삑삑 울렸습니다."

"그것도 알아봤소. 서비스를 정지시키기 전에 메시지도 모두 삭제했더군."

"누가 정지시켰습니까?"

"아마 뷰캐넌이겠지. 이용내역을 알아봤는데 선불카드 같은 걸로 계약해서 신용카드 출금내역이 없었소. 이해가 되지. 보호소는 휴대전화가 금지되어 있으니 청구서가 날아오게 하면 안 되니까. 게다가 뭐, 신용 같은 게 있을 리가 없지만. 그것도 알아보는 중이오. 참, 그리고 통화시간을 꽤 많이 신청해서 썼더군."

"여자친구가 많았습니다."

"쉽게 생각하면 그렇지."

"무슨 뜻입니까?"

"싱귤러에 통화 기록을 요청해서 보니, 뷰캐넌은 한 달에 딱 한 번호에만 오백 분 넘게 썼소. 딱 한 번호만. 다른 번호는 아예 없었소. 피자 주문도, 부모도. 캘리포니아 주 산호세 전화번호였소."

"누구 번호였습니까?"

"그래서 당신을 부른 거요." 마이어스는 작은 녹음기를 앞에 놓은 기술자에게 고개를 끄덕여 보였다. 기술자가 버튼을 눌렀다.

몇 번 신호음이 울리더니 목소리가 들렸다. "케이시! 너무 해. 왜 전화하지 않았어?"

다른 목소리. "여보세요, 볼티모어 시경의 존 마이어스 형사라고 합……"

그때 전화는 끊겼다.

"이것뿐입니까?" 나는 물었다.

"이것뿐이오."

"여자는 누굽니까? 케이시는 누구죠?"

"당신이 알지도 모른다고 생각했소만."

"그랬으면 좋겠지만 저도 모릅니다."

"뷰캐넌이 서부 해안에 사는 여자나 케이시라는 사람에 대해 이야기하지 않았소?"

"아뇨. 하지만 이해는 되는군요."

"뭐가?"

"방 안에 붙어 있던 샌프란시스코 관련 기념품 말입니다. 서부에 아는 사람이 있었던 거로군요. 거기서는 아무것도 안 나왔습니까? 방 안에서요."

"포스터 외에는 아무것도 없었소. 사진도, 편지도, 전혀. 랜들 제퍼슨을 오늘 오후 늦게 만나볼 예정이었는데 나를 슬슬 피하더군. 입주자 개개인은 잘 모른다면서."

"랜들 제퍼슨도 협조하기로 했다고 들었습니다만."

"우리한테는 아니오."

"보건부에 자기네 시설을 모두 개방했습니다."

"딱 거기까지만 할 모양이지. 우리한테는 입을 열지 않고 있소." 마이어스는 등받이에 몸을 기댔다. "약삭빠른 놈, 머리를 쓰는 게지."

"산호세 번호로는 다시 연락해보셨습니까?"

"열 번 정도. 그냥 계속 신호만 가다가 자동응답으로 넘어가더군. '누구누구 고객께서는 지금 통화하실 수 없으니' 어쩌고저쩌고 하는 거 말이오. 그 수수께끼의 여자분께서는 음성메시지 서비스를 안 쓰는 모양이오. 전화회사에 연락해서 등록자 이름을 물어봤지만 허탕이었소. 사생활 문제고 실종자 본인이 아니기 때문에…… 그딴 헛소리."

나는 더글러스 뷰캐넌과 나눴던 대화 내용을 최대한 더듬어보았다. 캘리포니아에 사는 여자나 케이시라는 사람 이야기는 전혀 없었다. 더글러스 뷰캐넌이 어디 갔을지 단서가 될 만한 것도 없었다. 이 전화번호와 전화의 주인인 여자 외에는. 나는 말했다. "부모 집에는 연락하지 않았다고 하셨죠?"

"그렇소."

"혹시 부모가 알 수도 있지 않을까요?"

"그 사람들은 바로 위쪽, 펜실베이니아 주 요크에서 살았지. 97년까지는. 아마 아직도 거기 있을 거요."

"그럼 그쪽을 만나보시죠, 형사님."

"말은 못할걸. 땅 속에 있으니까. 둘 다. 아버지는 97년 초에 갔고, 어머니도 몇 달 뒤 따라갔소."

"그럼 볼티모어에 오기 전에 더글러스는 어디 있었습니까?"

"우리도 그 친구한테 물어보고 싶소. 아는 사람이 없으니까. 지금은 주 보호시설 기록을 살펴보고 있는데 제퍼슨 박사한테도 좀 더 알아내볼 참이오. 제퍼슨 쪽의 사무직원들은 더글러스 뷰캐넌이 어디서 왔는지 모른다고 주장하고 있소. 아마 요크의 부모 집에서 오지 않았을까 한다고."

이건 전혀 앞뒤가 맞지 않았다. 하필 이 시점에 이 남자에 관한 내용이 앞뒤가 맞지 않는다는 게 몹시 찜찜했다.

"볼티모어 헤이번에는 언제 왔답니까?"

"거기 기록에 따르면 97년에 온 걸로 돼 있소. 부모가 사망한 직후에."

"그럼 결국 여자 사냥꾼, 치명적인 질병을 갖고 있을지도 모르는 여자 사냥꾼 한 사람이 돌아다니고 있는데 어디 있는지 모를 뿐 아니라 어디 있는지 알 만한 사람도 전혀 없다는 거군요."

형사는 약간 신경이 거슬린 듯했다. "나도 그게 기분 좋지는 않다고."

"친구들은요? 그 외에 알고 지내는 사람들은요?"

"외톨이인 것 같았소."

"구멍 뚫린 거라면 뭐든지 들이댈 때말고는 늘 혼자라는 거죠. 어떻게 친구가 전혀 없을 수가 있습니까?"

"생각보다 그런 사람들은 많소, 박사."

더글러스 뷰캐넌이 아무것도 모르는 사람들에게 질병을 퍼뜨리는 광경을 생각해보니 식은땀이 났다. "형사님이 맡는 실종자들은 주로 실종 상태로 오래갑니까?"

"실종사건을 다룬 지는 몇 년 됐지만, 나는 실적이 좋은 편이었소."

"아. 젠장. 그러니까 한물간 형사님이시군. 아주 잘됐네요."

마이어스는 웃었다. "요즘은 사람을 실종시키는 놈들을 잡으러 다니거든. 난 강력반이오. 중요한 사건이라 특별히 엘리트가 배치된 거란 말이오."

"형사님이 그럼 엘리트?"

"왜, 나 같은 놈이 경찰서 내 검거율 제2위라니 믿어지지 않소?"

"1위는 어디 있습니까?"

마이어스는 미소지었다. "이렇게 젊고 게다가 의사라는 작자가 어쩌면 이렇게 재수가 없나." 그는 내 눈을 똑바로 쳐다보았다. "우리도 이번 일을 심각하게 생각하고 있소, 박사. 제대로 수사할 거요. 내가 자원했소. 나도 여기에 가족이 있는 사람이오."

25

랭커스터 총통의 지시대로 나는 보건부로 돌아가서 손짓과 데이터베이스 정리를 시작했다. 손짓은 숫자에 탁월한 재주가 있었고 초기 프로테스탄트 같은 노동관을 지닌 수수한 여자였다. 팀에게 제출할 보고서는 급하지 않았다. 중요한 정보는 구두로 다 보고했으니까. 그도 서류 작업이 까다로운 일이라는 것을 알고 있었고 내가 그 점을 알고 있다는 것을 알고 있었기 때문에 빨리 내놓으라고 재촉하지는 않았다. 관료체제의 미묘한 톱니바퀴는 이렇게 돌아가는 법이다.

밤 11시까지 손짓과 나는 30명 정도를 데이터베이스에 정리했다. 이름, 성별, 나이, 모든 특징. 각자에게 얻은 정보 필드도 따로 있었다. 이름 필드는 위치 지도를 생성하는 지리 소프트웨어 프로그램과 플로우차트 프로그램에 연결되도록 했다. 이렇게 하면 지리적으로 누가 누구와 관계를 가졌는지, 어디에 사는지, 무슨 일을 하는지 한눈에 파악할 수 있다. 서로 관계를 가진 사람들을 박스에 넣고 이 박스를 선으로 연결하는 식의 그래픽으로 표현하면 놀라울 정도로 눈에 잘 들어온다. 수첩과 이름 목록은 얼마나 많은 정보를 숨기고 있는지.

하지만 이 정도에서 일단 미뤄야 할 것 같았다. 손짓은 커피를 4잔째 마시고 있었고, 나는 새벽 4시부터 깨어 있었다.

"오늘은 이 정도로 해." 나는 말했다.

손짓은 충혈된 눈으로 나를 보았다. "난 좀더 일할 생각이었는데."

"눈 좀 붙여." 나는 미소지었다. "내일도 바쁠 거야."

"언제는 안 그랬나, 뭐."

나는 고개를 끄덕였다. 손짓은 밤을 꼬박 샐 작정인 모양이다. 이런데도 공무원들이 게으르다니.

나는 이너 하버 서쪽 고지대에 위치한 단정한 주거지역 마운트 버넌 플레이스에 있는 내 아파트로 향했다. 초록이 무성한 공원이 북쪽 저지대까지 길게 이어지고 있었다. 시당국에서는 주기적으로 이 공원 안에 예술작품을 설치한다. 몇 년 전 학업 때문에 처음 볼티모어에 왔을 때는 밝은 색의 물고기 조각들이 여기저기 놓여 있었다. 한데 누군가 그 중에서 하필 〈도망자 농어〉라는 작품을 들고 도망치는 사건이 발생하면서 전시는 중단되었다. 이 사건은 신문에 크게 실렸다.

공원 맨 위쪽에는 조지 워싱턴을 기념하는 뜻에서 볼티모어 시가 세운 조형물이 있었다. 엄청나게 큰 대리석 기둥 위에 청동으로 세워진 워싱턴 동상이었다. 엷은 안개가 낀 축축한 밤공기 속에 서서 동상을 바라보고 있노라니 워싱턴이 과연 자신이 세운 정부조직에서, 즉 일개 소속기관이 1790년 당시 연방정부 전체 예산의 800배를 쓰고 있는 거대 정부조직에서 나 같은 인간이 일하는 세상을 상상해본 적이 있을까 하는 생각이 들었다. 아마 오염된 정액을 뿌리고 다니는 단 한 사람의 정신지체자 때문에 나라 전체가 위태로워지는 그런 세상 역시 꿈에도 생각지 못했을 것이다.

나는 동상에서 돌아서서 아파트로 향했다. 한 가구씩 나뉘어져 있는 오래된 화강암 맨션이었다. CDC는 보통 출장을 가게 되면 호텔에서 묵도록 하지만 나는 의대 시절 살던 곳에서 비교적 가까운 마운트 버넌 플레이스에 머물고 싶었기 때문에 직접 아파트를 골랐다. 작고, 가구가 딸려 있는 완벽한 곳이었다. CDC도 허가했고 집주인도 일주일 단위로 집을 빌려주었다. 하지만 집을 따로 꾸밀 생각은 전혀 없었다. 볼티모어에 도착한 뒤로 집에 들여놓은 것이라고는 냉장고에 든 맥주 세 캔과 아메리칸 치즈 한 통, 찬장의 그라놀라 한 박스뿐이었다. 나는 치즈와 그라놀라 한 움큼을 입에 털어넣고 맥주로 넘겼다. 인생은 아름답다.

침대에 누워 자려고 해보았지만 잠이 오지 않았다. 더글러스 뷰캐넌 생각이 머릿속을 떠나지 않았다. 어디 있을까? 우리하고 접촉하지 못하도록 랜들 제퍼슨이 다른 보호소로 옮긴 걸까? 모텔 같은 곳에 옮겨놨을까? 그냥 더글러스 본인이 겁을 먹고 도망친 걸까? 그렇다면 왜 방 안은 엉망이었을까? 뭘 가져가려고? 휴대전화 서비스는 왜 중단시켰을까?

당신 어디 있어, 더글러스? 도대체 무슨 짓을 한 거야?

26

다음 날 아침 7시경에 사무실에 도착해보니 손짓은 벌써 와서 키보드를 두드리고 있었다.

"밤새도록 여기 있었던 거야?"

"잤어." 손짓은 복도 저쪽의 휴게실을 턱짓으로 가리켰다. "소파가 아주 편하던데."

"숭고한 희생이구만."

"벌락 박사님이 간밤에 이름과 데이터를 더 주고 갔어. 주정부에서 나온 역학자들과 같이 조사한 거."

"몇 명이나?"

"백 명 가까이……."

"바쁘게들 일했군."

"나도 바빴어. 지금까지 마흔 명 입력했어."

"그리고?"

손짓의 손이 다시 키보드 위를 날았다.

나는 손짓의 등 뒤로 다가가서 스크린을 보았다. 작은 스크린에 다 표시할 수 없을 정도로 커진 박스와 선이 거미줄처럼 연결되어 있었다. 나중에 특수 프린터로 큰 종이에 출력해야 할 것 같았다. 거미줄 한가운데에, 뚱뚱한 거미처럼 더글러스 뷰캐넌의 이름이 자리잡고 있었다.

"범인은 이 친구야." 조금도 의심할 여지가 없었다. "이 정도면 그 사람들도 납득하겠지."

"누구?"

"납득시킬 필요가 있는 사람들."

"아직 다 입력하지 않았어."

"다 입력할 것도 없어. 이 정도면……."

바로 그때 허약한 칸막이 뒤에서 벌락의 얼굴이 나타났다. "맥코믹 박사……."

"이거 보셨습니까?" 나는 물었다.

벌락은 스크린에 뜬 그래프를 보았다. "휴우. 뷰캐넌의 소재는 아직 아무 소식이 없나?"

나는 아직 소식이 없다고 대답했다. 전날 존 마이어스를 만났던 일과 산호세 전화번호에 대해서는 말하지 않았다. 이건 어디까지나 내 몫이었다. "제가 담당 형사에게 연락해보겠습니다."

"좋아. 주경찰과 인접 카운티에도 연락해서 뷰캐넌을 찾도록 할 때가 됐어. 형사한테 말해보게."

"아마 조처해놨을 겁니다. 경찰도 상당히 걱정인 것 같더군요."

"좋아." 벌락은 머리를 쓰다듬었다. "그리고 혹시 또 알아낸 거라도……."

"사무실에 처박혀 있었습니다. 제가 승진했다는 소식은 들으셨지요?"

"참, 맞아. 잊고 있었군." 벌락은 시계를 보았다. "한 시간 뒤에 기자회견이 있어."

벌락은 나갔다.

동요하는 시민들을 달래기 위해 윗사람들은 아침 뉴스가 끝나기 전에 공식적으로 뭔가 발표하기로 결정했다. 나는 이런 광경을 머릿속에 그려보았다. 가짜 피를 뒤집어쓰고 카메라 앞으로 뛰어나가서 욱욱거리며 토해보면 어떨까? 아마 볼티모어 시민 절반은 달아날 것이다.

기분은 별로였지만, 나는 내려가서 기자회견을 지켜보았다. 벤 티먼스가 발표를 하고 질문을 받는 것으로 결정되었다. 벌락은 마지막에 빠진 부분을 채워주기로 했다. 정확한 발표보다 정치적인 면이 결국 이긴 것 같았다. 놀랄 일은 아니었다. 벤 티먼스가 조용히 옆을 지키는 가운데 비교적 위상이 낮은 벌락이 발표를 도맡는다면 의아하게 생각할 사람들이 많을 것이다.

어쨌든 팀 랭커스터의 말이 옳았다. 티먼스는 어딜 보나 정치꾼 티가 났다. 어떤 바보가 그랬는지는 몰라도 머리에 기름까지 발라 넘겼다. 맙소사.

회견이 시작되었다. 티먼스는 감시체제를 마련하고 질병 발발 초기에 적극적으로 지원해준 데 대해 CDC에 감사의 뜻을 표했다. 한쪽에 물러서 있던 팀이 내게 시선을 보내며 엄지손가락을 들어 올렸다. 나는 못 본 척했다.

예상했던 대로 가장 먼저 나온 질문은 병원체의 종류와 보균자였다. 테러에 대한 질문도 나왔지만 티먼스는 아직 그럴 가능성을 시사하는 증거는 전혀 없다는 짧은 답변으로 능숙하게 받아넘겼다. 잘되어가나 싶었는데, 방송국에서 나온 어느 기자가 수사 도중 일어났던 일반인에 대한 협박 건에 대해 물었다. 문제의 일반인이 누구인지는 다들 알고 있었다.

"저희는 이번 질병의 원인과 출처를 알아내기 위해 시민사회와 공조하고 있으며, 이와 관련하여 최대한 협조해주실 것으로 믿고 있습니다. 시민들의 협조가 없다면 효과적인 수사는 불가능합니다. 여러분의 도움이 필요합니다."

이런. 랜들 제퍼슨 열 좀 받겠는데. 티먼스는 언론을 다루는 솜씨가 여간내기가 아니었다.

10분 정도 질의응답이 이어지고 있는데 호출기가 울렸다. 존 마이어스 형사의 번호가 떠 있었다. 나는 호출기를 끄고 벨트에 다시 꽂았다.

1분 뒤 호출기가 다시 울렸다. 나는 전화를 걸었다.

27

"찾아냈소."

"네?"

"찾아냈다고. 더글러스 뷰캐넌." 마이어스의 음성은 침착했지만, 일부러 그러는 것일 수도 있었다.

"어디서요?"

"웨스트민스터 근처의 캐롤 카운티 숲속."

"숲속에서 도대체……."

"시체로 발견됐소."

기자회견장의 소음이 내가 서 있는 복도로 흘러나오고 있었다. 나는 전화기를 오른쪽 귀에 꽉 대고 왼손으로 왼쪽 귀를 막았다. "어떻게 된 겁니까?"

"모르겠소. 하지만 자살도, 사고도 아닌 것만은 분명해."

"더글러스…… 지금 시체와 같이 있습니까?"

"아니."

"그럼 사고가 아니라는 건 어떻게 압니까?"

"맞다니까. 북쪽으로 이십 분 거리요. 캐롤 카운티 보안관과 메릴랜드 주경찰 관할이지. 공동 관할인데 우리도 공조할 거요. 경찰서로 사람을 보낼 거요?"

나는 기자들이 카메라 플래시를 반짝이며 목청껏 질문을 던지는 회견장 쪽을 바라보았다. 벌락, 팀, 다들 그쪽에 집중하고 있을 테니 방해하고 싶지 않았다. 아니, 그렇게 핑계를 대면 될 것 같았다.

"다들 지금 바쁩니다." 나는 출구 쪽으로 향했다. "5분 내로 제가 가죠."

존 마이어스와 나는 차를 타고 795번 고속도로를 달려 메릴랜드 북쪽 농촌 지역으로 향하고 있었다.

"신원은 어떻게 알아냈답니까?" 나는 물었다.

"어제 인근의 모든 경찰들에게 수색 명령을 내리면서 사진을 같이 보내고 긴급으로 수배해달라고 부탁했소."

"동작 빠르시군요."

"우리는 이게 직업이오, 박사. 어쨌든 삼십 분 전에 캐롤 카운티에서 연락이 왔는데, 농부가 새벽에 개를 끌고 산책을 하다 시체를 발견한 모양이오."

"사인은요?"

"그건 가서 알아봐야지. 힘들 수도 있을 것 같소."

"왜요?"

"시체가 심하게 훼손된 모양이오."

"그럼 신원은 어떻게 알아냈죠?"

"얼굴은 멀쩡했나보지."

우리는 고속도로에서 빠져나와 목초지를 가르는 시골길로 접어들었다. 다른 이유로 차를 몰고 있었다면 아마 기분 좋은 드라이브였을 것이다. 봄과 여름에 비가 많이 내렸기 때문에 옥수수는 벌써 허리 높이로 파릇파릇하게 자라나 있었다. 해가 떠서 들판에 끼어 있던 안개도 걷히고 있었다. 전방에서 번쩍거리는 푸른색과 빨간색 경광등만 아니라면 진정 그림 같은 풍경이었다.

더위도 심했다. "젠장." 차 문을 여는 순간 후덥지근한 공기가 밀려들어오자 마이어스가 투덜거렸다.

우리는 길옆 옥수수밭으로 들어서서 경찰차 쪽으로 향했다. 검시 차량이 어떻게 들어갔는지 숲 가장자리에 차를 바짝 대느라 옥수수가 반원형으로 뭉개져 있었다. 주경찰 감식반 차량과 캐롤 카운티 보안관 차량 두 대가 옥수수밭과 숲 사이의 짧은 풀밭에 서 있었다. 사진반의 카메라 플래시가 터지는지 푸르스름한 흰색 빛이 번쩍 했다. 풀이 우거져서 목소리는 들리지 않았다. 묘하게 조용했다.

정복경찰이 우리가 오는 것을 보더니 앞을 가로막았다. 마이어스가 배지를 내보이자 경찰은 20피트쯤 떨어진 숲속에 서 있는 뚱뚱한 남자를 가리켜 보였다. 그는 쭈그리고 앉은 채 아래쪽에 있는 뭔가를 쳐다보고 있었다. 와이셔츠 겨드랑이 부분에 땀이 둥글게 배어 있었다. 왼쪽 팔 아래로 어깨에 맨 권총집이 보였다.

숲 가장자리에서 마이어스가 불렀다. "오리어리." 뚱뚱한 남자는 일어서더니 낙엽을 밟으며 이쪽으로 다가왔다. 숲속에 있는 다른 사람들과 마찬가지로 수술용 마스크를 쓰고 있었다. 하지만 다른 사람들과는 달리 조종사 스타일의 선글라스를 끼고 있었다.

"마이어스 형사." 오리어리가 마스크를 벗으며 말했다. "인간쓰레기와의 전투는 요즘 어떤가?"

"우리 보스를 그런 식으로 말하면 안 되지."

오리어리는 껄껄 웃었다. "뭐, 그 사람은 나를 좋아하지 않았잖아."

마이어스가 나에게 말했다. "여기 오리어리는 볼티모어 시경에서 일했었는데 사람이 물려져서 시골로 옮긴 걸세."

"이런 끔찍한 꼴을 피해서 온 건데, 도대체 피할 수가 없군."

"심오한 통찰이야."

오리어리가 나를 보았다. "이쪽은 신참인가?"

"나사니엘 맥코믹입니다. 질병통제센터에서 나왔습니다." 내가 말했다. 오리어리가 장갑을 끼고 있었기 때문에 악수는 생략했다.

"나사니엘 맥코믹 박사야." 마이어스가 덧붙였다.

"피트 오리어리요. 피트 오리어리 형사." 오리어리는 짐짓 미소를 지어 보였지만, 웃음은 곧 사라졌다. "우리한테 잔뜩 겁을 준 사람이 바로 당신이구만, 박사. 빨리 못 찾으면 우리 모두 페스트에 걸린다고 말이야. 존은 그렇게 말했소." 오리어리는 손으로 얼굴을 긁으려다가 피부 위 2인치쯤에서 멈췄다. 그는 라텍스 장갑을 벗어 땅에 내던진 뒤 얼굴을 긁었다.

"찾으셨다면서요." 내가 말했다.

"남은 부분을 찾았지. 아, 젠장, 끔찍해. 아니, 정말 토할 뻔했다고. 난 절대 안 토하는 사람인데 말이야." 오리어리는 머리를 비틀어 고개를 한 번 꺾었다. "부서진 사나이. 저 친구들이 별명을 붙였소."

"부서진?" 내가 물었다.

"계란껍질처럼 속이 텅 비었단 말이오. 난 부서진 사나이 쪽이 마음에 들어. 그게 약간 더…… 알잖소." 알 리가 없었다. 오리어리도 잔혹유머가 잘 먹히지 않는다는 것을 깨달은 모양이었다. "어쨌든 준비들 하시지. 안내해드릴 테니."

마이어스와 나는 검시관 차량으로 가서 장갑과 얼굴 보호대가 딸린 마스크를 집어 들었지만 쓰지는 않았다. 오리어리는 숲으로 우리를 안내했다.

"내 뒤로 바짝 따라오시오." 오리어리가 말했다. "주정부 감식반 친구들이 아침 내내 일했지만 발자국 몇 개밖에 못 찾았소. 아마 좀더 수색할 거요."

숲속으로 들어서자 분위기는 어두워졌다. 농담도 없었고 대화도 별로 없었다. 20제곱피트 정도 되는 공간 주위로 폴리스 라인이 쳐져 있었다. 이 노란 테이프는 숲속 다른 곳으로도 이어져 있었다. 두 남자가 어깨 높이까지 오는 구덩이에 서 있었다. 그들은 마스크와 장갑만 착용하고 있었다.

"시체가 저 안에 있습니까?" 내가 물었다.

"그렇소." 오리어리가 앞을 보며 대답했다.

"지금 시체가 든 구덩이에 들어가 있는 겁니까?"

오리어리는 나를 쳐다보았다. "구덩이가 상당히 깊소. 시체를 밟지 않으려고 주위를 파냈소."

몇 피트 더 들어서는 순간 냄새가 훅 풍겨왔다.

어울리지 않는 냄새였다. 썩어가는 낙엽 냄새도, 부패한 시체 냄새도 아니었다. 코를 찌르는 화학약품 냄새였다. 즉각 무슨 냄새인지 알아차릴 수 있었다.

"표백제군요." 내가 말했다.

"그렇소." 오리어리가 대답했다. "희한하지."

지름이 대략 10피트 정도 되는 반원형 구덩이였다. 가장자리는 비스듬히 경사져 있었다. 감식반원들이 구덩이 아래쪽에 서서 바닥을 들여다보고 있었다. 5피트 떨어진 곳까지 접근했는데도 아직 시체가 보이지 않았다.

구덩이 옆에는 두꺼운 비닐 포대 여러 개가 한 줄로 놓여져 있었다.

"저 안에는 뭐가 들어 있습니까?" 내가 물었다.

"급속응고 콘크리트요. 시체는 콘크리트 안에 들어 있었소."

"왜요?"

"내가 아나. 냄새를 줄이려고 했겠지. 시체를 발견하지 못하도록. 아니면 시체를 문진으로 쓰려고 했나." 오리어리는 씩 웃었다. 나는 웃지 않았다. "어쨌거나 콘크리트 몇 포대를 그냥 구덩이에 들이부은 다음에 물을 부은 것 같아. 시체 위로 몇 인치 정도만. 그런데도 구덩이를 파고 콘크리트를 깨는 데 다섯 사람이 꼬박 세 시간 걸렸소."

나는 구덩이 가장자리로 다가갔다.

여기서도 별로 보이지 않았다. 하지만 눈에 보이는 것은 온통 엉망진창이었다. 감식반원 한 사람의 손은 액체로 질척했다. 게다가 보통 시체와 다를 바 없다는 듯 다들 마스크와 장갑만 끼고 핏물을 파헤치고 있었다.

"잠깐만요, 잠깐만." 내가 급히 말했다. "다들 나오세요. 빨리 시체 옆에서 떨어지세요."

감식반원들이 올려다보았다.

"이봐요." 오리어리가 말했다. "대체 왜 그러는……."

"빨리 나와요!" 나는 소리쳤다.

감식반원들은 이상하다는 듯 나를 쳐다보았다. 내가 닭처럼 팔을 퍼덕거리며 꼬끼오 소리라도 냈다는 듯한 얼굴들이었다. "구덩이에서 나오십시오." 나는 천천히 말했다.

"왜 그러는 겁니까?" 그 중 한 사람이 물었다.

"다들 들으세요." 나는 보다 설득력 있는 태도를 취해야겠다고 생각하며 마음을 진정시켰다. 하지만 별다른 보호 장비도 착용하지 않은 이 사람들이 피와 온갖 체액을 뒤집어쓰고 질병에 감염되어서는 나중에 여자친구나 아내에게 퍼뜨릴지도 모른다고 생각하니 진정하기란 쉬운 일이 아니었다. "이 시체는 질병에 감염되어 있을지도 모릅니다. 무슨 말인지 아시죠? 바이러스 같은 게 득실거릴지도 모른단 말입니다. 이 바이러스에 감염되면 죽을 수도 있습니다."

"마스크를 썼잖아요. 오리어리……."

"빨리 나오세요."

"진작 누가 말해주지. 빌어먹을, 오리어리, 시체가 병에 걸렸을지도 모른다는데……."

감식반원들이 서둘러 구덩이에서 빠져나왔다. 주변 사람들이 모두 이쪽을 쳐다보고 있는 것이 느껴졌다. 마이어스는 총을 들고 설치는 사람 보듯 나를 쳐다보고 있었다. 오리어리는 당장이라도 총을 빼들고 나를 쏴버리고 싶은 눈치였다.

"자, 다들 들으세요. 제 이름은 나사니엘 맥코믹입니다. 질병통제센터에서 나왔습니다. 제가 왜 왔는지 아십니까?" 아무도 대답하지 않았다. 나는 구덩이를 가리켰다. "제가 여기 온 건 이 사람이, 아니, 아직 정확하진 않겠지만 이 사람으로 추정되는 인물이……." 다들 멍한 눈으로 나를 쳐다보고 있었다. 잘하는 짓이다, 맥코믹, 나는 생각했다. 구덩이 안의 시체가 더글러스 뷰캐넌인지 확인도 안 해보고 대뜸 일장 연설이라니. 어쨌든 나는 말을 이었다. "이 시체는 질병에 감염되어 있을 가능성이 있습니다. 아주 고약한 질병입니다. 지금부터 두 가지 질문을 드리겠습니다. 첫째, 살에 피나 체액이 묻은 사람 있습니까? 체액에 닿았던 사람?" 다들 아니라고 중얼거렸다. "좋습니다. 아주 좋아요. 둘째, 일반적 예방지침이 뭔지 아시는 분?" 몇 사람이 안다고 답했다. "좋습니다. 그렇게 하십시오. 일반적 예방지침을 시키세요. 지금부터 시체를 만져야 하는 사람은 고글과 가운, 마스크, 장갑을 반드시 착용해야 합니다. 최대한 조심해야 하니까요."

감식반원들은 천천히 내 옆을 지나갔다. "그리고." 나는 덧붙였다. "예방대책을 취하면 괜찮습니다. 그냥 겁을 좀 드리려던 것뿐입니다."

"아, 성공하셨습니다, 박사님." 한 사람이 투덜거렸다.

"괜찮을 겁니다." 나는 오리어리에게 말했다. "시체와 접촉한 사람들이 누군지 모두 알고 계시죠?"

"알고 있소, 박사. 맘대로 해보시오." 그는 고개를 저었다. "뭐든지 마음대로 하시오."

"모든 사람들의 안전을 위해서 이러는 겁니다."

"그러시겠지."

오리어리는 아직 나를 쏘아보고 있었다. 부하들 앞에서 내가 체면을 완전히 깎아놨으니. 혹시 이 중에서 정말 병에 걸린 사람이 나올 경우 소송이 벌어질 거라는 생각도 하고 있는 게 틀림없었다. 집어치워, 나는 생각했다. 자기들이 알아서 했어야지.

공중보건의로서의 의무를 다한 나는 마스크와 장갑을 착용하고 구덩이 가장자리에 올라섰다. 그리고 가볍게 경사를 내려갔다. 표백제 냄새가 더욱 강렬하게 풍겨왔다. 막 염소가스 공격을 받은 참호 속에 서 있는 서부 전선 보병 같은 기분이었다. 마이어스가 뒤를 따랐다. 나는 밑바닥에서 멈춰 섰다.

존 마이어스는 기침을 했다. "이런, 젠장."

* * *

더글러스 뷰캐넌이 맞았다. 반듯이 누운 그의 몸 한쪽에 흙이 6피트 높이로 벽처럼 쌓여 있었다. 몸을 감싼 시체 포대는 지퍼가 열려 있었다. 두꺼운 검정색 비닐 포대 바깥쪽으로 젖은 콘크리트 조각들이 붙어 있었다. 이렇게 불러도 되는지 모르겠지만, 묘지 바닥이 편평하지 않아서 엉덩이 쪽이 다른 부위보다 아래로 처져 있었다. 표백제로 보이는 액체가 거기 고여 있었다. 셔츠는 입지 않은 채였고, 바지는 무릎까지 내려져 있었다.

존 마이어스가 획 돌아서서 내려왔던 길을 다시 올라갔다. "숨을 못 쉬겠어." 그는 말했다. 나는 다시 시체 쪽으로 돌아섰다.

더글러스의 양쪽 어깨에서 흉골을 지나 치골까지 Y자로 거칠게 절개되어 있었다. 병리학자들이 부검을 할 때 사용하는 절개 방식이었다. 왼쪽 갈비뼈는 마치 문을 열듯 들어 올려서 시체 포대 위에 놓여 있었고 안쪽의 흉강과 복강이 노출되어 있었다. 이 장면을 보니 르네상스 시대의 위대한 해부학자 베살리우스가 그린 인체 해부도가 떠올랐다. 베살리우스의 그림 역시 시골 풍경을 바탕으로 평화롭게 누워서 갈비뼈를 열고 내장을 보여주는 경우가 많다. 정말 아름다운 작품들이었다. 지금 내 눈 아래 펼쳐진 광경과는 천지차이였다.

베살리우스의 그림과 더글러스 뷰캐넌의 차이점이 또 하나 있었다. 베살리우스 그림에는 장기가 그대로 있었다.

시체에 손을 대지 않고도 심장과 폐가 사라졌다는 것을 확인할 수 있었다. 췌장, 간, 담낭, 비장도 없었다. 절개된 목에는 갑상선이 없었다. 부서진 사나이? 오리어리가 붙인 별명은 지나치게 문학적이라고 할 만했다. 이건 아예 껍데기만 남은 사나이였다.

"이런 시체를 본 적이 있소, 박사?" 오리어리가 물었다.

나는 질문을 무시했다. "시체 반대쪽을 열어봐도 될까요?"

"맘대로 하시오." 오리어리는 양손을 들어 올렸다. "젠장, 잔뜩 겁을 줘서 전부 다 쫓아내려고 작정하셨군. 당신이 대장이오."

"진정해, 오리어리." 마이어스가 조용히 말했다.

나는 구덩이 밖으로 올라온 뒤 검시관 차량에서 종이 가운과 고글, 이중으로 끼기 위한 장갑 한 켤레를 더 챙겨서 시체 옆으로 돌아왔다. 오리어리와 마이어스는 말이 없었다. 아니, 아무도 말을 하지 않았다. 정적 때문에 안 그래도 참혹한 광경이 더욱 참혹해 보였다.

나는 시체 옆에 쭈그리고 앉아 더글러스의 오른쪽 몸에 손을 뻗어 흉막과 복막을 끌어냈다. 갈비뼈도 이미 강한 힘에 의해 한 번 잡아당겨져 부러져 있었기 때문에 쉽게 열렸다. 신장도 없는 것 같았다. 위장도 없었다. 소장 역시 마찬가지였다. 파리떼도 없었다. 여기서는 아무것도 살 수가 없다.

나는 근육과 갈비뼈, 피부를 다시 제자리에 돌려놓았다.

성기와 음낭은 오므린 허벅지 위에 끌어 올려져 있었다. 음낭 역시 피부를 벗겨서 고환을 제거한 상태였다.

"맙소사." 나는 말했다.

머리. 머리 밑에 흙이 약간 솟아 있었기 때문에, 시체는 자기 몸을 내려다보는 자세였다. 두개골 위쪽이 톱으로 잘려서 약간 어긋나 있었다. 뇌가 없었다.

나는 일어나 구덩이 위로 올라간 뒤 장갑과 마스크를 벗고 심호흡을 했다. 신물이 올라왔지만 참았다. 이 사람들 앞에서 토하는 꼴을 보여줄 수는 없다.

나는 오리어리를 향해 말했다. "캐롤 카운티 법의관이 이걸 처리하게 됩니까?"

오리어리는 마이어스 형사를 한 번 보고 나를 보았다. 그는 한숨을 쉬었다. "그럴 계획이오."

"제 생각에는 시체를 볼티모어의 성 라파엘 병원으로 옮기는 게 좋을 것 같습니다. 이미 발병한 사람들을 거기에 격리 수용하고 있으니까요. 필요하면 이쪽 감식반도 거기서 일하시면 됩니다."

오리어리는 마이어스를 다시 보고 나를 보았다. 그는 고개를 끄덕였다.

나는 물었다. "관할권 때문에 문제가 생기지는 않을까요?"

"괜찮을 거요. 내가 처리하겠소."

"존." 나는 마이어스에게 물었다. "볼티모어 시경도 별 문제 없겠지요?"

"문제없네."

오리어리가 입을 열었다. "하지만 수사권은 아직 우리한테 있으니……."

"물론입니다."

"……시체가 여기서 발견됐잖소. 살해 장소도 여기인 것 같고."

"여기서 살해되었다는 걸 어떻게 아십니까?"

"여기 이 장소가 아니라, 저쪽이오." 오리어리는 1야드 정도 떨어진 또 하나의 통제구역을 가리켰다. "낙엽을 헤친 흔적이 있었소. 혈액도 검출되었고."

"혈액?"

"약간."

"약간이라……." 나는 돌아보았다. "한데 농부는 이걸 어떻게 찾아냈답니까? 아니, 난 개 전문가는 아니지만…… 온통 콘크리트로 덮여 있었잖습니까. 시체 포대에도 표백제가 가득 차 있고."

오리어리는 어깨를 으쓱했다. "운이 정말 좋았던 거지. 하필 사냥개였다는 게 결정적이었고. 저기서 여기까지 핏자국이 약간 있었소. 개가 피 냄새를 맡고 무덤 자리를 파기 시작한 거요." 그는 돌아보았다. "운이 좋았지. 하루 이틀 정도 지나고 비라도 한바탕 오면 사냥개라도 절대 못 찾았을 거요."

나는 오리어리를 따라 두 번째 통제구역으로 향했다. 나무 사이로 정신없이 얽혀 있는 것 같았던 폴리스 라인은 알고 보니 두 지점을 연결하는 통로 역할을 하고 있었다. 오리어리는 말했다. "이 지점으로 온 발자국이 세 쌍 있었고, 여기서 무덤 자리로 간 발자국은 두 쌍, 무덤에서 떠난 발자국도 두 쌍이었소. 아직 완벽하게 수색이 끝나지는 않았지만." 그는 폴리스 라인을 들어 올리고 안으로 들어섰다. 한 남자가 손과 무릎을 대고 엎드린 채 낙엽 속에서 기고 있었다. "저쪽 시체를 해부한 사람이 누군지는 몰라도, 미리 파놓은 구덩이까지 시체를 운반했다는 게 아직은 전부요."

"그건 왜요?" 나는 멍청하게 물었다.

"깊이가 6피트나 되는 구덩이에서 시체를 난도질할 수는 없지 않겠소. 핏자국도 있었고. 아마 해부할 때 시체 포대에 구멍이 났나보지."

나는 심호흡을 했다. 그제서야 머리가 좀 맑아지는 것 같았다. "용의주도한 자들이군요."

"그렇소." 오리어리는 낙엽 속에서 왔다갔다하는 감식반원을 멍하니 바라보며 말했다. "아주 운이 좋았소."

28

총통께서는 기분이 나쁜 모양이었다.

"내 말이 분명하지 않았나?" 팀 랭커스터는 물었다. "여기, 이 사무실에서 일하라는 지시가 애매했던가? 자넬 붙잡아놓겠다는 의도가 분명하지 않았던가?"

랭커스터 총통, 허버트 벌락, 그리고 나는 보건부 회의실에 앉아 있었다. 문은 닫혀 있었다. 두꺼운 문이기를 바랄 뿐이었다.

"분명했습니다. 하지만 EIS 요원들은 직감에 따라 움직일 수 있는 재량이 있고……."

"이런 건은 해당되지 않는 이야기지. 언론이 호시탐탐 뉴스거리를 노리고 있고 변호사들이 자네에 대해 민사 소송이니 폭행죄가 어쩌니 하는 이 마당에……."

"고소 건은 취하됐는데……."

"입 다물어. 게다가 내가 나가지 말라고 분명히 이야기했잖나. 애틀랜타로 도로 보내서 지난 오백 년 동안의 독감 발병 기록을 조사하게 해도 자넨 할 말이 없어, 네이트."

이건 옳은 말이기도 했고 그렇지 않기도 했다. EIS는 인력이 워낙 부족하기 때문에 몇 주 동안이나 서류 작업을 하도록 내버려둘 여력이 없다. 게다가 불복종 정도가 비교적 약하기 때문에 나를 쫓아내면 팀 역시 추궁을 당하게 될 것이다. 지난 며칠 동안 내 근무 실적이 상당히 훌륭했던 것도 사실이었다. 그 무엇보다도, 이렇게 말하고 있긴 하지만 랭커스터 박사는 나를 좋아했다. 이유는 묻지 말라.

"우린 살인 현장을 어슬렁거리는 사람들이 아니야."

"어슬렁거린 게 결과적으로는 잘된 일이었습니다. 그 사람들은 장갑과 마스크만 착용하고 현장을 파헤치고 있었다니까요."

"그래서 거기 뛰어들어서 고래고래 소리치면서 그러면 죽는다고 이야기했나?"

"죽는다는 이야기는 하지 않았습니다."

"그쪽한테는 그렇게 들린 모양인데?"

"그건 제 책임이 아니죠."

"멍청한 척하지 마. 당연히 자네 책임이지."

벌락이 끼어들었다. "캐롤 카운티 공무원들이 온통 전화를 걸어대는 통에 내 밑의 직원들이 난리라는군. 겁을 단단히 준 모양이야, 네이트."

한 술 더 뜨시는군, 벌락. "그러고 싶었습니다."

"맥코믹 박사." 팀이 말했다. "자네 직감은 대부분 좋아. 대부분. 하지만 지금 자넨 통제 불가능이야. 사건을 해결하려고 너무나 열중하신 탓에 본인이 다른 사람들에게 어떤 골칫거리를 떠넘기고 있는지 모르는 건가? CDC에, 여기 보건부에, 시 자체에. 상황 판단이 안 될 정도로 완전히 눈이 멀었나?"

얼굴이 붉어졌다. 머리 밑에서 땀이 솟아나는 것을 느낄 수 있었다. 나는 테이블 밑에서 두 손을 꽉 마주잡았다.

"게다가 더글러스 뷰캐넌이 걸었다는 전화번호. 도대체 언제쯤 나한테 알리려고 하셨지? 나는 벌락 박사한테 들었고, 벌락 박사는 우연히 담당 형사와 통화를 하다가 들었다는데?"

팀은 침팬지처럼 서성거리며 몸을 긁고 있었다. 화가 난 것은 여러 번 보았지만, 이렇게까지 화가 난 모습은 처음이었다. "만나는 사람마다 신경을 긁고 말이야. 캐롤 카운티 주경찰은 자네가 빌어먹을 장군처럼 당당히 들어와서는 범죄 현장을 훼손시키고…….”

"다 끝났다고 하길래…….”

"상관없어. 그쪽에서는 어쨌든 자네가 일을 다 그르쳤다고 하고
있으니까. 자네가 시체를 빼앗아서 볼티모어로 보냈다고 말하고
있어. 생각 좀 해보시지, 박사. 그쪽은 자네 행동이 틀려서가 아니
라 자네가 마음에 들지 않아서 투덜거리는 거야. 볼티모어 시경의
그 형사 역시 발을 빼고 있어. 그 사람은 앞으로도 계속 이웃 경찰
들과 협조해서 일해야 할 사람이니까.”

팀은 손톱으로 두피를 긁었다. "그리고 한 사람한테 이렇게 오래
매달리는 이유가 뭐야?”

"뷰캐넌이 매개라니까요, 팀.” 나는 우는소리로 말했다.

"확실해, 이제?”

"지도를 보십시오. 접촉 경로도도 보시고. 그가 한가운데…….”

"완성도 안 된 경로도를 봐서 뭐하나. 자네가 경찰들하고 돌아다
니느라 아직 안 끝난 거 아니야.”

젠장.

팀은 한숨을 쉬었다. "좋아, 좋아. 그가 한가운데 있다고 쳐. 그
렇다면, 뷰캐넌이 최초 감염자라면 그는 왜 발병하지 않았지?”

"잠복기가 다르기 때문이죠.”

"틀렸어. 진행 속도가 이렇게 빠른데 그가 매개였을 리가 없어.
감염에서 완숙기까지 겨우 이 주일이야.”

"다른 사람들과 달리 저항력이 있을 수도 있습니다. 그냥 보균자일 수도 있어요."

"가능성이 희박해, 네이트. 출혈열의 경우 보균자에 머무를 확률이 얼마지?"

"낮죠."

"맞아. 이건 확률 게임이야. 인력도 제대로 배치해야 해. CDC 요원이 형사 놀이나 하고 있는 건 최적의 시간 활용이 아니겠지. 안 그런가?"

나는 대답하지 않았다.

"안 그래, 맥코믹 박사?" 칼날 같은 목소리였다.

"그렇습니다."

"보다 중요해 보이는 일에 시간을 투자하는 법을 배우도록 해. 예를 들어 베서니 레지널드." 이번에는 유치원 학생을 다루듯 하는 정말 짜증스러운 말투였다. 팀은 테이블에서 커다란 종이를 들어 올렸다. "이거 보이나?"

나는 종이를 보았다. 박스와 선이 그려진 접촉 경로 차트였다. "네."

"뭐가 보이지?"

"이건 아직 끝나지 않았다고 말씀하신 것 같은데요."

"뭐가 보이냐고, 박사."

정말이지 열받는 말투였다. "베서니 레지널드가 보입니다."

정말이었다. 이 차트에서는 더글러스 뷰캐넌이 아닌, 베서니 레지널드가 한가운데 있는 것 같았다. 팀은 지도를 꺼냈다. 베서니가 대부분의 시간을 보낸 장소, 오픈 암스와 밀러 그로브에 발병 인구가 가장 많았다.

"베서니는 발병했어, 그렇지?" 팀이 말을 이었다. "분명 이 여자 수상하지? 자네도 오늘 아침 사무실에 있었더라면, 베서니가 로저 엡스타인이라는 남자와 성관계를 가졌고 엡스타인은 데보라 필모어와 성관계를 가졌다는 것을 알게 됐을 거야."

팀은 베서니 레지널드에서 출발한 뒤 더글러스 뷰캐넌을 피해서 데보라 필모어까지 간 다음 거기서 다시 로저 엡스타인까지 짚어 보였다. 그런 다음 그의 손가락은 목을 긁기 시작했다.

"국장도 주목하고 있어. 국장이 직접 경과를 묻고 있다고. 사람들의 이목이 쏠리는 이 시점에 이런 식의 무모한 행동은 금물이야. 우린 이 지역 기관의 요청으로 와 있는 건데 그 호의를 갉아먹으면 곤란해."

나는 포마이카 테이블에 시선을 고정시키고 있는 벌락 박사를 보았다. "허버트, 제가 그렇게 큰 잘못을 했습니까?"

벌락과 내 눈이 마주쳤다. 빌어먹을 전직 군의관은 담담하게, 솔직하게 답했다. "쉽지 않은 환경이야, 네이트. 온갖 사람들이 섞인 정치판을 제대로 다루려면 경험이 필요하지."

"제가 현장에 나가지 않으면 더 많은 사람들이 아플 겁니다, 팀."

"자네가 현장에 있으면 더 많은 사람들이 아파, 네이트." 팀은 목을 긁었다. "그러니 자넬 이번 일에서 빼겠어, 네이트. 완전히."

* * *

팀은 나를 완전히 빼지는 않았다. 대신 캘리포니아로 가서 더글러스 뷰캐넌의 전화를 받았던 여자를 추적하라는 지시를 내렸다. 왜냐하면, 그의 표현을 빌리면 "자네는 이런 탐정일이 적성에 맞는 모양이니까"라는 이유에서였다.

물론 나는 항의했다. 동부에서 내가 더 필요할 것 같았기 때문이기도 했으며, CDC는 버클리에 EIS 인력을 두고 있고 산호세에도 EIS에서 갓 나간 브룩 마이클스라는 여자가 있었기 때문이었다. 또한, 아니, 모두가 같은 생각이었지만 산호세의 그 여자를 찾아봤자 별다른 소득이 없을 것 같다는 생각이 들기도 했다.

팀이 회의실을 나간 뒤 벌락과 나는 잠시 말없이 앉아 있었다. 벌락은 나와 눈을 마주치지 않았다. 생사고락을 같이한 동지를 정치적인 문제로 배신하고 있다는 것을 그도 알고 있었으리라. 마침내 그는 문을 향하며 이렇게만 말했다. "내 몫까지 캘리포니아의 태양을 즐겨주게나."

그게 얼마나 불가능한 일인지, 벌락은 몰랐으리라.

29

짐을 챙기는 데는 1시간도 채 걸리지 않았다. 나는 집주인에게 다음 날 아침 일찍 다른 CDC 직원이 들어올 거라는 메시지를 남겼다. 새로 투입된 EIS 요원 앤디와 베스는 전날 도착해서 홀리데이 인인지 어딘지 아무튼 CDC가 지정해준 호텔에 묵고 있었다. 이렇게 빨리 도착한 걸 보니 나를 다른 곳으로 보낸다는 결정은 오늘 오후 회의가 있기 훨씬 전에 이미 났던 모양이었다.

나는 세탁기 안에서 시트가 출렁거리며 돌아가는 동안 오래된 전화번호부를 꺼냈다. 필요한 번호는 전자수첩에 다 있는데 고무 밴드 두 개로 묶어놓은 이 낡은 수첩을 왜 굳이 보관하는지는 나도 알 수가 없었다. 아니, 실은 알고 있었다.

C 항목을 넘기니 있었다. 엘레인 첸. 전화번호가 여섯 번, 이메일은 세 번 바뀌었지만 그 중 내가 사용한 번호나 이메일 주소는 절반도 되지 않는 것 같았다. 그냥 연락이 끊기지만 않기 위해 적어놓은 것이었다.

마지막으로 적어놓은 엘레인의 번호는 캘리포니아 북부 레드우드 시티라는 곳의 한 아파트였다. 틀림없이 마지막으로 번호를 적어놓은 이후 한 다섯 번쯤은 번호도 바뀌고 이메일도 바뀌었을 것이다. 지금쯤 어디 있을지 모른다. 아니, 다시 생각해보면, 아니다. 아직 캘리포니아에 있을 것이다. 골든 스테이트에서 나고 자라 대학까지 마친 그녀가 굳이 그곳을 떠나 다른 곳에 갈 이유가 없었다.

"엘레인 첸." 소리내어 이름을 불러보면서 그녀의 모습을 머릿속에 떠올려보았다. 윤기 흐르는 검은 머리, 아름다운 얼굴, 전쟁이라도 일으킬 수 있을 다리. 그 모습을 떠올리니 즐거움보다는 고통이 더 많았다. 나는 너덜너덜한 가죽 주소록을 덮어서 쓰레기통에 던져 넣었다. 그리고 아파트 안의 쓰레기를 긁어모아 주소록 위에 던진 뒤 통째로 쓰레기 투입구로 가져갔다.

나는 시트와 담요를 개어 침대 위에 올려놓고 숙소를 비울 채비를 대충 마쳤다. 그런 다음 새벽 4시 30분에 밖으로 나가서 한참 동안 달렸다. 머리를 맑게 하고 지난 며칠 동안 피웠던 담배 독을 빼기 위해서였다. 나 자신을 벌하는 의미도 있었다. 그날 새벽에는 벌할 것이 워낙 많았기 때문에 5마일 조깅을 마친 뒤에는 아파트 밖 시궁창에 신물을 토해내야 했다. 하지만 신기록이었다.

어쨌든 나는 담배는 그것으로 끝이라고 생각했다. 볼티모어에서 지냈던 시간을 이것으로 종지부를 찍으리라. 지저분한 습관은 지저분한 도시에서나. 이제 그 둘과 모두 작별하리라. 이 도시에서 경력에 상당한 오점을 남겼다고 생각하니 예전에 그렇게 즐겼던 풍경도, 소리도 짜증나기 시작했다. 빠져나갈 수 있게 되어 다행이라는 기분이 들었다.

어쩌면 모두 자기 정당화였을지 모른다. 나는 마지막으로 보도에 침을 뱉고 아파트로 들어갔다.

6시에 나는 샤워를 한 뒤 수건을 빨지 않아 미안하다는 메모를 남기고 떠날 준비를 마쳤다. 6시 30분에 보건부에 도착했다. 볼티모어 사태에 대한 마지막 브리핑이자 인수인계였다. 비행시간이 얼마 남지 않았기 때문에 짐도 들고 갔다. 회의실 구석에 앉아 있는데 팀이 고개를 내밀었다.

"베서니 레지널드가 죽었어." 그는 말했다.

"저런. 언제요?"

"어젯밤 열 시경."

나처럼 진료를 하지 않는 의사라 해도 의사들은 언제나 아픈 사람과 나름의 관계를 맺는다. 흔히 의사는 무감각하다는 선입견이 있지만 우리는 남을 돕겠다는 마음으로 이 직업을 택했다. 흉부외과 의사든, 가정의든, 역학자든 모두 사람들을 건강하게 하기 위해 이 분야에 뛰어든 사람들이다. 진부하게 들릴지는 몰라도 베서니 역시 내게 나름의 의미가 있었다. 그녀는 내게 정신지체자들에게도 삶이 있다는 것을, 정상인들과 마찬가지로 복잡하고 의미 깊은 섹스와 연애담이 있다는 것을 가르쳐주었다. 그 불쌍한, 머리는 모자라지만 성적으로는 용감무쌍했던 베서니 레지널드가 죽었다.

"헬렌 존스에게는 이야기했습니까?"

팀은 무슨 소리냐는 듯 나를 보았다.

"베서니의 친구요. 최초 발병자. 헬렌과 베서니는 연인 사이였습니다."

"글쎄. 누구든 알려주도록 하지. 적어도 지난 열두 시간 동안은 발병자가 없었어. 감시체제를 상당히 엄격하게 발동하고 있는데도, 없어. 발병자 없이 한 시간이 지날 때마다 승리를 거두고 있는 거야." 팀은 시계를 보았다. "브리핑은 칠 분 뒤야."

모인 사람은 늘 만나던 사람 외에 새로 온 EIS 요원 베스와 앤디, 그리고 존 마이어스, 피트 오리어리였다. 더글러스 뷰캐넌, 헬렌 존스, 베서니 레지널드, 이들의 성 접촉 경로가 회의 주제였다. 팀은 내게 회의 주재를 맡겼다. 백조의 노래라고나 할까.

나는 고맙게도 손짓이 간밤에 완성해놓은 접촉 경로 차트 프로젝션 앞에 섰다. 차트는 벽 전체를 덮었다.

나는 거미줄처럼 얽힌 성관계를 설명하고 베서니와 더글러스가 거미줄 한가운데 있다는 사실을 강조했다. 두 사람의 이름이 적힌 박스 위에는 사망자라는 뜻으로 검은 사선이 쳐져 있었다.

그런 다음 내 가설을 설명했다.

"아직 병원소를 찾지는 못했지만, 쥐가 인간에게 병을 전염시켰을 수도 있습니다. 두 번째 환자 데보라 필모어가 살았던 제퍼슨의 보호소에서 설치류의 흔적을 충분히 찾았기 때문에 그곳이 병원소일 가능성이 있습니다. 이 병은 출혈열과 유사한 증세를 보이는데, 굳이 말씀 안 드려도 아시겠지만, 라사열, 마추포, 기타 아레나바이러스가 설치류 숙주에서 발견되지요. 볼티모어는 주요 항구도시

이므로 외국의 쥐가 이곳 사람을 감염시켰을 가능성도 배제할 수 없습니다. 토착 바이러스이지만 이제까지 알려지지 않은 아레나바이러스일 수도 있습니다. 편지나 소포 등의 의도적인 전파 흔적을 발견하기 전까지는 일단 테러의 가능성은 배제하는 것이 좋다고 생각합니다."

팀이 고개를 끄덕이는 것이 보였다.

"그리하여, 두 가지 시나리오가 가능합니다. 베서니 레지널드, 혹은 베서니와 헬렌 존스가 제퍼슨 보호소의 더글러스 뷰캐넌을 찾아가서 감염되었다. 혹은 자신이 사는 오픈 암스에서 감염되었다. 위생 면에서만 보자면 제퍼슨 시설 쪽에 뭔가 있을 가능성이 큽니다."

자, 베서니 레지널드가 감염원이었다는 점에 무게가 실리고 있는 만큼 지금부터가 고비다. 하지만 더글러스 뷰캐넌이야말로 내게는 핵심이었다. 나는 그렇게 확신하고 있었다. 내가 가고 난 뒤에 마음껏 씹어보라지.

"일단 병원체가 제퍼슨의 볼티모어 헤이번에 있다고 가정해보죠. 베서니는 헬렌을 억지로 더글러스에게 데려가서 성관계를 가집니다. 거기서 헬렌은 병에 감염되었고, 베서니와 더글러스에게 감염시키죠. 더글러스는 무슨 이유에서인지 발병하지 않습니다. 타고난 면역력이 있을 수도 있고, 남성의 잠복기가 더 길 수도 있겠죠. 어쨌든 몇몇 증언에 따르면 더글러스는 여자 사냥꾼입니다.

그는 여자친구로 알려진 데보라 필모어와 네 번째 환자를 감염시킵니다. 네 번째 환자는 이 주일 전 제퍼슨의 생일 파티에서 강간에 의해 감염된 것으로 추정됩니다. 네 번째 환자는 다시 자기 남자친구를 감염시켜서 다섯 번째 환자가 발생합니다."

나는 새로 온 EIS 요원들을 쳐다보았다. "베서니와 헬렌이 볼티모어 헤이번으로 더글러스를 찾아간 적이 있는지 확인해보는 게 좋을 겁니다."

"더글러스에게 증상이 전혀 나타나지 않았다는 게 이해가 안 되네요." 베스가 말했다. 베스는 아담한 체구의 단발머리 여자로서 하버드 의대 출신이었다. 나한테만 그러는 건지 항상 찌푸린 표정이었다.

"아뇨, 이해가 되죠." 나는 다들 납득하지 않을 거라는 것을 알고 있었지만 자신감 있게 말했다. "더글러스가 여자 사냥꾼이라고 가정한다면 우리가 알고 있는 것보다 훨씬 많은 사람들과 성관계를 가졌을 거라고 생각할 수 있습니다. 그 점도 앞으로 확인해야 할 것입니다. 더 이상 환자가 발생하지 않았다고 들었는데요, 웨스트나일 바이러스처럼 인구의 일부분만이 발병하는 질병일 수도 있습니다. 하지만 더글러스의 면역력을 볼 때 또 한 가지 시나리오도 가능합니다. 더글러스 뷰캐넌이 사실 최초의 감염자라는 시나리오죠. 그가 지표증례(index case)라는. 그도 제퍼슨의 보호소에 살고 있고 쥐와 그 똥, 오줌, 기타 배설물에 접촉했을 겁니다. 이 시나리오가 맞다면 아마 병원체는 돌연변이를 했을 겁니다."

벌락이 '좋은 지적이야'라고 입모양으로 말하면서 뭔가 적었다.

돌연변이는 모든 생명체의 특징이다. 바이러스는 복제율이 워낙 높고 HIV 같은 바이러스의 경우에는 유전자 배열 메커니즘이 불완전하기 때문에 돌연변이도 자주 일어난다. 그렇기 때문에 감염이 거듭될수록 바이러스는 더욱 악성으로 변하고 더욱 강력해질 수 있다. 이 병원체가 돌연변이를 겪었고 더글러스가 첫 번째 감염자였다면, 그가 감염될 당시 바이러스는 비교적 무해한 상태였기 때문에 면역력이 있었던 거라고 볼 수도 있다.

팀이 말했다. "더글러스의 시체에서 채취한 샘플은 오늘 애틀랜타로 보낼 예정이야. 어떤 병원체라는 것을 확실히 알 수 있다면 시체에 그 병원체가 남아 있는지 알 수 있어."

"없어진 장기와 같이 다 사라지지만 않았다면 그렇겠죠." 내가 말했다.

"그렇지."

"다음, 마지막으로 세 번째 시나리오입니다. 역시 더글러스가 매개체가 맞지만 다른 곳에서 감염되어 왔다는 가설이지요."

침묵이 흐르는 것을 보니 다들 가능성이 희박하다고 생각하는 것 같았다. 하지만 내가 그 가능성을 쫓아 캘리포니아로 보내지는 이상 이 점을 언급하지 않을 수 없었다. "물론 그럴 가능성은 적지만 일단 모든 가능성을 다 검토해봐야 하니까요. 그냥 말해두는 겁니다. 여러분은……." 나는 베스와 앤디를 가리켰다. "모든 파일과 인터뷰 내용을 갖고 있으니, 검토한 뒤 보다 분명한 결론이 나오길 바랍니다. 질문이 있으면 호출을 하거나 전화를 주십시오." 나는 호출기와 휴대전화 번호를 화이트보드에 적었다. 그리고 마이어스 형사와 오리어리 형사를 보았다. "자, 그럼 짭새들은 왜 여기 와 있느냐?"

마지못해 웃어주는 소리들이 들렸다. 나는 말을 이었다. "더글러스 뷰캐넌이 살해당했다는 것이 확실하니 경찰은 이번 수사에서 빠질 수가 없지요. 더글러스 뷰캐넌 쪽을 누가 추적하는지 모르겠지만, 오리어리 형사님, 마이어스 형사님과 긴밀한 협조가 필요할 겁니다."

베스가 손을 들었다. "내가 그쪽을 맡았어요."

"잘됐군요. 형사님들, 지금까지 수사한 내용을 알려주시겠습니까?"

"음." 마이어스가 한참 뒤 입을 열었다. "오리어리 형사와 카운티 보안관실이 주경찰의 도움을 받아 수사를 진행하게 될 거요. 상당 부분 관할이 겹치기 때문에 나도 도울 거고." 마이어스는 약간 긴장한 기색이었다. 자기 영역이 아닌 곳에 와서 의사들 앞에서 이야기하는 것이 불편한 모양이었다. "아직 별다른 성과는 없소. 제퍼슨 박사는 더글러스 뷰캐넌에 대해서는 전혀 모른다, 자기 시설에 강간마, 아니, 여자 사냥꾼이 있었다는 것도 몰랐다고 주장하고 있소. 오늘 아침에 만날 예정인데 압박을 가해볼 생각이오. 아직까지는 뷰캐넌 씨가 어디서 왔는지도 아무도 모르는 것 같고. 그냥 어느 순간 허공에서 출현한 것 같다는 생각까지 드니."

허공에서 출현해? 나는 생각했다.

베스가 물었다. "살인사건 자체는 어떤가요? 단서가 있나요?"

"음, 뷰캐넌 씨의 생활 습관과 살인의 성격으로 볼 때 — 그러니까, 우리는 누군가 뷰캐넌 씨에게 극도로 증오를 품고 그것을 표출하기 위해 죽였을 가능성도 있다고 생각하고 있소 — 뷰캐넌에게 당한 사람들 중 한 사람이거나 그 가족이 범인일 수도 있을 거요. 뷰캐넌 씨에 대한 증오 때문에 그렇게 시체를 난도질했을 수도 있다는 이야기요."

침묵이 흘렀다. 마이어스는 더듬으며 말을 이었다. "검시관은 장기를 들어낸 것이 프로의 솜씨라고 했소. 과정이 약간 엉성하긴 하지만 해부학 지식이 있는 사람의 소행이라는 거요."

"의사일까요?" 베스가 물었다.

"수의사나 도살업자일 수도 있고. 분명한 것은 자기 딸이 강간당해서 분노에 눈이 먼 아버지가 미치광이처럼 잘라낸 건 아니라는 거요."

"그 미치광이가 하필 병리학자일 수도 있겠죠." 베스가 대꾸했다.

"병리학자들은 다 미치광이야." 팀이 말했다.

웃음이 일었다.

내가 물었다. "하지만 장기를 왜 가져갔는지, 그걸로 무엇을 할 생각인지는 아직 모르는 거죠?"

"그렇소." 마이어스는 자세를 바꿔 앉았다. "우리도 끔찍한 광경을 많이 봤지만 이건…… 흔히 예상할 수 있는 그런 시체 훼손과는 다르오. 그러니까, 우리가 봐왔던 시체 훼손은 대부분 그냥 잘라내는 거지, 속을 들어내는 건 아니었소. 그렇지, 오리어리?"

오리어리는 어깨를 으쓱했다.

마이어스는 헛기침을 했다. "어쨌든 아직 알아내려는 중이오. 제퍼슨 박사에게도 물어볼 거요."

"표백제는요?" 베스가 물었다.

"콘크리트는 냄새를 차단하기 위해 바른 것 같소. 표백제도 마찬가지일 거요."

"감염." 내가 말했다.

좌중의 시선이 이쪽으로 향했다.

"범인이 더글러스가 병에 걸렸다고 생각하고 다른 사람들에게 감염되지 않도록 하려고 그랬을 수도 있죠."

"그럼 미치광이 병리학자에다 인도주의자로군." 팀은 대수롭지 않게 받아넘기고 시계를 보았다. "좋아, 맥코믹 박사. 이제 자네는 비행기를 타러 가고 우리는 현장에 나갈 시간이야."

나쁜 놈.

여기저기서 수첩을 덮는 가운데 나는 내 일정에 대해 설명하고
— 캘리포니아에서 더글러스와 접촉한 사람을 추적한 다음 애틀
랜타로 돌아간다 — 회의를 마쳤다.

마지막 말이 끝나자 팀이 나를 붙잡고 캘리포니아와 산타클라라
보건국에 내가 간다는 것을 미리 알려뒀다고 말했다. 그리고 브룩
마이클스가 안내해줄 거라고 덧붙였다.

훌륭하군, 나는 생각했다.

팀은 내 어깨를 툭툭 치더니 또 어디다 전화를 걸려는지 회의실
을 빠져나갔다.

"잘했어, 나사니엘. 아주 철저했네." 벌락이 말했다. 그는 내 손
을 따뜻하게 잡았다. "자네가 아쉬울 거야. 팀이 말했겠지만, 내가
감시체제를 감독하게 됐어. 계속 연락하게나."

"박사님도 연락하십시오." 나는 대답했다. 그는 고개를 끄덕이고
회의실을 나갔다.

나는 형사와 이야기하고 있는 베스의 칸막이 옆에 잠시 멈춰 서
서 필요한 일이 있으면 언제든지 연락하라고 말했다. 시간이 촉박
했다. 나는 짐을 끌고 출구로 향했다. 존 마이어스가 따라왔다.

"쫓겨나는 건가?"

"집어치워요."

"뭐라고 말해야 하지? 자넨 재수 없는 친구이고 어제 일도 망친
건 사실이야. 하지만 나도 재수가 없지. 난 재수 없는 인간들을 좋

아해."

"사귈까요?"

마이어스는 이 농담이 마음에 든 모양이었다. 그는 내 어깨를 툭툭 쳤다. "이 몸은 마누라랑 애가 있어."

"안됐군요."

"이봐, 자넬 다시 데려오라고 할 테니까 뭔가 정보를 얻으면 계속 연락 주게."

"호혜주의 원칙을 지키시면요."

"의학용어는 집어치워."

호혜주의가 뭔지 설명할 생각은 없었다. "그쪽에서도 계속 정보를 주세요."

"좋아. 약속했어. 삼천 마일 밖에 있으면 골치 썩일 일도 없겠지. 상황 바뀔 때마다 연락 주겠네." 엘리베이터가 1층에서 멈췄고 우리는 나란히 밖으로 나섰다. "더글러스 뷰캐넌과 연락했던 여자의 이름은 글래디스 토마스야. 여기 주소가 있어."

그가 종이쪽지를 건넸다. 산호세, 호화로운 별장촌들이 있는 교외가 아니라 시내였다.

내가 말했다. "이 자리에서 날 못 만났으면 어쩌려고 하셨습니까?"

"무슨 뜻이야?"

"주소를 못 받고 그냥 출발할 수도 있었잖아요." 나는 글래디스 토마스의 이름과 주소가 적힌 종이를 들어 올렸다. "혼자 처음부터 알아내게 할 작정이셨습니까? 대단히 고맙네요, 존. 당신 진짜 좋은 사람입니다."

"됐어. 이것도 가져가게."

그는 내 손에 뭔가 들이밀었다. 더글러스 뷰캐넌의 사진을 희뿌옇게 확대한 사진이었다.

"볼티모어 출장 기념으로 형사님 사진도 주시죠."

내가 왜 마이어스에게 이렇게 툴툴대는지 알 수 없었다. 아마 팀에게 쏟아붓지 못해서 그럴 것이다.

"필요할 거야, 박사. 죽은 사람을 만난 적은 있지만 이름은 모르는 사람들이 있거든. 경찰 드라마도 안 보나?"

"경찰 꼴을 안 볼 수 있으면 보겠죠."

마이어스가 미소지었다. "이 친구한테는 마음이 약해진단 말이야. 나랑 워낙 닮았어. 사람들을 열받게는 하지만 일은 제대로 해놓거든."

멋지군, 나는 생각했다. 존 마이어스 형사와 닮았다니. 기분 찢어질 일이야.

나는 형사도, 볼티모어도, 내 인생의 한심한 한 장도 모두 뒤로 하고 유리문을 지나 기다리고 있는 택시에 올라탔다.

나는 더글러스 뷰캐넌이 볼티모어에 오기 전에 살았던 곳에서 멀지 않은 펜실베이니아 남부의 작은 마을에서 자랐다. 볼티모어-워싱턴 국제공항은 대형 공항 중에서는 가장 가까운 곳이었기 때문에 손바닥 들여다보듯 알고 있었다. 나는 거의 본능적으로 복잡한 보안 시설을 통과하여 게이트에 도착했다. 오래전 서부에서 의대를 다니고 있었을 때라면 사우스웨스트 에어라인을 타고 피닉스나 라스베이거스에서 한 번 갈아탄 다음 산호세로 갔을 것이다. 하지만 지금은 상황이 달랐다. 나는 출장명령서를 가지고 있었기 때문에 가장 빠른 샌프란시스코 행 직항편을 탈 수 있었다. 좌석이 꽉 차 있는 것을 보니 나 때문에 어느 재수 없는 사람이 비행기를 놓친 모양이었다. 군대와 마찬가지로 CDC 역시 지구상에서 가장 고약한 일이 벌어지는 곳에 직원들을 보내는 기관이었고, 군대와 마찬가지로 비행기 편을 기다리느라 시간을 낭비하게 하지 않는다.

기내에서 나는 더블 스카치를 주문해서 두 병 다 마신 뒤 한 병 더 주문했다. 볼티모어에서 있었던 일과 앞으로 해야 할 일에 대해 생각해보려 했지만, 기분이 우울해질 뿐이었다. 나는 잠에 빠졌다.

2부
캘리포니아

30

아, 샌프란시스코.

북쪽 마린 카운티를 향해 커다란 손가락을 내밀듯이 뻗어 있는 반도가 제트기 유리창 밖으로 시야에 들어왔다. 시리도록 푸른 바다를 배경으로 골든게이트 브리지가 위용을 드러냈다. 트랜스아메리카 빌딩과 엠바카데로를 따라 늘어선 고층건물들도 보였다. 만에는 요트가 점점이 떠 있었다. 떠날 때와 다름없는 모습이었다.

구역질이 올라왔다.

오랫동안 고민은 했지만, 엘레인 첸은 만나지 않을 생각이었다. 엘레인 생각을 차단하기 위해 최선을 다하고 있었지만, 렌터카를 신청하기 위해 줄을 서 있노라니 그녀의 전화번호를 버린 것이 후회되었다. 전화를 걸고 그녀를 만나고 싶어서가 아니었다. 이제 그

번호는 맞지도 않을 것이다. 하지만 몇 번이나 지우고 고쳐 쓴 그 전화번호부는 내게 남아 있던 마지막 옛 흔적이었다. 옛 친구들은 잊자, 말은 쉬워도 실천은 어렵다.

워낙 줄이 길고 더디게 줄어드는 바람에 더 이상 중요해서는 안 되는 일들을 너무 많이 생각하고 있다. 나는 첸 박사와 얽힌 복잡한 생각을 지우기 위해 전자수첩을 꺼내 캘리포니아의 지인들 중에 만나고 싶은, 아니 만나야만 하는 유일한 사람의 전화번호를 찾았다. 서부 해안에 왔으면서도 연락하지 않았다는 것을 그녀가 알게 되면…… 아마 땅이 둘로 갈라져서 나를 삼켜버릴 것이다.

보라, 그녀는 전화를 받았다. 너무나 귀에 익은 목소리가 전화기를 통해 흘러나왔다.

"나사니엘 맥코믹."

"토벨 박사님." 미소가 얼굴에 떠올랐다.

우리는 잠시 서로의 근황을 주고받았다. 마지막으로 연락한 지는 한참 되었지만, 우리는 줄이 5피트 줄어드는 동안 그간 있었던 일을 대충 다 따라잡았다.

"그런데 샌프란시스코에는 무슨 일로 왔지?"

"업무 때문에 왔습니다."

"업무? CDC를 나온 건 아니겠지?"

"이런 때는 차라리 그만두고 싶지만, 아뇨, CDC 출장입니다."

"심각한 일은 아니고?"

"심각하죠. 볼티모어에서 전염병이 발생했다는 소식 못 들으셨습니까?"

"아, 읽은 것 같은데……."

"그 일 때문이에요. 만나 뵙고 말씀드리겠습니다."

우리는 다음 날로 약속을 잡았다.

토벨 박사는 말했다. "괜찮다면 연구실로 오지 않겠어? 내일은 일정이 빡빡해. 거기서 만나서 점심을 같이 먹자구. 자네가 괜찮다면."

"아직 농장에 계십니까?" 나는 물었다.

"맞아. 같은 건물, 같은 연구실이야."

음, 그렇다면 별로 괜찮지가 않았다. 하지만 나는 대답했다. "네, 그럼 그리로 가죠."

31

나는 GPS 항법장치가 달린 차를 빌렸다. 실리콘 밸리에 왔으니, 로마에서는 로마법을…… 게다가 긴급 상황이니 시간을 허비할 수 없다고 스스로를 설득했다. 가장 먼저 입력한 주소는 산타클라라 카운티 보건부였다.

베이 지역의 교통지옥을 피한 이른 오후였기 때문에 101번 도로를 타고 남쪽 산호세로 갈 수 있었다. 그림 같은 풍경을 가르며 뻗은 고속도로는 매일 아침저녁으로 자동차들이 미어터지는 흉물스러운 도로였다. 나는 이 동네라면 도로에조차 미련이 없었다.

나는 30분 동안 달린 뒤 전에 다니던 대학으로 빠지는 녹색 표지판을 지났다. 4년 동안 샌프란시스코 시내에서 저녁을 먹거나 춤을 추고 학교로 돌아가느라 수없이 지나다닌 길이었다. 잊으려고 그렇게 오랜 시간을 노력했는데도 아직 도로와 언덕, 마치 목걸이에 매달린 장난감 같은 고속도로변의 작은 동네들이 너무나 낯익은 것이 놀라웠다. 하지만 대형 할인매장과 거대한 사무용 빌딩, 101번 고속도로를 따라 계속 이어지는 새 건물 등 낯선 풍경도 있었다.

나는 라디오를 틀고 예전에 좋아했던 주파수를 맞췄다. 지금은 라 뮤지카라는 이름으로 힙합 라틴계열 음악을 틀고 있었다. 내 취향은 아니었다. 지역 NPR 방송에 채널을 고정시키고 보니 나이 들었다는 기분이 나를 감쌌다.

산호세. 나는 자동항법장치에서 흘러나오는 여자 음성에 따라 순조롭게 101번 도로를 빠져나간 뒤 880번 도로를 타고 시내로 들어갔다. 1990년대에 산호세로 엄청난 자본과 명성이 흘러들어왔지만 아직 이곳은 기본적으로 목장 도시였다. 사무실 공실률이 25퍼센트에 달하는 다운타운은 음침하고 서글펐다. 건물에는 '임대' 간판이 붙어 있었고, 한낮에 젊은이들이 아메바처럼 길모퉁이에 여기저기 모여 있었다. 전성기는 끝난 것이 분명했다.

나는 산타클라라 카운티 보건부, 질병 예방 및 통제센터가 입주해 있는 중간 크기의 회색 건물 맞은편 주차장에 차를 세웠다. 그리고 비디오 게임장처럼 보안장치가 많은 건물 안으로 들어갔다. 안내원 같은 사람이 있길래 브룩 마이클스를 호출해달라고 부탁했다. 그런 다음 공중보건 관련 책자가 가득 놓여 있는 스탠드 옆의 딱딱한 플라스틱 의자에 앉았다. 그리고 성기 주변에 생기는 사마귀에 대한 책자를 집어 들었다.

내용이 한참 흥미진진해지고 있는데, 머리 위에서 목소리가 들려왔다. "맥코믹 박사, 여전하네. 피부는 좀 태워야겠어."

"브룩." 고개를 들어보니 금발에 구릿빛 피부를 한 멋진 모습의 브룩 마이클스 박사가 서 있었다. "그쪽이나 조심해. 타의 모범이 되어야 할 사람이 서른 살에 벌써 흑색종으로 쓰러지면 안 되지."

우리는 악수를 했다. "스물아홉 살이야." 브룩은 작은 목소리로 말한 뒤 돌아서서 경비 데스크 뒤쪽의 복도로 향했다. 그녀의 뒤를 따라 이중문을 지나 토끼장 같은 사무실들을 지나치면서, 브룩의 멋진 엉덩이에 눈길을 주지 않으려고 애를 써야 했다. 브룩이 얼마나 미인이었는지 잊고 있었다. 잊으려고 애쓴 건지도 모르겠다. 어쨌든 브룩은 멋진 근육질 몸매에 끝내주는 엉덩이, 새파란 눈동자, 우아한 자세의 소유자였다. 어느 모로 보나 전형적인 캘리포니아 미인이었지만, 사실은 2천 마일이나 떨어진 동부 출신이었다.

희고 긴 복도 한쪽 편에 작은 사무실이 다닥다닥 붙은 구조가 약간 특이했다. 나는 브룩에게 물었다. "보건부가 쓰기 전에는 뭘 하던 곳이었지?"

"성관계로 전염되는 질병 치료소. 진료실을 지금 사무실로 쓰고 있어."

앉을 자리를 조심해서 골라야겠다는 생각이 들었다.

브룩은 금발 머리를 날리며 나를 돌아보았다. "네가 왜 오는지 팀 랭커스터한테 간단하게 들었어. 내가 확인해도 되니까 널 보낼 필요가 없다고 했는데 거절하던데?"

브룩은 대답을 기다리고 있었지만, 나는 말해주지 않았다. 브룩은 그녀답게 다시 물었다. "왜 널 여기까지 보낸 거야? 주정부 협조를 못 얻었나?"

"맞아."

"하지만 버클리와 로스앤젤레스에도 EIS 요원이 있는데……."

"그쪽도 별로 관심이 없었어. 게다가 팀도 동부 상황을 잘 아는 사람이 낫겠다고 생각했고."

"아."

그래도 납득이 안 가는 눈치였지만 일단 넘어가기로 한 모양이었다. 브룩은 작고 복잡한 사무실 문을 열었다.

"내 사무실이야."

공간이 있는 곳마다 의학저널과 서류가 가득 들어 차 있었다. 벌락의 볼티모어 사무실로 다시 돌아온 것 같았다. 도대체 왜 공중보건의 사무실은 다 똑같은 거지? 브룩은 의자에서 잡지를 치웠다.

"정신없지?"

"네 머릿속도 이 모양이면 골치 아픈데."

"내 머릿속은 국회도서관보다 정리가 잘되어 있어. 정신없는 건 사무실과 내 생활뿐이야."

"저런."

"괜찮아. 나는 혼돈과 완벽한 선적 조화를 이루고 있으니까." 브룩은 책상 뒤 의자에 앉았다. "그래, 무슨 일이야?"

나는 대략의 상황을 요약해주었다. 물론 내 활약상에 대한 부정적인 평가는 쏙 빼고.

"그럼 쫓겨난 거네?"

입 닥쳐, 브룩.

브룩은 내가 작년에 연수를 받고 있을 때 애틀랜타에 있었다. EIS 2년차로서 CDC 본부에서 신입요원 교육을 담당하고 있었다. 조지아 주의 무더운 여름 날씨에 5주 동안 받은 연수는 마치 신병훈련소 같았다. 그렇기 때문에 EIS 요원들 사이에는 남다른 유대가 있었고, 마이클스 박사와 나는 특별히 잘 어울렸다. 솔직히 몇 주 동안은 애인 사이였다고 할 수 있었다. 하지만 브룩은 캘리포니아로 발령이 나서 한동안 CDC 버클리 지부에서 일하다가 산타클라라 카운티 공중보건 관련 직장을 얻어 나갔다. 표면상으로는 이곳 대학의 강사 자리를 얻은 약혼자를 따라왔다고 하지만, 어쩌면 내게서 최대한 멀어지고 싶었던 거라고도 할 수 있을 것이다. 책이라도 한 권 써볼까. 『여자에게서 멀어지는 100가지 방법』.

나는 시계를 보았다. "현장에 나가봐야 해, 브룩."

"근데 여긴 왜 왔어?"

"얼굴을 보여주고 내가 무사히 도착했다는 걸 보건부에 알리기 위해서. 내가 와서 별 문제는 없는 거지?"

"버클리의 주 보건국에 연락했더니 '젠장' 이러던데. 여기 카운티 사람들은 네가 온다는 소식을 듣더니 구역질을 하더라고."

"고마워."

브룩은 지나쳤다는 것을 깨달았는지 살짝 웃었다. "문제없어. 다들 네가 와서 반가워해. 팀이 조처를 다 해놨어. 여기." 브룩은 내게 종이를 건넸다. 볼티모어 사건 보강 수사를 위해 이곳에 온 것을 환영한다는 내용이었다. 단 세 문장이었다.

"네가 와서 반가워."

"그러시겠지."

"정말이야. 널 보니까 좋아."

나는 진심인지 아닌지 확인하려고 브룩의 얼굴을 찬찬히 들여다보았지만 알 수가 없었다. 일이나 하자. 나는 서류철을 뒤져 글래디스 토마스의 주소를 꺼냈다. "여기서 만나봐야 할 여자의 주소가 있는데, 아마 주나 카운티에서 운영하는 보호시설에 있을 가능성이 높을 것 같아."

브룩은 잠시 주소를 가만히 들여다보았다. "변두리의 보호소로
군. 좋은 곳이야."

"정신지체자들을 위한 보호소야?"

"그래, 나사니엘. 정신지체자들을 위한 곳이야."

"주소만 보고 어떻게 알았어?"

브룩은 책상 위 선반으로 손을 뻗어 서류를 잔뜩 끼워넣은 빨간
색 폴더를 꺼냈다. "여기서 내가 하는 업무 중 하나가 노숙자 쉼터
와 보호소 같은 곳에서 운영하는 보건교육 프로그램의 효율성 평
가야." 그녀는 페이지를 넘기다가 서류 한 장을 꺼내 내게 주었다.
"게다가 난 사진처럼 정확한 기억력을 갖고 있잖아. 기억 안 나?"

"나는 워낙 사진처럼 정확한 기억력이 없어서 기억이 안 나는
데." 온갖 다양한 항목에 펜으로 내용을 채워넣은 복사물이었다.
한참 들여다보다 겨우 찾은 주소는 존 마이어스가 준 주소와 일치
했다. 산타아나 서비스라는 곳이었다. "좋아. 브룩, 고마워."

나는 전화번호와 보호소 이름을 적었다. 그리고 브룩에게 서류
를 돌려준 후 일어섰다.

"전화부터 하지 않고?"

"아냐. 그냥 갈 거야. 방심하고 있을 때 덮치는 게 낫더군."

"정신지체자들을? 쉬운 먹이만 노리는 건 여전하시군."

"애틀랜타에서는 분명 그랬지." 이건 내가 한 방 먹였다.

"너무 그러지 마. 난 외로웠고 혼란스러웠어. 습기 때문에 사람이 이상해졌던 거야."

"그러시겠지. 뭘 알아내게 되면 전화할게. 고마워."

"같이 갈까?"

"그럴 필요 없어."

"필요 없는 건 알아. 내가 가고 싶어서 그래."

나는 한숨을 쉬었다. "브룩, 주차권이나 빌려줘."

32

늦은 오후라 도로가 꽉 차 있었다. 시내를 관통하는 데 거의 40분이나 걸렸다. 브룩은 주차권 가장자리를 팔락거리며 조수석에 앉아 있었다.

"돌아오니 기분이 어때?" 그녀가 물었다.

"돌아왔다고 할 수는 없지. 이틀 동안 있을 건데."

"그렇게 싫어?"

"아니. 여기는 좋아. 어떻게 이런 곳을……." 나는 이글이글 타오르는 태양을 가리켰다. "여기는 좀더 시원할 줄 알았어."

"그래도 후덥지근하지는 않잖아."

나는 브룩을 보았다. 그녀는 미소를 짓고 있었다. "맞아." 나는 말했다.

찬란한 사우스 베이. 내 평생 저지른 모든 죄와 실수, 실패, 그리고 그밖의 한심한 행동과 느낌과 사고의 원천. 나는 금빛으로 반짝이는 하늘을 올려다보았다. 낙원에서의 고약한 하루가 또 이렇게 시작되는군.

브룩은 시 외곽의 주거지로 길을 안내했다. 거대한 참나무와 빅토리아풍 저택이 도로 양옆으로 늘어선 멋진 동네였다. 나는 산타아나 서비스 앞에 차를 세웠다. 하지만 별다른 간판도, 표지판도 없었다. 주민들은 보통 동네 한가운데에 보호소 같은 시설이 들어서는 것을 못마땅하게 생각하기 때문에 보란 듯이 선전했다가는 남의 이목을 끌고 때론 유리창으로 돌멩이가 날아 들어오는 사태를 감수해야 할 수도 있다.

"여기야." 브룩이 말했다.

나는 주소를 다시 확인했다. 맞았다.

차를 세운 곳은 법적으로 아무 하자가 없는 곳이었지만, 나는 힘들게 구한 주차증을 내놓으라고 손을 뻗었다.

"이건 필요 없어." 브룩이 말했다.

"습관이야. 그리고 이렇게라도 해야 널 따라오게 해준 보람이 있지."

나는 코팅된 주차증을 받아서 백미러에 걸었다.

아담한 체구에 사람 좋은 동글동글한 얼굴을 한 중년 여자가 문을 열었다. 청바지와 곰 무늬가 있는 스웨트셔츠 차림이었다. 브룩과 나는 신분을 밝혔다.

"무슨 안 좋은 일이라도 있나요?" 외국 억양이 약간 있었다. 여자는 산타아나에서 일하는 직원 로살린다 로페스라고 자기 소개를 했다.

나는 글래디스 토마스를 만나게 해달라고 말했다.

"아, 글래디스. 포브레시타······." 로살린다는 말꼬리를 흐렸다. "무슨 일이죠?"

"별 일은 없을 겁니다. 뭘 좀 확인하려고요. 몇 가지 질문만 하면 됩니다."

로살린다는 볼티모어 쪽 보호소 직원과 같은 대본을 읽기라도 하는 듯 미심쩍은 얼굴로 물었다. "뭘 물어보시려고요?"

"토마스 씨 외에는 말씀드릴 수 없습니다. 의료상의 문제이기 때문에 질문과 대답은 비밀입니다."

"어떤 의료상의 문제요? 제가 간호사라서요, 박사님, 입주자들의 건강에 대해서는······."

"잘됐군요. 글래디스 토마스가 혹시 아픕니까?"

로살린다는 이 질문에 대답할지 말지 고민하는 듯 잠시 침묵을 지켰다. "요즘은 괜찮아요. 6개월 전쯤."

"6개월 전에는 무슨 병이었죠?"

"그냥 심한 감기였어요. 한동안 침대에서 쉬니까······."

"성생활은 활발합니까?"

로살린다의 목덜미에 핏기가 떠올랐다. "아뇨, 그렇지 않을 거예요."

"토마스 씨를 만나봐야겠습니다, 로페스 씨."

"전 이유를 알아야겠어요."

우리는 잠시 대치 상태로 마주보았다. 로살린다와 나사니엘의 의지력 대결이었다. 결국 간호사가 꼬리를 내렸다. "들어오세요. 불러드리죠."

우리는 로살린다를 따라 카펫이 깔린 현관에 들어섰다. 이어진 복도 양옆에는 거실과 작은 사무실이 있었다. 그 뒤쪽 어딘가에서 저녁 준비를 하는지 냄새가 흘러나왔다.

아늑한 곳이었다. 정말이었다. 볼티모어의 오픈 암스처럼 가족적인 분위기는 아니었지만 편안했다. 괘종시계와 과일이 그려진 유화 같은 것으로 장식되어 있어서 할머니의 집 같은 인상을 주었다. 살짝 퀴퀴한 추억의 냄새까지. 오픈 암스와 마찬가지로 종교 관련 그림과 성상이 벽에 걸려 있었다. 광적인 기독교인에 대해 말이 많지만, 이들은 다른 사회 구성원들이 쉽게 잊어버리는 많은 사람들을 돕고 있다.

"여기서 기다리세요." 로살린다는 거실을 가리켰다.

"질문의 성격 때문에 그렇습니다만, 글래디스와 개인적으로 이야기할 만한 곳이 없을까요?"

"여기서 기다리세요." 그녀는 복도 반대쪽 사무실을 가리켰다.

브룩과 나는 산타아나의 심장으로 보이는 작은 사무실에 자리를 잡았다. 파일 캐비닛, 심리학 책, 스크린세이버에 '오늘을 열심히'라는 삼차원 글자가 빙빙 돌고 있는 컴퓨터.

"너 참 무뚝뚝하구나." 브룩이 말했다.

"이런 사람들은 전에도 많이 다뤄봤어."

"이런 사람들? 그건 무슨 뜻이야?"

나는 대답하지 않았다. 어쩌면 얼른 여기를 나가서 다시 차를 타고 최대한 빨리 동부로 돌아가고 싶다는 것 외에 별다른 뜻이 없기 때문일지도 몰랐다.

계단이 삐걱거리는 소리가 들렸다.

* * *

로살린다는 글래디스 토마스로 보이는 여자와 함께 사무실로 들어섰다. 글래디스는 로살린다보다 키가 컸지만 덩치 작은 여자 뒤에서 어색하게 몸을 숨기려 하고 있었다. 고개를 푹 숙인 채 안절부절못하고 있었다. 수줍음이 많은지도 모른다.

브룩과 나는 일어섰다.

"글래디스, 이쪽은……."

로살린다는 우리 이름을 잊어버린 모양이었다.

"나는 맥코믹 박사, 이쪽은 마이클스 박사입니다. 몇 가지 질문을 드리겠습니다."

글래디스는 대답 없이 그저 만사 귀찮다는 듯 한숨을 쉬었다.

"자, 저기 의자에 앉아. 그리고 선생님들이 묻는 말씀에 대답해." 로살린다는 글래디스를 향해 낡은 천 의자를 가리킨 다음 자리에 앉았다. 그리고 나를 보며 말했다. "선생님이 널 물지는 않아. 그렇죠, 선생님?"

"무는 건 오래전에 그만뒀어요." 나는 미소지었지만, 아무도 웃지 않았다. "아니, 글래디스, 물진 않아요. 마이클스 박사도 그렇고." 나는 다시 웃었다.

글래디스 토마스는 마지못해 의자에 앉았다.

글래디스는 5피트 11인치 정도의 큰 키여서 그런지 자세가 구부정했다. 27살, 아니면 28살 정도. 검은 머리, 파란 눈. 미인이었다. 구부정한 자세와 멍한 표정만 아니라면 정말 예쁜 얼굴이었다. 더글러스 뷰캐넌이 글래디스에게 관심을 가진 이유를 알 것 같았다.

나는 눈치껏 나가주기를 바라며 로살린다를 보았다. 그녀는 나가지 않았다. "여기 있어도 괜찮겠죠?"

"아니, 나가주시면……"

브룩이 끼어들었다. "저희 경험상 이런 인터뷰는 가족이나 친구가 없는 편이 좋아요. 무슨 일이 있으면 곧 알려드리겠습니다, 로페스 간호사."

로살린다는 이쪽을 노려보더니 일어났다. "복도 반대편 거실에 있겠습니다." 잘했어, 브룩.

글래디스 토마스는 바닥을 쳐다보며 다시 한숨을 푹 쉬었다. 그제서야 처음 그녀가 들어왔을 때 내가 받았던 인상이 무엇이었는지 깨달을 수 있었다. 느리고 축 처진 동작, 찌푸린 눈살. 의대 시절과 레지던트 시절 이런 환자를 많이 보았다. 간단히 말해, 우울증이었다.

글래디스 토마스는 다시 한숨을 쉬었다. 정말 불쌍해 보였다.

그녀는 나를 힐끗 보았다. 눈길이 마주쳤다.

"무슨 일 있어요, 글래디스?" 나는 물었다.

"일? 아뇨."

"속이 상한 것 같은데요."

그녀는 초조하게 손을 만지작거렸다. "아뇨."

나는 그냥 뭘 적는 것처럼 보이려고 수첩에 몇 마디 썼다. 글래디스가 내 손을 보고 있었다.

"무슨 일 있으면 이야기해요. 우린 의사예요. 당신 같은 사람을 돕는."

글래디스는 아무 말도 없이 그냥 미간을 찌푸리고 시선을 피했다. 브룩 역시 이유는 달랐지만 눈살을 찌푸렸다. 그녀가 말했다. "괜찮아요. 우리한테 말해봐요."

글래디스는 발을 바닥에 문질렀다.

"글래디스." 내가 말했다. "전화 있어요? 들고 다니는 휴대전화 말이에요."

그녀는 시선을 땅바닥으로 향했다. "아뇨."

"이런 전화 있어요?" 나는 주머니에서 내 전화를 꺼내 글래디스가 볼 수 있도록 내밀었다. 그녀는 고개를 저었다.

"더글러스 뷰캐넌이라는 사람 알아요?"

그녀는 나를 힐끗 보더니 다시 눈길을 내리깔았다.

"더글러스 뷰캐넌이요." 나는 다시 말했다.

"몰라요."

"알 거라고 생각했는데요."

"몰라요."

"그 사람 전화에 메시지를 남겼잖아요, 글래디스."

그녀는 소리 죽여 울기 시작했다.

"글래디스, 더글러스는 어떻게 만났어요?" 흐느끼는 소리 외에는 조용했다. "글래디스, 케이시는 누구예요?" 그녀는 몸을 옆으로 돌리고 다리를 의자 위에 올려놓았다. 의자가 너무 작아서 다리는 계속 흘러내렸고, 그녀는 계속 끌어올렸다.

"케이시가 누구죠?"

나는 브룩을 보았다. 브룩도 나를 바라보았다. 나와 비슷한 느낌인 것 같았다. 이 여자는 비밀이 많다.

"케이시가 누구예요?" 나는 다시 물었다.

글래디스는 얼른 내게 시선을 준 뒤 다시 바닥을 보았다.

"글래디스, 괜찮아요. 날 봐요. 케이시와 더글러스 뷰캐넌이 같은 사람이에요?"

대답이 없었다.

"볼티모어에 가본 적 있어요? 동부의 도시예요. 글래디스, 거기 간 적 있어요?"

다시 침묵.

나는 폴더 안으로 손을 넣어 뷰캐넌의 사진을 꺼냈다. 볼티모어 경찰이 제퍼슨 보호소 서류에서 확보한 사진을 몇 번이나 복사했는지, 커다랗고 희끄무레한 흑백 사진이었다. 나는 일어서서 글래디스의 눈앞에 사진을 내밀었다.

"이 사람 알아요?"

글래디스는 잠깐 시선을 주더니 사진을 빼앗았다. 그리고 반질반질한 사진 표면을 손가락으로 가볍게 쓰다듬었다.

"그 사람이 더글러스예요. 그 사람 알죠?"

그녀는 얼른 평정을 회복하고 대답했다. "모르는 사람이에요." 하지만 그녀는 사진을 돌려주지 않았다.

"그 사람 죽었어요. 사진 속의 그 남자는 죽었어요."

글래디스 토마스에게 이 말은 청천벽력이었다. 뒤통수라도 얻어맞은 표정이었다. 입술이 바르르 떨렸다.

"이틀 전에 죽었어요." 나는 잠시 사이를 두었다. "죽었어요. 죽는 게 뭔지 알아요? 저세상으로 갔어요. 이제 영원히 돌아오지 않아요." 글래디스가 내 말을 듣고 있는지 알 수 없었다. 그저 입을 벌린 채 멍하니 앉아 있을 뿐이었다.

브룩이 내 팔을 잡았다. "맥코믹 박사……."

나는 다시 말했다. "그는 죽었어요, 글래디스."

눈에서 뭔가 번쩍 하더니, 글래디스는 사진을 입에 갖다대고 흐느끼기 시작했다. "안 돼!"

"죽었어요."

브룩이 내게 엄한 시선을 주었다.

나는 글래디스가 우는 동안 잠시 침묵을 지키다가 말했다. "우린 그 남자를 다치게 한 사람을 찾고 있어요. 당신이 도와줘야 해요."

눈물 콧물이 흘러내려 가슴에 꽉 안고 있는 사진에 튀었다. "사랑해, 사랑해." 그녀는 흐느끼며 중얼거렸다. "케이시, 케이시, 케이시."

나는 흐느낌이 진정될 때까지 기다렸다. 하지만 울음은 멈추지 않았다. 브룩이 일어서서 글래디스를 안아주었고, 글래디스는 그녀의 팔에 몸을 기댔다. 흐느낌은 통곡으로 변했다.

"쉬." 브룩은 말했다. 글래디스는 여전히 사진을 붙든 채 브룩을 껴안았다. 그 광경에 가슴이 뭉클해졌다. 여성들간의 원초적인 유대는 아이큐 수치를 뛰어넘는 모양이다. 글래디스는 울부짖었다.

문이 열렸다. "맙소사." 로살린다가 말했다. "뭐하시는 거예요?"

그녀가 소리쳤다.

"괜찮습니다."

"괜찮지 않아요." 글래디스의 목구멍에서 다시 통곡이 새어나왔다. "이제 가주세요." 로살린다는 말했다. "지금 당장. 가세요!"

"인터뷰를 끝내야 합니다." 브룩은 달랠 수 없는 사람을 달래보려는지 글래디스를 계속 어르고 있었다.

"이렇게 무작정 들이닥쳐서 사람을 울리시면 안 되죠."

"아뇨, 됩니다." 나는 사무실 문으로 향했다. 로살린다는 상황 판단을 하려는지 글래디스와 브룩을 잠시 바라보더니, 훌륭한 의사의 손에 자기 환자를 맡겨놓고 나를 따라나섰다.

복도로 이어지는 문을 열자, 급히 집 뒤쪽으로 향하는 발소리가 들렸다. 비밀 이야기 같은 것은 애당초 불가능했다.

사무실 문을 닫은 뒤 로살린다가 물었다. "뭐죠?"

"말씀드렸지만, 나는 질병통제센터에서 나온……."

"그건 알지만……."

"글래디스는 볼티모어에서 유행 중인 질병에 감염된 남자와 아는 사이였습니다. 아주 지독한 질병이죠. 워낙 심각한 일이기 때문에 연방정부까지, 저까지 나선 겁니다. 그 남자가 질병을 전염시켰을지도 모른다는……."

"무슨 말씀이세요, 글래디스가 그 남자와 아는 사이였다니?"

"애인 관계였습니다."

"그게 누구죠?"

"우리도 펜실베이니아 출신이고 볼티모어에 살았다는 것, 이번 주말 살해되었다는 것밖에 모릅니다."

"네?" 로살린다의 얼굴은 굳어 있었다. 그녀는 스페인어로 뭐라 중얼거렸다. 문득 그녀는 다시 정신을 차리고 고개를 저었다. "박사님, 전 볼티모어에서 살해당한 남자에게는 관심이 없습니다. 제가 걱정되는 건 여기 여자들이에요. 저 안에 있는……." 그녀는 손가락으로 사무실 쪽을 가리켰다. "글래디스는 캘리포니아는커녕 베이 지역 밖으로도 나가본 적이 없어요. 그런데 볼티모어라뇨."

"구체적으로는 저희도 아직 아는 게 없습니다. 동부에서 전화를 걸어봤는데 아는 사이인 것 같은 말투여서요."

"착오일 수도 있잖아요. 잘못된 번호로 걸었다든가……."

"글래디스는 죽은 남자의 사진을 껴안고 있어요. 보십시오, 로페스 씨. 이번 질병은 위험합니다. 그렇지 않다면 여기까지 오지도 않았을 겁니다. 두 사람이 이미 그 병으로 죽었어요. 지금까지 병에 걸린 사람들은 모두 정신지체자이고 이 남자와 관계를 맺고 있었습니다. 글래디스가 병에 걸렸을 수도 있고, 볼티모어의 그 질병이 이곳까지 전파되었을 수도 있어요."

"믿을 수가 없어요."

"믿으셔야 합니다. 글래디스는 왜 저렇게 우울한 겁니까?"

"무슨 말씀이세요?"

"좀비처럼 돌아다니더군요. 언제부터 저랬습니까?"

"네? 글쎄요. 며칠쯤 됐나."

"역시 그렇군요. 동부의 그 남자도 며칠 전에 살해당했습니다." 나는 로살린다에게 잠시 생각할 시간을 준 뒤 말을 이었다. "남자 친구가 전화를 걸어주지 않아서 속이 상한 겁니다. 지금은 죽었다는 소식을 듣고 슬퍼하는 거고요."

로살린다의 입술이 움직였지만 아무 말도 나오지 않았다. 계단 꼭대기 구석에서 몇 사람이 걱정스러운 듯 모서리에 몸을 숨긴 채 얼굴만 내놓고 이쪽을 내려다보고 있었다. "볼티모어에서 여자들을 죽인 그 병이 여기 전파될지도 모른단 말입니다. 정말 당신의 도움이 필요한 상황입니다."

"아까는 비밀을 지켜야 하는 상담이라고 하셨잖아요."

"글쎄요." 나는 계단 꼭대기의 얼굴들을 올려다보았다. "이젠 그럴 필요도 없게 된 것 같군요."

33

글래디스가 울다 지쳐 힘이 빠진 뒤, 우리 네 사람은 낮은 테이블에 찻잔을 놓고 둘러앉았다.

로살린다는 찻잔 옆에 놓인 더글러스 뷰캐넌의 축축한 사진을 보고 있었다. 내가 물었다. "본 적이 있습니까?"

　사진을 바라보는 눈길로 보아, 본 적이 있다, 산타아나에 여러 번 왔었다는 대답을 기대했다. 하지만 대답은 의외였다.

　"아뇨."

　"확실합니까?"

　"네, 확실해요."

　"분명히 본 적 없다고……."

　"누군지 모른다고 말씀드렸잖아요, 박사님."

　나는 사진을 가리켰다. "글래디스, 이 남자 이름이 뭐죠?"

　글래디스의 퉁퉁 부은 눈이 사진을 향했다. "케이시."

　로살린다가 말했다. "누군지 헷갈릴 수도 있……."

　"케이시." 글래디스가 다시 말했다.

　로살린다는 입술을 잔뜩 오므렸다.

　"성도 알고 있어요?" 나는 글래디스에게 물었다.

　그녀는 질문을 이해하지 못한 듯 나를 쳐다보았다.

　"케이시 누구요?" 나는 다시 물었다.

　글래디스는 고개만 저었다.

　"어떻게 알게 됐어요?"

　"제 남편이었어요."

　브룩과 나는 눈길을 주고받았다. 로살린다의 표정은 돌처럼 딱딱했다.

"결혼했다구요?"

"결혼하자고 했어요. 돌아오면요."

"어디서 돌아오면요?"

"뉴욕 근처로 간다고 했어요. 비행기가 추락했던 그 근처요."

"볼티모어로 간다는 이야기도 하던가요?"

"몰라요. 난 그 사람을 사랑했어요." 울음보가 다시 터졌다.

나는 물었다. "케이시와 섹스한 적도 있어요?"

로살린다는 나를 노려보았다. 너무 거친 질문이었는지는 몰라도, 글래디스는 놀라 울음을 그쳤다. 무감각한 남자들이여, 만세. 존 마이어스가 봤다면 뿌듯해했을 것이다.

"아뇨, 난 그를 사랑했어요. 우린 결혼하기로 했어요."

나는 여세를 타고 계속 밀어붙였다. "케이시가 여기 산 적도 있어요?"

"아뇨. 다른 곳에 살았어요."

"여기 산호세에 살았나요?"

"다른 곳에 살았어요."

"이 도시에 살았어요?"

글래디스는 혼란스러운 얼굴이었다.

"이 근처 어딘가에 살았을 수도 있죠." 로살린다가 내게 말했다. "'여기'를 '이 집'으로 받아들인 것 같은데요."

"그런데도 당신은 그를 한 번도 못 봤구요?" 나는 로살린다에게 물었다.

"못 봤어요." 내게는 어쩐지 힘없이 들리는 대답이었다.

로살린다는 글래디스의 말을 잘 해석해주고 있는 것 같았다. 나는 그녀에게 물었다. "케이시가 언제 떠났는지 물어봐주세요."

"오래전에요." 글래디스는 말했다.

나는 물었다. "전화는 어디서 구했어요?"

로살린다가 대답했다. "부모님이 사주셨어요."

"본인에게 물어봐주세요."

"글래디스, 갖고 다니는 전화는 누가 준 거지?"

"엄마 아빠가요."

로살린다는 '들었지?' 하는 투의 시선을 내게 보냈다.

"그럼 왜 요금청구서 주소가 여기로 되어 있죠?" 대답이 없었다. "글래디스의 부모님이 요금을 직접 내라고 한 건가요?"

글래디스와 로살린다 둘 다 침묵을 지켰다. 뭔가 꿍꿍이가 있는 것 같았다. 어쩌면 로살린다가 요금을 내고 있는지도 모른다.

"전화는 왜 정지시켰죠? 이틀 전에 정지시켰던데? 왜요?"

글래디스는 로살린다를 힐끔 보았다. 아니, 도와달라는 듯 열심히 쳐다보고 있었다. 브룩이 끼어들었다. "글래디스, 그럼 부모님한테 전화에 대해서 물어봐야겠네요. 왜 전화를 정지시켰는지."

글래디스는 눈을 휘둥그렇게 떴다. "안 돼요, 안 돼요! 말하지 마세요."

잘했어, 브룩. 나는 브룩을 보았다. 그녀는 눈살을 찌푸리고 있었다. 내가 최근에 알게 된 것을 그녀 역시 배우고 있는 것이 틀림없었다. 사람들은 거짓말을 한다. 건강에 관련된 습관, 섹스와 마약, 일주일에 술을 몇 잔이나 마시는가에 대해서만 거짓말을 하는 것이 아니다. 사람들은 크고 작은 일에 대해서 거짓말을 한다. 영리한 사람도 거짓말을 하고 모자란 사람도 거짓말을 한다.

"당신이 혹시 휴대전화 요금과 관계가 있습니까?" 나는 로살린다에게 물었다.

"아뇨."

"청구서를 본 적이 있습니까?"

"없어요! 박사님이 경찰은 아니잖아요, 그렇죠?"

"경찰은 아닙니다. 복도에서 내가 하는 일을 말씀드렸잖습니까?" 당신이 청구서를 못 봤다는 것도 절대 안 믿어, 간호사. "글래디스, 한 가지 질문을 할 거예요. 이건 정말 중요한 일이기 때문에 솔직하게 말해줘야 해요. 케이시가 전화를 사줬어요?"

"난 그를 정말 사랑했어요." 글래디스는 말을 더듬었다. 뭉크의 〈절규〉처럼 얼굴이 일그러지면서 입이 벌어졌다. 침이 턱으로 흘러내렸다. 그녀는 아무 소리도 내지 않았다.

브룩이 말했다. "글래디스, 말해줘요. 케이시가 같이 통화하자고 전화를 사줬어요?"

하지만 성과가 없었다. 글래디스는 입을 다물더니 다시 흐느끼기 시작했다. 인터뷰는 끝났다. 글래디스 토마스의 어리둥절한 얼굴과 로살린다 로페스의 걱정과 분노가 뒤섞인 표정을 보니 그것만큼은 분명히 알 수 있었다.

우리는 다음 날 아침 8시로 약속을 잡고 떠났다.

34

브룩과 나는 차를 향해 걸었다. 해는 기울어 산등성이에 걸려 있었고 하늘은 장엄한 보라색으로 물들어 있었다. 그럴 상황이 아니었지만, 정말 아름다운 광경이었다.

나는 브룩의 물음 때문에 캘리포니아의 백일몽에서 깨어났다. "거짓말을 하고 있어. 안 그래? 둘 다 거짓말을 한 거야."

"나도 그렇게 생각해."

"왜 그럴까?"

"내가 왜 그렇게 생각하느냐고?"

"나사니엘, 제발. 왜 저 사람들은 거짓말을 할까?"

나는 운전석에 앉아 시동을 걸었다. "내가 그걸 알면 오늘 밤 비행기를 타지."

위장이 요란하게 꾸르륵거렸다. 브룩이 내려다보았다. 그러고 보니 비행기에서 클럽 샌드위치 하나를 억지로 먹은 뒤 먹은 것이 없었다.

"다운타운에 내려줄게. 그런 다음 난 뭘 좀 먹고 생각을 해야겠어."

브룩은 밝게 말했다. "고마워, 나사니엘. 저녁 같이 먹자."

"집에서 남편이 기다릴 텐데 들어가야지."

"아냐." 브룩은 짤막하게 답했다. 나는 재미있다고 생각했지만 이유를 묻지는 않았다. 그녀는 덧붙였다. "사무실 근처에 멋진 일식집이 있어."

우리는 '여기서 좌회전', '다음 블록에서 우회전' 하는 브룩의 길안내를 제외하고는 달리는 동안 비교적 침묵을 지켰다.

마침내 브룩이 말했다. "온갖 여자들하고 자긴 했지만 글래디스를 정말 사랑한 건지도 모르지. 그래서 휴대전화도 사주고 잠도 자지 않은 게 아닐까?"

"글래디스는 섹스를 하지 않았다고는 말하지 않았어. 하지만, 맞아. 나도 비슷한 생각이야. 볼티모어에서는 온갖 여자를 다 건드리면서, 캘리포니아에는 참한 여자를 남겨놓는다. 양손에 떡을 쥐고 싶었던 거지." 나는 잠시 생각에 잠겼다. "예감이 안 좋아."

"뭐가?"

"거짓말 말이야. 글래디스와 로살린다는 왜 거짓말을 하는 걸까? 무슨 사연이 있길래? 로살린다는 왜?"

"보호소 규칙상 연애를 못하게 돼 있을 수도 있어. 로살린다가 더글러스와 글래디스의 사이를 알게 되었다면 덮어두고 싶지 않겠어? 본인 밥줄을 위해서."

"그럴 수도. 내일 물어봐야겠어."

하지만 이건 단순히 규칙에 어긋나는 연애를 숨겨주는 차원이 아니었다. 나는 그 점을 확신했다. 아니, 확신은 아니지만 그런 직감이 있었다.

"왜 케이시가 그녀에게 휴대전화를 사줬다고 생각해?" 브룩이 물었다.

"애인끼리 편하게 대화할 수 있는 창구를 마련하기 위해서겠지."

"아니, 다른 사람이 아니라 케이시가 휴대전화를 사준 거라고 생각하는 이유가 뭐냐고."

"말한 대로 장거리로 사랑을 속삭이기 위해서겠지. 볼티모어 경찰이 연락한 직후 서비스는 중단됐어. 꼭 비상 상태에 미리 대비해놨던 것처럼 말이야. 누가 이 번호로 전화하면 서비스를 정지시켜라, 이런 거."

"글래디스가 서비스를 정지시켰다고?"

"모르지. 글래디스가 로살린다에게 말해서 정지시켜달라고 했을수도 있어. 로살린다도 전화에 대해서 알고 있었어. 그것만은 분명해."

"하지만 이런 복잡한 상황에서 왜 굳이 휴대전화를 사줘야 했을까? 귀찮게 글래디스한테 돈을 보내고 요금을 지불하게 하고."

"아마 감시받고 있었을지도 모르지."

"누구한테?"

나는 어깨를 으쓱했다.

"내일 그 점도 집중적으로 물어보자." 브룩은 앞유리창 밖을 내다보았다. "내가 따로 불러서……."

"브룩……."

"……알아낼 거야. 우린 뭔가 통하는 게 있었던 것 같아."

"브룩." 나는 좀더 날카롭게 불렀다. 브룩은 돌아보았다. "네 도움은 필요 없어. 오늘 와준 건 고맙지만, 이 업무를 맡은 사람은 나야."

브룩은 미간을 찌푸리며 등받이에 몸을 기댔다. "하지만 넌 산타클라라 보건부 초청으로 여기 와 있는 거야. 널 초청한 건 그쪽이야. 난 거기서 일하는 사람이고."

"그래서?"

"난 결핵과 HIV 감시체제를 운영 중이지만 그건 알아서 잘 굴러가는 일이고. 내가 널 도울 수 있다고."

"너도 말했지만 넌 이제 CDC 직원도 아니고……."

"그래서?"

"그래서 이건 네 일이 아니라는 거야. 게다가 CDC에서 네가 한 일이 뭐야? 역학국? 이건 특수병원체 수사고……."

"아, 부서니 업무 분담이니 하는 헛소린 집어치워."

"정말이야. 난 며칠 동안 여기서 일을 마무리하고 얼른 동부로 돌아갈 거야. 별다른 게 나올 건 없으니까. 내일 아침 열한 시면 끝날 일이라고."

"전화랑 비밀 연애는? 예감이 안 좋다며?"

"그게 어때서? 두 사람은 연인 사이였다. 휴대전화를 갖고 있었는데, 글래디스와 간호사가 거짓말을 하고 있다. 약간 수상하다. 그래. 하지만 볼티모어에서 일어나는 일과는 무관하다고 확신해."

"아니, 그렇지 않아."

"아니, 확신해. 케이시인지, 더글러스인지는 몰라도 그 남자는 아마 자기가 강간했던 여자의 오빠 같은 사람에게 살해당했겠지. 여자 사냥꾼이었잖아. 열받은 사람들이 많을 테니까."

"아냐. 너도 이 일이 무관하다고는 생각하지 않고 있어. 넌 날 떼놓으려는 것뿐이야."

"맞아, 브룩. 우리가 대여섯 번 같이 잤다고 해서 내 속을 네 맘대로 들여다볼 수 있다고는 생각하지 마."

브룩은 나를 보며 씩 웃었다. "그건 맞아." 그녀의 얼굴에 떠오른 미소는 한참 동안 사라지지 않았다.

35

스시로 저녁을 먹고 나니 맥주와 생선으로 배도 그득하고 시차에다 일주일 동안 제대로 잠을 못 잔 탓에 완전히 녹초가 되었다. 게다가 브룩까지 나를 피곤하게 만들었다. 최대한 피하려 했지만 결국 화제가 다시 더글러스/케이시와 글래디스 토마스로 돌아왔던 것이다.

"글래디스는 왜 뉴욕이라고 했을까?" 브룩이 물었다.

"뉴욕은 유명하고 볼티모어는 유명하지 않으니까. 기억나는 곳이 뉴욕뿐일 수도 있잖아. 더글러스, 아니, 케이시가 그렇게 말했을 수도 있고. 더글러스는 필라델피아 요크 출신이니까, 글래디스가 헷갈렸을 수도 있고."

"아냐, 정말 이상해. 글래디스는 뉴욕, 비행기가 추락한 곳이라고 했잖아. 이건 시간 개념이 있다는 이야기야. 뉴욕 하면 곧장 911이 연상되던 당시에 뉴욕이란 곳을 알게 됐든지, 뉴욕이란 도시가 의미를 갖게 됐든지 한 것 같잖아. 더글러스 뷰캐넌과 뉴욕을 연결시키게 된 건 911 이후라는 이야기야."

나는 맥주를 비웠다. "뉴욕, '비행기가 추락한 곳'하고 요크를 연관시키는 건 비약이겠지. 더글러스가 최근에 여기 자주 왔던 것 같지도 않아." 나는 잠시 생각에 잠겼다. "이중생활을 하기 딱 좋은 상황이군."

"더글러스의 부모는 죽었다고 했지? 유산에서 전화비나 여행비를 댔겠군."

"그건 경찰이 알아낼 일이고. 아니, 우린 요점을 벗어나고 있어. 우린 그냥 글래디스가 케이시와 섹스를 했는지 안 했는지만 알아내면 돼. 했다면 글래디스가 감염됐는지 안 됐는지." 나는 웨이터에게 계산서를 가져오라고 손짓했다.

"어디서 지낼 거야?" 브룩이 물었다.

"공항 근처의 모텔을 찾아야지."

"우리 집에 침실이 하나 더 있어. 거길 써도……."

"모텔이면 돼. 네 남편이 뭐라고 하겠어?"

"아무 말도 안 할 거야."

"꽉 잡고 있나보지?"

"남편이 있어야 꽉 잡든지 말든지 하지."

뭔가 엄청난 실수를 저지른 것 같아 가슴이 철렁 내려앉았다. "설마 죽은 건 아니지?"

브룩은 웃었다. "아냐. 자기 밑의 대학원생이랑 붙어먹는다는 소식을 마지막으로 들었어. 교수 노릇이 그래서 좋잖아."

계산서가 도착하자 우리는 동시에 손을 뻗었다. 나는 계산서를 빼앗았다. 그녀는 나를 응시했다. 내가 물었다. "방금 붙어먹는다고 했어?"

"그랬어."

"해방된 여성의 언어로군."

"익숙해져 봐, 맥코믹 박사." 브룩은 맥주를 비웠다. "넌 저녁을 사고 난 잠자리를 제공하고."

웨이터가 신용카드 전표를 들고 돌아왔다. 나는 서명한 뒤 미국 납세자의 돈으로 25퍼센트 팁을 주었다.

"약혼은 여섯 달 전에 깨졌어." 브룩이 말했다.

잠시 어리둥절한 뒤에야 무슨 말인지 알아들을 수 있었다. "난 무죄야."

"아니, 우리가 잘 안 된 데는 네가 아주 큰 이유였지."

"내가?"

"워낙 잠자리가 훌륭하셔서 다른 사람하고는 만족을 못하겠더라고." 조롱당하고 있다는 것을 느끼자 얼굴이 붉어지기 시작했다. "애틀랜타에서 첫 해를 보낸 뒤 제프랑 같이 있으려고 샌프란시스코 주 보건부 업무를 맡았다가 몇 달 뒤 EIS를 관두고 산타클라라로 왔어. 한동안은 서로 노력했어. 아, 정말이야. 한데 서로 헤어져 있던 고작 석 달 동안 다른 남자랑 눈이 맞았는데 어떻게 그런 사람이랑 결혼하겠니? 그냥 이건 아니다 싶었어."

"네가 워낙 색골이라서 그럴 수도 있겠지."

브룩은 내 말이 마음에 들지 않았는지 잠시 일어나 화장실로 향했다. 약혼이 깨졌다는 건 농담처럼 남에게 이야기할 수는 있어도 상대가 그걸 농담거리로 삼으면 기분이 상하는 일인 모양이다. 집에서 자고 가라는 초대도 물 건너갔군.

"그냥 이불만 깔고 자야 해. 고양이 털도 많고." 브룩은 돌아와서 말했다. "괜찮지?"

솔직히 고양이 털은 괜찮지 않았다. 하지만 모든 상황을 고려했을 때 브룩 마이클스의 친절을 받아들이는 것이 올바른 일인 것 같았다.

36

브룩의 아파트는 낮에 햇빛이 잘 들어올 것 같은 방 두 개짜리 집이었다. 온통 식물이었다. 버디라는 고양이 한 마리가 의자에서 빈둥거리고 있었다. 벽에는 안셀 애덤스의 사진과 브룩이 산꼭대기에서 찍은 사진, 스쿠버 복장을 하고 배 위에서 찍은 사진, 엄청나게 큰 배낭을 메고 숲에서 찍은 사진 등이 걸려 있었다. 한쪽 벽에 박힌 고리에 도로용 자전거가 걸려 있었다. 그 밑에는 산악용 자전거가 있었다.

브룩은 사무실에 전화해서 메시지를 확인하더니 뭔가 수첩에 적었다. 메모를 끝낸 틈을 타, 나는 자전거를 가리켰다.

"이 작품 뉴욕 현대미술관에서 봤어. 제목이 〈휴식 중인 자전거〉였지. 네 월급으로 어떻게 샀어?"

"우리 아빠가 정유회사 사장이잖아. 사주시더라구." 브룩은 미소를 지었지만, 그 미소는 곧 사라지고 마음에 안 드는 표정이 떠올랐다.

"뭐? 너희 아버지가 정말 정유회사 사장인 건 아니지?"

"팀 랭커스터가 메시지를 남겼어. 네가 무사히 도착했는지 확인하려고."

"그뿐이야?"

"상황을 예의주시하고 있다가 문제가 생기면 연락 달라고 했어."

하, 마이클스 박사를 내 감시역으로 붙였군. 훌륭해. "맥주 있어?"

"알아서 마셔."

나는 냉장고에서 맥주 한 병을 꺼내 뚜껑을 따고 한 모금 마셨다. "넌 이제 EIS 직원이 아니잖아. 팀은 네 보스가 아니야. 이전에도 그런 적 없고."

"그렇지."

"그러니 네가 그 사람한테 뭘 해줘야 할 이유는 없어."

"맞아. 하지만 그건 좋은 처세술이 아니지."

"그래서, 내 동향을 밀고하겠다는 거야?"

"아니. 하지만 상당히 껄끄러운 입장이 된 건 사실이야."

"왜? 그냥 만사 문제없다고 해. 글래디스 토마스의 베개 밑에서 에이즈 치료법을 발견했다고 하라구."

"걱정 마." 브룩은 말했다. 나는 맥주 절반을 꿀꺽꿀꺽 들이켰다. "나한테 널 감시하라는 게 좀 야비하긴 하다."

"팀은 원래 야비해. 인간이 아니야. 필로바이러스의 일종이라구. 그래서 특수병원체팀에서 그렇게 잘나가는 거잖아."

브룩은 웃었다.

"뭐, 내가 팀의 블랙리스트에 올라 있는 건 사실이지."

"설마. 네가? 넌 차기 국장 후보 아니었니?"

다들 코미디언 뺨치는군.

"어쨌든 적당히 막아줄게, 나사니엘. 나만 믿어."

나는 맥주를 길게 들이켰다. "그럴 필요 없어."

브룩은 미소지으며 말이 없었다.

브룩은 침실로 들어갔고, 나는 쓰러질 듯 피곤한 몸을 끌고 브룩의 사무실 겸 객실 컴퓨터 앞에 앉아 이메일을 확인했다. 팀에게서 일은 잘돼가느냐는 메일이 와 있었다. 브룩에게 감시를 맡겼으니 나한테 군이 물어볼 필요가 없었기 때문에, 나는 답장을 쓰지 않고 메일을 삭제했다. 좋은 처세술이 아닐지는 모르겠지만 정신건강에는 이롭다.

잠시 웹을 돌아다니며 볼티모어의 질병에 대해 뭐라고 보도하는지 궁금해서 신문을 확인했다. 별 내용은 없었다. 야구 시즌이 절반 지났고 예루살렘에서 폭탄 테러가 발생해서 여러 사람이 죽었기 때문에, 병에 걸린 정신지체자 소식에는 단 몇 줄밖에 할애되어 있지 않았다. 나쁜 상황은 아니다.

나는 충동적으로 전국 전화번호부 사이트에 접속하여 내가 아는 마지막 주소였던 캘리포니아 북부 도시에서 엘레인 첸을 검색해보았다. 아니, 단순한 충동은 아니었다. 하루 종일 고민했던 일이었다. 여하튼 나는 아무것도 찾지 못했다. 나는 예전에 다니던 대학 웹사이트로 들어가서 '인물검색' 버튼을 눌렀다. 엘레인의 이름을 치니…… 나왔다. 사무실 주소, 집과 사무실 전화번호.

이건 내게 필요치 않은 정보였다. 아니, 이 정보로 인해 다시 고개를 드는 감정이 내게는 필요치 않았다.

나는 전화번호를 적지 않고 로그아웃한 뒤 컴퓨터를 껐다. 하지만 번호는 머릿속에 남아 있었다. 브룩 마이클스와 달리 나는 비상한 기억력의 소유자는 아니었다. 특히 유용한 정보에 대해서는. 하지만 스스로를 고문하는 것말고는 아무 짝에도 쓸모없는 옛 여자친구의 전화번호에 대한 기억력만은 타의 추종을 불허했다.

뒤쪽 끝에 편모처럼 생긴 충전용 전선이 연결된 내 휴대전화가 컴퓨터 옆에 놓여 있었다. 11시, 동부 시각으로 새벽 2시가 넘은 시각이었고, 나는 이제 서서도 잠들 수 있을 정도로 피곤했다. 하지만 열 자리 숫자는 머릿속을 계속 맴돌면서 다른 생각들을 몰아냈고 고통스러운 기억의 급류를 막은 둑을 자꾸만 두드려대고 있었다.

결국 둑은 무너지고 말았다.

엘레인의 얼굴과, 식당 테이블 건너편에서 내 눈을 빤히 바라보던 눈, 테이블 아래에서 내 다리 위로 슬슬 올라오던 발이 떠올랐다. 마치 두 사람이 한 몸이 된 것처럼 내 손을 꽉 잡던 그녀의 손길이 떠올랐다. 내 시시한 농담에 웃어주던 웃음소리. 회진 준비를 위해 새벽 6시까지 병원에 가야 하는 날, 5시에 내 아파트로 아침을 가져왔던 일. 잠이 덜 깨 멍한 정신으로 침대 위에 쟁반을 올려놓고 아침을 먹는데, 연어와 치즈 오믈렛 안에 쪽지가 들어 있었다. '사랑해.' 약간 번져 있던 파란 글씨. 서로에게서 사랑한다는 말이 처음 나왔던 날이었다…….

나는 휴대전화를 들고 무의식중에 전화를 걸었다.

세 번째 신호음이 울리는 순간, 나는 문득 이게 얼마나 어리석은 짓인지 깨달았다. 바로 그때 너무나 귀에 익은 여자 목소리가 흘러나왔다. "여보세요." 미친 짓이다. 나는 종료 버튼을 눌렀다.

나는 뻣뻣한 요 위에 누웠다. 목소리는 머릿속을 끝없이 맴돌았다. 여보세요…….

엘레인이 내게 이 말을 한 것이 얼마 만이지? 언제 마지막으로 저 목소리를 들었던가?

처음 들었던 날은 기억하고 있었다. 아니, 북적거리는 강의실에서 크렙스 회로나 수포성 표피 박리증의 병원력에 대한 질문에 대답하던 목소리말고, 처음 엘레인이 내 이름을 불렀던 날 말이다.

무슨 의대 행사 날 볼링장에서 열린 파티에서였다. 엘레인은 약간 취해 있었고 나는 많이 취한 상태였다. 우리는 바로 옆 레인에서 볼링을 하고 있었다. 처음에 무슨 말이 오고갔는지는 정확히 기억나지 않지만, 아마 엘레인의 볼링 신발이 멋지다고 칭찬했던 것 같다. 어느새 우리는 당신처럼 ─ 나였다 ─ 연달아 6번이나 공을 옆으로 빠뜨린다는 게 도대체 가능하냐는 이야기를 하고 있었다. 나는 약 40초 동안 농담이 오간 뒤에야 상대가 감히 범접할 수 없는 엘레인 첸이라는 것을 깨달았다. 순간 맥주로 인한 술기운을 뚫고 아드레날린이 솟구치면서 입이 바짝 마르고 혈압이 치솟고 머리가 멍해지면서 혀가 굳었다. 빨리 도망쳐야 했지만, 나는 저녁을 같이할 수 있겠느냐고 간신히 물을 수 있었다.

엘레인이 말했다. "그러자, 나사니엘."

그날 밤 나는 취한 정신에도 불구하고 이유를 곰곰이 생각했다. 그녀는 왜 '그러자' 고 했을까. 무슨 이유로 단 한 번도 외국에 나가본 적이 없는 펜실베이니아 내륙 출신을, 괴테는 읽었지만 독학으로 읽는 바람에 '고스' 라고 발음하는 나 같은 사람을, 덕지덕지 수선해서 마치 문둥이 마을에서 만든 것 같은 20년 된 차를 몰고 다니는 나 같은 사람을 만나주기로 했을까? 엘레인은 메르세데스를 몰았고 예일을 졸업했으며 1년 동안 파리 유학을 다녀왔다. 그런 그녀가 왜 '그러자' 고 했을까? 왜 나 같은 사람에게? 우리는 한쪽은 시골 청년이고 한쪽은 도시 아가씨였다. 한쪽은 주립대였고 한쪽은 아이비리그였다. 또한 한쪽은 백인이었고 한쪽은 아시아계였다. 모든 것이 다 판이했다.

첫 데이트를 하기 전까지만 해도 나는 엘레인이 친구 집 애완동물을 봐줘야 된다든지 하는 핑계로 약속을 취소할 거라고 생각했다. 하지만 그녀는 2년 동안 나를 버리지 않았다. 안정과 사회적 지위에만 관심이 있는, 겉만 멀쩡했지 속은 천박하기 그지없는 엘레인 첸 같은 여자에게 왜 그렇게 푹 빠졌는지, 지금 생각해보면 알수가 없다.

아니, 실은 나도 알고 있다. 나 역시 한동안 똑같은 것에 눈이 멀어 있었으니까. 하지만 헤어진 지 거의 십 년이 다 되어가는 지금까지 그녀에게 집착하고 있는 건…… 그래, 빌어먹을 캘리포니아에 돌아왔기 때문이겠지.

아니, 이건 시간 낭비다. 더글러스/케이시 건을 생각해보고 다음 날 아침 글래디스 토마스와 로살린다 로페스를 다룰 전략을 연구하는 것이 옳을 것이다. 하지만 피곤하고 외롭고 울적했다. 엘레인의 한마디 말을 위안삼아 나는 잠에 빠져들었다. 여보세요, 여보세요, 여보세요.

37

나는 새벽에 눈물 콧물로 범벅이 되어 잠에서 깨었다. 고양이 비
듬 때문이었다. 기생충 같은 고양이란 녀석은 바닥에 벗어놓은 내
바지 위에 웅크리고 있었다. 쉿 하며 쫓아내니 고양이는 열린 문틈
으로 잽싸게 도망쳤다.

말할 것도 없지만 잠을 깊이 자지 못했다. 고양이 때문인지, 엘
레인이 나온 꿈 때문인지는 나도 모르겠다. 고맙게도 고양이는 가
줬고 엘레인은 흐릿한 잔상으로만 뇌리에 남아 있었다.

나는 바지를 집어 들고 섬유에 달라붙어 있는 고양이털을 최대
한 털어낸 다음 바지를 입었다. 그런 다음 전화를 걸기 위해 거실
로 나갔다. 브룩의 아파트는 실리콘 밸리에서 유일한 무선통신 사
각지대인지, 컴퓨터 앞 의자에 앉아야만 휴대전화가 연결되었다.
10인치만 움직여도 신호가 끊겼다. 존 마이어스와의 통화도 벌써
한 번 중간에 끊겼다.

"존, 미안합니다." 마이어스가 다시 전화를 받자 나는 말했다.

"휴대전화인가?"

"네."

"통신량이 많을 때는 잘 연결이 안 되더군. 한데 목소리는 어떻
게 된 건가? 지독한 감기라도 걸린 것 같은데."

"감이 멀어서 그렇겠죠. 어쨌든, 더글러스는 여자친구한테 자기

를 케이시라고 한 모양인지……."

"그렇겠지."

"그렇겠다니요?"

"좀 있다 설명하겠네. 계속하게."

나는 이야기를 계속했다. "더글러스는 캘리포니아와 상당히 인연이 있었던 것 같습니다. 방에 걸려 있던 샌프란시스코 관련 포스터도 이해가 되죠."

"그렇지." 마이어스가 말했다.

"부모한테서 물려받은 유산이 얼마나 됐는지 알아보십시오. 볼티모어 헤이번의 자기 방을 유지하면서 가끔 여기로 날아와 여자친구를 만나려면 돈이 상당히 들었을 겁니다. 이중생활을 하려면 자금이 필요한 법이죠."

"뷰캐넌이 거기 갔었다고? 언제?"

"그건 모르겠어요. 어쨌든 여기도 찾아온 적이 있는 것 같습니다. 글래디스 토마스를 돌보는 보호소 간호사는 말을 안 하고 있지만 분명히 더글러스의 얼굴을 알아봤어요." 나는 마이어스가 뭐라 말하기를 기다렸다. 하지만 말이 없어서 내가 다시 물었다. "나한테 이야기하려던 게 뭡니까?"

"어제 제퍼슨과 이야기를 했네. 골치 아픈 친구더군. 아니, 진짜 기소할까 생각중이야. 어쨌든 그 사람, 자네가 어디 있는지 정말 관심이 많았어."

"왜요?"

"모르지. 자네가 정말 여길 뜬 게 맞는지 확인하고 싶었던 것 같기도 하고. 자네가 그 친구 신경을 많이 긁었으니까."

"옴 붙었다 싶었나보군요."

"뭐?"

"아닙니다. 그래서 내가 어디 있는지 이야기했습니까?"

"그래."

"신나서 환호성을 지르던가요?"

"아니. 여전히 찜찜해하던데. 어쨌든 뷰캐넌이 특별 대접을 받은 이유를 끌어내려고 해봤는데, 전혀 모른다는 말뿐이었어. 뷰캐넌의 수속 서류 같은 것도 봤는데 별다른 정보는 전혀 없더군."

"언제 들어갔는데요?"

"'97년 12월. 어머니가 죽은 직후."

"그럼 성과가 전혀 없단 말인가요? 전 이렇게 많은 걸 드렸는데 그쪽에서는 아무것도 안 줘요?"

"자넨 의사잖아, 박사. 형사 놀이를 하고 싶나? 내 영역 침범할 거야?"

"전 전염병을 막으려는 것뿐입니다."

마이어스가 킬킬거리는 소리가 들렸다. "덤비지 마, 박사. 제퍼슨을 무슨 혐의로 기소하려는지 안 물어보나?"

"네, 존. 제퍼슨 박사를 무슨 혐의로 기소하려는데요?"

"사기죄."

"그렇죠. 뭔가 수상한 짓을 한다는 건 분명했죠. 그런데 그게 저한테 무슨 도움이 됩니까?"

"제퍼슨은 죽은 사람 명의로 정부에서 돈을 타내고 있었어. 자네 친구 더글러스는 죽은……."

"알고 있어요. 시체도 봤잖습니까."

"두 번 죽었다니까."

둘 다 잠시 말이 없었다. 마침내 마이어스가 말했다. "펜실베이니아의 친구 한 사람이 알아봐줬어. 더글러스는 거기 출신이잖나. 뒤져보면 뭔가 나올 것 같았지. 진짜 나오더라고. 들어봐. 더글러스 뷰캐넌은 1998년 10월에 사망했어. 사인은 울혈성심부전."

온갖 생각이 한꺼번에 터져나와서 마이어스의 말을 소화하기가 힘들 지경이었다. "그럼, 더글러스 뷰캐넌, 아니, 우리가 더글러스 뷰캐넌이라고 생각했던 사람이……."

"……더글러스 뷰캐넌이 아니었다는 거지. 케이시란 친구는 죽은 사람의 신원을 도용한 거야."

"98년 이후에 말이죠."

"그렇겠지."

머리가 빠르게 회전하면서 퍼즐 조각들을 맞추고 있었다. "그럼 몇 가지 가능성이 있습니다."

"맞아." 마이어스가 대답했다. 그 역시 생각하는 것이 있지만 내

스스로 알아내도록 놓아두는 것 같았다.

"케이시가 동부 출신으로서 더글러스 뷰캐넌의 신원을 훔친 다음 서부로 날아와서 글래디스 토마스를 만났을 수도 있고요."

"아니면 글래디스 토마스가 동부에서 케이시를 만났든지."

"그럴지도요. 하지만 그렇지는 않은 것 같습니다. 글래디스는 케이시가 동부로 '갔다고' 했어요. 이건 케이시가 한동안 여기 있었다는 뜻입니다. 애당초 여기 있었던 사람이어야지 갈 수 있잖습니까."

"좋아."

"두 번째로 캘리포니아에서 살다가 글래디스를 만나서 애인이 된 다음 동부로 갔을 수도 있습니다." 전화기 너머에서는 침묵이 흘렀다. 나는 덧붙였다. "혹은, 둘 다 아닐 수도 있고요."

"이제 쓸 만한 소리를 하는군." 마이어스는 웃으며 말했다.

"어쨌든 정황으로 볼 때 케이시는 일 년 전쯤에야 동부로 갔다는 결론을 내릴 수 있어요."

"시간 차이가 꽤 커. 제퍼슨이 가지고 있는 기록에는 97년부터 보호소에 있었던 걸로 되어 있네."

"주정부 기록도 대조해봤습니까? 그때부터 보조금을 지급하고 있었나요?"

"그래. 그러니 사기죄가 성립되는 거지. 보조금은 97년부터 계속 들어갔어."

"즉……."

"즉, 제퍼슨은 1998년 사망한 사람의 이름으로 보조금을 타내고 있었다. 1998년 10월부터 올해 초 사이, 케이시가 들어와서 그 자리를 차지했다."

제퍼슨이 사기…… 아니, 이윤을 극대화하려는 생각이었다면 죽은 뷰캐넌과 새로 들어온 케이시를 따로 계산해서 보조금을 청구했을 것이다. 이윤을 극대화하려는 것만이 목적이었다면.

나는 말했다. "숨어 지내기에 딱 좋은 상황이군요."

"무슨 뜻이지?"

"케이시가 누군가, 혹은 뭔가를 피해 도망치고 있었다면, 더글러스 뷰캐넌의 신원을 도용하는 게 쉬운 방법이었겠죠. 그걸 어떻게 추적하겠습니까? 부모는 죽었고, 뷰캐넌은 다른 주에서 죽은 사람이고."

"그렇지. 사망증명서를 찾아야만 추적할 수 있겠지."

"그걸 형사님이 하셨죠."

"맞아. 일부러 찾으려고 들었으니 가능했던 일이야."

우리 둘 다 말없이 정보를 정리했다. 강간당한 여자의 친척이 분노에 떨며 케이시를 죽였을 가능성은 점차 희박해지고 있었다. 여기에는 뭔가 더 큰 음모가 있었다.

"무슨 수법으로 제퍼슨의 입을 열게 하실 겁니까?"

"고무호스랑 엄지손가락 죄는 기구를 준비해놨어."

"볼티모어에서는 그렇게 하나보죠?"

"그랬으면 좋겠군. 제퍼슨은 변호사를 통해서 이야기하고 있어. 좋은 징조는 아니지. 그쪽도 그렇고 이쪽도 그렇고."

나는 마이어스에게 더글러스 뷰캐넌이 두 번 사망했다는 사실을 당분간 비밀로 해달라고 부탁했다. 이건 내 업무가 아니었다. 역학 조사보다는 형사 업무에 가까웠다. 하지만 나는 이번 수사가 질병의 원인을 알아내는 데 도움이 될 거라는 확신을 갖고 있었다. 내가 다른 사람들보다 더 많은 것을 알고 있으며, 따라서 지금 이 시점에서는 이번 일에 가장 적합한 사람이라고 확신하고 있었다. 게다가 팀 랭커스터가 내 업무에 끼어드는 것도 전혀 달갑지 않았다.

마이어스는 입을 다물어달라는 부탁에 잠시 말이 없었다. "수사에서 정보를 차단하는 건 좋지 않아." 그는 이렇게 말했지만 결국에는 포기했다.

"서두르게." 이 말을 남기고 마이어스는 전화를 끊었다.

"좋아." 나는 팔짱을 낀 채 휴대전화를 손에 쥐고 소리내어 말했다. "좋아, 좋아, 좋아."

하지만 팀 랭커스터에게서 잠시 자유를 확보했다는 것말고는, 상황은 좋지 않았다. 아니, 아주 나빴다. 불길한 구름이 몰려오고 있었다. 배후에 누가, 무엇이 있는지는 나도 몰랐다. 단지 그 구름이 미국을 가로질러 캘리포니아에서 메릴랜드까지 뻗어 있다는 사실말고는.

의자에 앉아서 생각에 잠겨 있는데 문을 두드리는 소리가 들렸
다. "들어와." 나는 말했다.

허벅지 윗부분까지 덮는 큼직한 펜실베이니아 대학 티셔츠 차림
으로 문간에 선 브룩이 미끈한 다리를 훤히 내보이고 있었다. 하지
만 생각이 복잡해서 눈요기를 할 겨를도 없었다.

"아침은?" 그녀가 물었다.

나는 다시 시계를 보았다. "나가봐야 해."

"일곱 시도 안 됐는데."

"늦었어." 나는 일어섰다. "난 글래디스 토마스를 만나봐야겠
어."

브룩은 돌아서서 자기 침실로 향했다. "우리야, 맥코믹 박사. 우
리가 만나러 가는 거라구."

38

우리는 글래디스가 사는 산타아나로 곧장 출발하지 않았다. 우
선 샤워를 해서 고양이털과 잠기운을 떨어버리고 싶었다. 연신 재
채기를 하며 깨끗한 속옷으로 갈아입고 더러운 바지를 껴입으니
한층 인간에 가까워진 것 같았다.

거실로 들어서자 브룩이 물었다. "고양이 알레르기야?"

"그놈? 아냐. 너 때문에 생긴 알레르기야."

"흠. 그래도 난 따라갈 거야."

브룩은 따라왔다. 아니, 렌트한 뷰익말고 브룩의 차를 타고 갔으니 내가 그녀에게 얹혀 간 셈이었다. 우리는 천막 아래 한 줄로 세워진 차들 쪽으로 걸어갔다. 브룩은 빨간색 BMW 컨버터블로 향했다. 내가 말했다. "이것도 아버지가?"

브룩은 조수석 문부터 열고 운전석으로 향했다.

"아니, 우리 아버지는 버지니아에서 고등학교 선생님을 하고 계셔. 이건 내가 산 거야." 잠시 후 그녀가 말을 이었다. "3년이나 된 거야."

"난 아무 말 안 했어."

브룩은 천이 덮인 지붕 위로 나를 쳐다보며 입술을 살짝 깨물었다. 그런 다음 차에 올라타서 버튼 하나를 눌렀다. 지붕이 뒤로 접혔다. 차는 출발했다.

도로로 접어들며 브룩이 말했다. "헐값으로 샀어. 차 말이야. 경영학과 학생 하나가 도쿄에 직장을 얻어서 급하게 처분하더라구."

"잘됐네."

"이봐, 난 차가 있어야 해. 여긴 캘리포니아야."

"지당하신 말씀."

"게다가 의대 4년, 레지던트 4년을 마쳤어. 죽도록 일했다고. 괜찮은 차 하나는 가질 자격이 있어."

"당연하지."

브룩은 3단 기어를 넣었다. "아, 고상한 척 집어치워."

"브룩, 넌 이 차를 가질 자격이 있어."

"네 차는 뭐야?" 그녀는 성난 목소리로 물었다.

"1986년식 코롤라……."

"맙소사, 나사니엘. 도 닦는 것도 아니고."

"쓸 만한 차야."

"그렇겠지."

"난 차에 별 신경을 쓰지 않아. 그뿐이야."

브룩은 말없이 차를 몰았다. 문득 그녀가 입을 열었다. "다음 주에 팔 거야."

"정말?"

"아니. 하지만 너 때문에 죄의식을 느꼈어, 나쁜 놈."

좋은 싫든, 브룩은 조금씩 내게 점수를 따고 있었다. 솔직히 전혀 예상치 못한 상황이었다. 이건…… 아니, 캘리포니아 북부와 복잡하게 얽힌 감정 속에는 엘레인 첸만 있었던 것이 아니었다는 정도로만 말해두겠다. 가장 끈질기고 가장 깊이 얽힌 인물이기는 하지만, 엘레인이 유일한 사람은 아니었다.

어쨌든 브룩에게는 점차 호감이 느껴졌다. '파트너'는 너무 강한 단어이기는 하지만, 나는 그날 아침 존 마이어스가 해준 더글러스 뷰캐넌에 대한 비밀을 그녀에게 털어놓았다.

"정말 이상하네, 나사니엘."

"나도 그렇게 생각해."

하지만 뷰캐넌이 두 번 죽은 상황을 제대로 설명하기도 전에 우리는 산타아나 보호소 앞길로 들어섰다.

"이런." 브룩이 말했다. 그녀는 앞쪽을 주시하고 있었다. 나는 그녀의 시선을 따랐다.

대쉬보드에서 경광등을 떼지도 않은 경찰 개인 차량이 도로 쪽을 향한 채 보호소 앞에 서 있었다. 그 뒤에는 검은색과 흰색이 칠해진 경찰차 한 대가 서 있었다.

산타아나의 현관문 쪽으로 향하는데, 존 마이어스가 산호세 경찰에 지원 요청을 했을지도 모른다는 생각이 스쳤다. 화가 치밀었다. 경찰이 오면 상황이 복잡해질 뿐만 아니라, 마이어스 형사가 날 전혀 신뢰하지 않는다는 뜻이기 때문이었다.

마이어스가 이렇게 동작이 빠르다니. 경찰이 벌써 글래디스 토마스와 이야기를 하고 있는 걸까?

나는 시계를 보았다. 빌어먹을. 샤워를 하지 말고 그냥 나올 걸.

문간에서 벨을 누른 뒤, 브룩이 나를 보며 물었다. "어떻게 생각……"

문이 열리고 덩치가 산만한 정복경찰이 우리 앞을 막아섰다.

"무슨 일입니까?" 내가 물었다.

질문을 해야 할 사람은 자기 쪽이라고 생각했는지, 경찰은 잠시 나를 내려다보다가 물었다. "그쪽은 누구요?"

나는 한숨을 쉬고 신분증을 주머니에서 꺼냈다. 브룩도 마찬가지였다. 경찰은 신분증을 보았다. "기자인 줄 알았소. 이런 일에 관심을 가질 사람이 달리 없어서."

"우린 기자가 아니지만 관심이 있습니다."

"당신들은 의사잖소."

대단하군, 그걸 알아내시다니. "네." 나는 말했다. "글래디스 토마스를 만나러 왔습니다."

경찰은 글래디스의 이름을 듣더니 신분증을 돌려주었다. "그럴 수는 없소."

"공중보건 문제로 수사 중이에요." 브룩이 말했다.

경찰은 팔짱을 끼고 브룩을 보더니 내게 시선을 돌렸다. "글래디스 토마스는 죽었기 때문에 만날 수가 없소."

39

생각을 정리할 수가 없었다. 브룩 역시 마찬가지인 모양이었다. 한참 뒤 나는 멍청하게 물었다. "언제요?"

"간밤, 아니면 오늘 새벽."

나는 경찰 옆으로 들어가려고 했다. "잠깐." 경찰은 힘들이지 않고 내 앞을 막아섰다. "들어갈 수 없소. 여긴 범죄 현장이오."

"난 의사입니다. 우리 둘 다."

"검시관이 아니면 의사가 필요할 일이 없잖소."

"이봐요." 나는 간절하게 말했다. "하지만 누구하고든 일단 이야기를……."

"하고 있잖소."

"아, 젠장."

우리는 잠시 대치 상태로 서 있었다. 영역 다툼에 돌입한 공무원이라. 경찰과 공중보건 사이의 공조 분위기는 동부에만 국한된 것인 모양이다. 나는 브룩을 돌아보았다. 그녀는 수첩과 펜을 꺼내고 있었다.

내가 말했다. "토마스 씨는 공중보건상의 긴급 상황과 관련된 중요한 정보를 가지고 있을지도 모릅니다."

"말했지만 토마스 씨는 그쪽을 도울 수가 없소."

"수사 주체는 어딥니까?"

"산호세 경찰국. 뭐하는 거요?" 경찰은 브룩에게 물었다.

"당신 배지 번호를 적는 거예요. 난 산타클라라 보건부 소속이에요." 브룩은 명찰을 빤히 바라보며 이름을 적었다. "서터. 상부에 알리면……."

"알겠소. 알겠다니까." 경찰은 말했다. "나야 상관있나. 여자는 죽었소. 별 도움이 못 될 거라니까 그러시네."

우리는 안으로 들어섰다. 등 뒤에서 경찰이 말했다. "뒤쪽 차고에 있소. 형사 이름은 워커요."

나는 경찰에게 들리지 않는 곳까지 와서 브룩에게 말했다. "효과 좋은데?"

"감수성 훈련 덕분이지 뭐." 브룩은 침착하게 말했다.

복도로 들어서 작은 사무실을 지나치면서, 나는 존 마이어스를 의심한 것을 속으로 사과했다. 지난주에 있었던 일 때문에 잔뜩 곤두서 있었던 탓이었다. 적절히 통제할 수만 있다면 긴장해 있다는 것이 궁극적으로 나쁜 일은 아니다.

복도를 타고 두런거리는 목소리가 들려왔다. 왼쪽 거실에 8명 남짓한 여자들이 소파에 모여 앉아 재잘대고 있었다. 직원 둘도 있었다. 한 사람은 여자들에게 뭐라 이야기하고 있었고, 다른 한 사람은 ― 로살린다였다 ― 도저히 달래지지 않을 것 같은 여자를 달래고 있었다. 내가 지나치자 로살린다는 이쪽을 노려보았다.

복도 끝에는 스윙도어가 있었다. 문을 밀고 들어가보니 간소한 주방이었고 뒤쪽에 유리문이 달려 있었다. 유리문 너머로는 차고로 보이는 별채가 있었고 열린 문간에 한 사람이 서 있었다. 브룩과 나는 밖으로 나가서 나무계단 밑 작은 뜰로 향했다. 문간에 서 있는 사람은 ― 빡빡하게 머리를 땋은 키가 큰 흑인 여성이었다

──이쪽으로 등을 보인 채 차고 안을 향하고 있었다. 그녀는 수첩에 메모를 하고 있었다.

내가 말했다. "워커 형사님?"

그녀는 돌아섰다. "네?" 형사는 껌을 씹으며 우리를 쳐다보았다. "누구시죠?"

우리는 신분증을 꺼냈다.

워커는 신분증을 힐끗 보았다. "여기서 뭐하는 겁니까?"

"저희가 진행 중인 수사 대상에 글래디스 토마스가 있었습니다." 나는 볼티모어에서 발생한 전염병에 대해서 설명하고 글래디스 토마스가 감염자와 관계가 있었을지도 모른다고 말했다. 워커는 말 없이 듣더니 수첩에 몇 가지 더 적었다. 나는 설명을 끝낸 뒤 워커에게 상황을 물었다.

"일단 상황은 분명해요." 형사는 껌을 짝짝 씹으며 말했다. "오늘 아침 일곱 시경에 전화가 왔어요. 토마스 씨가 간밤에 외출했는데, 룸메이트 외에는 아무도 모르고 있었……."

"네?" 나는 물었다.

"룸메이트요. 대단한 사람이더군요. 어쨌든 오늘 아침이 되어서야 룸메이트는 토마스가 아직 들어오지 않았다는 걸 알렸고, 직원들이 모두 집 안을 샅샅이 뒤졌어요. 병원 응급실에도 연락해봤지만 없었고. 그러다 누군가 차고를 확인해봤는데." 형사는 따라오라고 손짓했다. "문간 앞에 서서 보시죠. 더 이상 현장이 오염되면 곤란하니까."

브룩은 앞장서서 차고로 들어가더니 우뚝 멈췄다. 숨을 헉 하고
들이쉬는 소리가 들렸다.

40

나는 브룩 옆을 지나쳐서 차고로 들어갔다.

퍼포먼스 작품처럼 초현실적인 광경이 눈앞에 펼쳐지고 있었다.
차고 안에는 차가 없었고 정원용 의자와 상자 몇 개, 벽에 붙여놓
은 바비큐 세트 외에는 깨끗했다. 한가운데에 의자 하나가 옆으로
쓰러져 있었고 글래디스 토마스의 시체가 그 위에 매달려 있었다.
목에는 건물 지붕을 받치는 굵은 대들보에 걸친 짧은 밧줄이 감겨
있었다. 대들보의 높이가 겨우 7피트 정도밖에 안 되었기 때문에,
글래디스의 발은 바닥에 거의 스칠 듯했다.

사진반이 시체 주위를 돌면서 연신 플래시를 터뜨리며 사진을
찍고 있었다.

나는 잠시 그대로 서서 현장을 응시하다가 시체를 가리키며 말
했다. "들어가도 될까요?"

워커는 한숨을 쉬었다. "아무것도 만지지 마세요."

나는 고개를 끄덕이고 차고 한가운데로 들어섰다. 브룩이 따라

왔다.

안구가 튀어나와 있었고 잔뜩 부푼 혀가 입에서 비죽 나와 있었다. 예쁘던 얼굴도 퉁퉁 부어서 일그러져 있었다. 혀를 깨물었는지 입술과 턱에 피가 말라붙어 있었다. 흐릿한 불빛 속에서도 눈 주변의 얇은 피부에 출혈이 있었다는 것을 알아볼 수 있었다. 질식사의 흔적이었다. 목 주위에 시커먼 타박상과 멍이 넓게 나 있었다. 부검의의 보고가 나올 때까지 단정은 할 수 없겠지만, 목이 부러져서 즉사한 것 같지는 않았다. 오랫동안 고통스러워하다 숨이 끊긴 것 같았다.

"안됐어." 워커가 중얼거렸다. "정말 불쌍해."

"바깥 경찰은 자살이라고 하던데요." 나는 일그러진 얼굴을 가만히 쳐다보며 말했다.

"우리는 그렇게 생각해요."

"우리?"

"나는 자살로 결론을 내렸어요. 법의관이 확인해야겠지만……이런 시체는 많이 봤죠. 자살이에요."

"유서는 없었나요?" 브룩이 물었다.

"없었어요."

나는 재킷에서 작은 수첩을 꺼내 상황을 메모하기 시작했다. 그리고 시체 뒤쪽으로 돌아가보았다. 연파랑 면바지 엉덩이 부위에 넓고 희미한 얼룩이 져 있었다. 나는 적어도 1분 동안 얼룩을 응시했다.

"이거 보셨습니까?" 나는 워커에게 물었다. 그녀는 다가와서 변색된 옷을 쳐다보았다.

"오줌이네요."

"맞습니다."

"목을 매단 시체는 언제나……."

"알고 있습니다. 하지만 모양을 보십시오. 엉덩이 전체로 넓게 퍼져 있어요. 난 형사가 아니지만, 이 상태로 목을 매달아 죽은 거라면 오줌은 다리를 타고 흘러내리지 않겠습니까?"

워커는 뭐라 말하려다가 입을 다물었다. 그리고 사진반을 보았다. "이거 찍어." 얼음 같은 음성이었다.

"벌써 찍었습니다." 사진반은 대답했다.

워커는 고개를 끄덕이고 수첩에 뭐라 적었다. "드라마 〈CSI〉를 좋아하나보죠, 박사?"

나는 그녀를 보았다. "아뇨, 난 그냥……."

"나가요."

등 뒤에 있는 차고 문 쪽에서 들려온 말이었다. 나는 돌아섰다. 로살린다였다. "당장 나가요." 그녀는 소리쳤다.

모두들 — 워커, 사진반, 브룩, 나 — 일제히 문간에 서 있는 사람을 돌아보았다. "저 사람들이 글래디스를 죽였어요." 로살린다는 나를 가리켰다.

"뭐요?" 나는 물었다. 워커의 고개가 나를 향해 휙 돌았다.

"저 사람들이 글래디스를 여기까지 몰아붙였어요. 어제까지는 멀쩡하다가 저 사람들 때문에……."

"부인." 워커는 이렇게 말하며 로살린다에게 다가갔다.

"저 사람들이 글래디스를 죽였다구요!"

"부인……."

"저 사람들만 안 왔으면 글래디스는 멀쩡했을 거예요."

"부인, 밖으로 잠깐 나가시죠." 워커는 로살린다의 어깨에 손을 얹었다.

로살린다는 팔을 빼며 소리쳤다. "건드리지 마!"

워커는 브룩과 나를 돌아보며 말했다. "그대로 있어요." 그런 다음 부드럽게 로살린다의 팔꿈치를 잡고 바깥뜰로 데리고 나갔다. 나는 다시 시체 쪽으로 돌아섰다.

"대충 다 보셨습니까?" 사진반이 물었다. 그는 줄곧 시계를 쳐다보고 있었다. 아니, 아직 다 보지는 못했지만 시체를 건드리지 않고는 할 수 있는 일이 별로 없었다. 하지만 이렇게 쉽게 물러나고 싶지는 않았다. 나는 브룩을 보며 물었다. "뭐 다른 생각 없어?"

"당장은 별로."

나는 시체에서 물러섰고, 깡마른 사진반은 바지에 묻은 오줌 자국을 클로즈업으로 다시 찍기 시작했다. 형사에게 한 말과는 달리 아까 찍어놓지 않았던 것 같았다.

바깥에서 워커와 로살린다의 목소리가 들려왔다. 벌집을 건드리고 싶지는 않았기 때문에, 나는 잠시 차고 안에 머물러 있었다. 결국 목소리가 잠잠해지고 워커 형사가 안으로 들어왔다.

"화가 많이 났네요." 워커가 말했다.

"그런 것 같습니다."

"당신 두 사람한테요. 당신들이……."

"그건 저희도 들었습니다."

워커는 수첩을 넘겨 깨끗한 페이지를 펼쳤다. "어제는 무슨 일이 있었죠?"

숨길 이유가 없었다. 나는 워커에게 죽은 더글러스/케이시와 글래디스의 관계를 설명했다. 그리고 애인의 사망 소식을 들은 글래디스가 심하게 충격을 받고 슬퍼했다고 말했다.

문득 나는 사진반이 더 이상 사진을 찍지 않고 있다는 것을 눈치챘다. 그가 물었다. "병에 걸렸다구요?"

"죽은 사람입니다. 괜찮아요. 만질 때 장갑만 끼면 됩니다. 손도 씻으시고. 옮길 때는 마스크를 쓰세요. 에이즈에 걸린 시체처럼 다루면 됩니다."

"우린 모든 시체를 에이즈 환자처럼 다루죠." 형사가 말했다.

"좋습니다." 사진반은 시체를 응시하고 있었다. 나는 다시 말했다. "괜찮을 겁니다."

"얼마나 충격을 받던가요?" 형사가 물었다.

"아주 심했습니다."

"자살할 정도로?"

단순하지만 생각해보면 짜증스러운 질문이었다. 자살할 정도로. 글래디스 토마스가 자살할 정도로 충격을 받았던가? 이제까지 내가 만났던 사람들 중에 자살했던 사람은 없었다. 물론 응급실과 병리학실에서 근무할 때 자살자나 자살미수 환자를 다룬 적은 있었다. 하지만 몇 시간 뒤 자살한 사람과 이야기해본 적은 없었다. 표면상으로는 말이 된다. 연인의 죽음에 충격을 받은 여자가 자살을 했다. 깔끔하고 딱 들어맞으며 로맨틱하기까지 한 설명. 하지만 들어맞지 않는 부분이 너무 많았다.

"박사?" 워커가 재차 물었다. "자살할 정도로 충격을 심하게 받았나요?"

브룩이 대답했다. "우린 심리학자가 아닙니다. 그건 모르겠어요."

"맥코믹 박사께서는?"

"나도 심리학자는 아닙니다." 내가 대답했다.

워커는 이 대답에 혼란스러운 모양이었다. 아무래도 우리가 헛발을 디딘 것 같았다. 하지만 나도 그렇고 브룩도 짜증이 나 있었다. 경찰은 영 허술하게 수사를 하고 있었다. 정신지체 여성이 자살을 했다. 대도시 경찰 기준으로 볼 때 중요한 사건은 아니다.

워커가 말했다. "나중에 질문할 게 더 있을지도 모르니 연락처를 주시죠."

"저는 내일까지만 여기 있을 겁니다."

"그래도 연락처를 주세요."

나는 휴대전화와 CDC 사무실 전화번호를 불러주었다. 브룩도 전화번호를 댔다. 워커는 우리하고는 할 일을 마쳤다는 듯 돌아서서 시체 쪽으로 향했다. 하지만 이쪽은 아직 끝나지 않았다. "로페스 씨하고는 이야기하셨습니까?"

워커가 돌아섰다. "그게 그쪽이랑 무슨 상관이죠?"

"말씀드렸죠. 전 전염병 수사를 하고 있습니다." 관할권을 놓고 입씨름을 할 생각은 정말 없었다. 나는 어조를 누그러뜨렸다. "워커 형사님, 제게 말씀해주시면 크게 도움이 될 겁니다."

"아까 이야기했어요. 알고 싶은 게 뭐죠?"

"혹시 남자친구에 대해 이야기하던가요? 케이시란 사람에 대해서요?"

"아뇨."

나는 폴더에서 흑백사진을 꺼내 형사에게 보여주었다. "이 사람이 살해당한 남자친구입니다. 동부에서는 더글러스 뷰캐넌이라는 이름으로, 여기서는 케이시라는 이름으로 통했습니다. 더글러스 뷰캐넌은 몇 년 전 죽은 사람의 이름을 도용한 겁니다."

"수사는 어디서……."

"볼티모어 시경과 캐롤 카운티 보안관실에서 하고 있습니다. 메릴랜드 주경찰도 협조하고 있고요. 나중에 사진을 복사해서 사무실로 보내드리겠습니다."

"고마워요." 워커가 말했다. "법의관의 부검 결과에 따라 달라지겠지만, 일단은 자살로 간주하고 수사할 겁니다. 이번 수사에서." 워커는 사진을 가리켰다. "케이시는 별 상관이 없어요."

"그렇죠." 나는 동의했다. "아직은."

41

워커와 사진반을 시체 옆에 남겨두고, 브룩과 나는 뒤뜰로 나왔다. 커다란 참나무 아래에 피크닉 테이블이 있었다. 우리는 거기에 앉아 법의국에서 나온 사람들이 도착하기를 기다렸다. 담배 생각이 간절했다. 브룩은 그렇지 않은 모양이었다. "이번 일 상당히 걱정돼."

"나도 그래."

"아니, 걱정된다구. 겁이 나."

"뭐?"

"테러 공격일 수도 있을 것 같아서 걱정돼."

나 역시 늘 걱정해오던 부분이었다. 하지만 일단 브룩의 생각을 듣고 싶었다. "설명해봐."

"생각해봐. 병원체에 감염된 사람이 있어. 일단 악성으로 변이한 HIV라고 치자. 이 남자는 자살 테러를 감행하려는 생각으로 공격하기 쉬운 대상을 찾아 계속 성관계를 맺어."

"그래서?"

"볼티모어의 그 남자 방이 좋았다고 했지? 허름한 정신지체자 보호소에 자기 방을 갖고 나름대로 멋지게 살 수 있는 건 그만큼 엄청난 위험을 감수하고 있기 때문이 아니겠어? 휴대전화에, 스테레오에, 다른 보호소 사람들은 아무도 안 갖고 있는 것들을 갖고 있었잖아. 일단 목적을 달성한 뒤에는 배후조종자들이 입을 막기 위해 처치한 거야."

"배후조종자들이 처치하다니? 자살 테러, 아니, 자살 강간마라면서?"

"농담 아냐, 나사니엘."

"나도 그래."

브룩은 내게서 시선을 돌렸다. "음, 자살 테러는 아닐지도 몰라. 본인은 치료가 될 거라고 생각했는지도 모르지. 배후인물이 그렇게 이야기했을지도. 볼티모어 일을 끝내면 여기 돌아와서 치료를 받은 다음에 글래디스 토마스랑 결혼할 생각이었는지도 몰라."

"말이 안 돼, 브룩."

"그냥 이런저런 가능성을 생각해보는 거야. 그냥 생각만 하는 거라고."

"좋아. 미안해. 그냥 생각만 해보자. 목적이 뭐지?"

"무슨 목적?"

"테러 공격이라면 편지나 요구사항이 있어야 하잖아. 자기 소행이라고 주장하는 단체가 나와야 하고."

"상황이 정말 악화될 때까지, 언론에 크게 다뤄질 때까지 기다리고 있는지도 모르지. 생각해봐, 네이트. 얼마나 소름 끼쳐. 편지로 퍼뜨리는 것도 아니고, 공중에서 살포하는 것도 아니고, 스프레이로 뿌리는 것도 아니고. 사람 자체가 폭탄이라니. 생각해보라구."

생각해보았다. 그래도 말은 안 된다.

"이제 글래디스 토마스가 남았지? 어쩌면……."

"브룩……."

"배후인물들은 케이시가 죽은 뒤에 글래디스의 존재를 알아냈어. 글래디스를 죽여서……."

"브룩……."

"왜?" 브룩이 버럭 물었다.

"나한테 소리치지 마."

그녀가 누그러진 목소리로 말했다. "내가 언제 소리쳤어?"

"방금. 어쨌든, 넌 너무 지나치게 나가고 있는 것 같아."

"누군가는 생각해봐야지. 네가 해야 해. 이건 네 일이잖아."

"이봐. 난 벌써 그렇게 했어. 그래서 볼티모어에서 쫓겨난 거야."

"아, 그렇군. 나사니엘 맥코믹이 언제부터 다른 사람들의 생각에 그렇게 관심을 많이 가졌지?"

"내 경력이 물거품처럼 사라질지도 모르니까. 브룩, 최악의 시나리오를 생각해보는 것도 좋아. 해야만 하고……."

"그렇게 하고 있잖아."

"……하지만 앞뒤는 따져가면서 생각해야지. 지금 이 시점에서 이건 그냥 질병일 뿐이야. 약간 수상한 요소가 있긴 해. 사실이야. 난 그 요소를 추적하러 여기 왔고." 집 안에서 작은 소동이 일었다. "법의관이 왔어." 나는 일어났다. "좀 있다 대학에 가서 옛날 친구를 만나기로 했어."

"옛날 친구라."

"옛날 교수님. 네 차를 타고 가면 혹시라도……."

"제프를 맞닥뜨릴 수도 있지."

"네가 제프를 보고 싶지 않다면 난 너희 집으로 돌아가서 내 차를 끌고 나와야 해."

브룩은 일어섰다. "제프는 보고 싶지 않아."

"좋아."

우리는 집 안으로 들어가서 법의국 직원 둘에게 신원을 밝힌 뒤 안전 수칙을 일깨워주었다. 그 중 한 사람인 머리를 박박 민 덩치 큰 백인 남자가 무슨 질병인지 캐물었다. 나는 공기 전염은 아니다, 조심해야 하지만 걱정은 하지 말라고 전했다. 이런 모순이라니. 마치 다들 경계를 늦추지 말되 걱정하지 말고 일상생활을 하라고 지껄이는 국토안보부 대변인이 된 기분이었다.

복도로 나오는데 거실에서 울음소리가 들렸다. 나는 브룩에게 말했다. "다른 직원들과 입주자들도 만나봐야 해. 더글러스를 알아 보는지, 만난 적은 있는지."

"최소한의 배려는 해, 나사니엘. 내일까지 기다리자."

"난 내일 비행기를 타야 해."

"저지르고 보는 거야." 브룩은 곧장 현관문으로 나가며 말했다. "비행기 시간을 늦추라구."

42

나는 브룩의 집에서 더글러스 뷰캐넌의 사진을 워커 형사에게 팩스로 보낸 뒤, 옛 스승, 옛 교정, 한 무더기의 불쾌한 기억들과 재회하기 위해 북쪽으로 차를 달렸다. 돌아가는 광경을 머릿속에 서 그려본 적은 많았지만 — 주로 내가 졸업식 축사 연설을 하거 나 명예박사 학위를 받으러 가는 백일몽이었다 — 도무지 어떤 기 분일지 상상할 수가 없었다.

고속도로를 빠져나온 뒤, 1990년대에 우후죽순처럼 생겨난 닷컴 기업과 동의어가 되어버린 도시를 가로지르는 유니버시티 애비뉴 에 접어들었다. 전성기는 지났지만 이 도시만은 그 사실을 모르고 있는 것 같았다. 나는 달팽이처럼 기어가는 자동차 대열 사이에 끼어 있었는데, 거의 대부분 독일제와 일본제 고급 차량 아니면 SUV였다. 히피 문화의 전성기 때 여기서 살았던 켄 키지가 호화 부티크와 18달러짜리 샐러드를 파는 식당 사이로 꼬리를 물며 번쩍이는 BMW의 행렬을 보았다면 어떻게 생각할지 궁금했다. 고약한 환각을 보았다고 생각할지도 모른다.

겨우 자동차는 움직이기 시작했고 속도가 10마일대로 나왔다. 도로는 철로 아래를 지나 오르막이 된 뒤 '농장'으로 이어졌다.

의대와 학부 시절 4년을 보낸 대학에 대해 복잡한 감정을 갖고 있긴 했지만, 인정할 건 인정해야겠다. 나는 이곳의 위풍당당함을 사랑했다. 동부의 그런 위풍당당함과는 다르다. 예일이나 하버드 풍의 엄숙함은 없었다. 그럼에도 불구하고 위풍당당했다. 순전히 넓이로만 따지자면 미국 최고의 규모를 자랑하는 캠퍼스 입구에는 커다란 사암석 아치 두 개가 서 있었고 그 뒤로 야자나무가 늘어선 가로수길이 반 마일 가량 이어진다. 돈 많은 졸업생이 기증한 이 야자나무들은 넓은 녹색 코린트식 좌대에 얹힌 거대한 기둥처럼 위용을 자랑하고 있었다. 나무 한 그루에 3만 달러라는 소문도 있었다.

의대 건물은 그리 눈에 띄지 않았다. 예전에는 녹지가 있었던 자리에 커다란 자연과학대 건물 두 동이 솟아 있었다. 단단한 담황색 사암석 덩어리 같은 것을 깎아 만든 건물은 위압적이고 냉랭했다.

이곳에 들어서자 예전에 읽은 유명한 미술사학자의 글이 떠올랐다. 그랜드 센트럴 역을 통해 뉴욕으로 들어오는 사람은 "신처럼 당당하게 입장하며", 펜 역으로 들어오는 사람은 "쥐새끼들처럼 허겁지겁 걸음을 옮긴다." 사암석 아치와 야자수가 늘어선 가로수 길을 지날 때 신이 된 듯한 기분이었다면, 거대한 의대 건물은 쥐새끼 같은 기분을 느끼게 했다. 특히 몇 년 전에 쥐새끼처럼 여기서 쫓겨난 사람이라면 두말할 나위도 없을 것이다.

건물이 조장한 열등의식말고도 내 마음 한켠에는 다른 느낌이 있었다. 공공건물들은 변하지 않고 떠날 때 그대로라는 그런 느낌. 특히 학교나 대학이 그렇다. 그렇기 때문에 파티가 끝난 뒤 오줌을 누었던 현관이 경비가 배치된 보안문으로 바뀌어 있는 것을 볼 때나, 가을 축제 때 끝내주는 오럴섹스를 했던 풀숲에 학생회관이 서 있는 것을 볼 때면 묘한 기분이 든다. 대학은 자신이 배출한 자식들을 기억하지 않는다. 특히 이 대학이 나를 기억하고 있을 리는 만무했다. 적어도 내 희망사항은 그랬다.

토벨 박사와 약속한 시간까지 15분이 남아 있었다. 이왕이면 당당히 맞서는 것이 좋겠지. 나는 차 문을 잠그고 미터기에 동전을 넣은 뒤 건물로 향했다.

실내에 들어서자 모든 것이 낯설었다. 책과 청진기를 보관하던 베이지색 라커도 없었다. 오랫동안 처박아놓은 도시락 때문에 쓰레기장 같은 냄새가 나던 냉장고도 없었다. 암모니아 냄새가 풍기던 좁은 화장실도 없었다.

나는 열세 살 정도밖에 안 되어 보이는 여학생을 불러 세워서 의대가 어디냐고 물었다.

"저쪽이요." 그녀는 벽 저쪽 너머를 가리켰다. "본부 건물 옆이에요."

오랫동안 학생들에게 약속했던 새 강의실이 드디어 지어진 모양이었다. 옛 건물에 대한 희미한 향수가 일었지만, 등 뒤에서 찢어지는 듯한 목소리가 들려서 나는 꿈에서 깨어났다.

"나사니엘? 나사니엘 맥코믹?" 고개를 돌려보니 키가 작은 검은 머리 여자가 주머니에 청진기, 펜, 차트를 가득 쑤셔넣은 흰 가운 차림으로 서 있었다. 아, 맙소사. 나는 생각했다. 지금만은 제발. 제발.

속이 울렁거렸다. 나는 얼른 예전에 알고 지냈던 백인 여자애들의 얼굴을 하나하나 떠올려보았다.

"제나 내선슨이야." 그녀는 손을 내밀었다. 이름을 불러야 할 일을 피해가며 대화를 이어가야 하는 난감한 상황은 다행히 모면했다. 반면 제나 내선슨에 대한 내 기억이 정확하다면 이건 그다지 달갑지 않은 만남이 될 공산이 크다. 왜 그냥 차에 처박혀 있지 않았는지 후회막급이었다.

"안녕, 제나. 오랜만이야."

"정말이지. 이야, 정말 오랜만이야. 어떻게 지냈어? 여긴 무슨 일로 온 거야?"

나는 CDC에서 일하며 업무 때문에 잠시 온 김에 옛 교정을 찾아 왔다고 이야기했다.

"잘됐어. 잘됐구나. 그렇게 힘든 일을 겪었으면서 결국 자리를 잡았다니 정말 잘됐어." 은근히 뒤통수를 치는군, 나는 생각했다. "보건학 석사를 딴 거야?" 그녀가 물었다. 내가 의학박사 과정으로 돌아갈 수가 없었을 테니 보건학 석사 쪽으로 방향을 틀었으리라고 생각한 모양이었다. 당시 상황을 고려할 때, 그럴 법한 생각이었다.

"아니, 의학박사."

"정말 잘됐네. 어디서?"

도망치고 싶은 심정이었다. "메릴랜드 대학."

"좋은 학교지." 그녀는 마음에도 없는 소리를 했다. "난 여기 신경외과에 있어. 모교에 남아달라고 해서. 지금은 부교수야."

내가 묻지도 않았다는 걸 모르는 모양이었다. "잘됐네." 나는 말했다.

"그래. 뇌수술은 힘들지만."

"뭐, 그래도 로켓공학은 아니잖아." 나는 미소지었다. 제나는 웃지 않았다.

"그래도 뇌수술이라구."

"그렇지." 나는 말했다. 어쩌다 이런 대화에 다시 말려들었을까.

"일 자체는 할 만한데, 여자라는 게…… 힘들어."

빈정거리는 대답이 열 개 정도 생각났지만 나는 무난한 쪽으로 방향을 틀었다. "그렇겠지."

"정말이지, 남성중심주의는 깨부숴야 해." 나는 남자도 아니라는, 벽이나 정신과 의사한테 말하는 것 같은 말투였다. "돌아오니 기분이 어때? 저기, 그런 일도 있었는데……."

이 정도면 됐다. 나는 시계를 보았다. "이런, 제나. 회의에 늦었어. 전부 다 축하해. 넌 정말 잘돼가는 것 같아서 좋아."

나는 혹시 커피 초대나 기타 함정에 걸려들까봐 슬슬 뒷걸음질 치며 말했다.

나는 밖으로 나와서 한참 걸은 뒤 제나가 사라졌는지 돌아보았다. 안전했다. 나는 벤치에 앉았다. 고개를 들자 눈앞에 해리엇 토벨의 실험실이 있는 하일만 빌딩이 솟아 있었다. 다른 곳은 다 변했어도 이곳만은 예전 그대로였다. 내가 오랜 시간을 보냈던, 토벨 박사 앞에서 눈물을 줄줄 흘리며 도와달라고 애원했던 바로 그 빛바랜 사암석 건물. 오른쪽을 보니 내가 박사 과정을 밟았던 실험실이 있는 회색의 더너 빌딩이 있었다. 3층 구석의 저 연구실. 그곳에서 나는 오만하고 행복하고 야심만만했으며 만물의 영장이라도 된 듯한 기분에 사로잡혀 있었고, 그곳에서 나는 바닥으로 곤두박질 쳤다. '추락', 동기생들이 실제로 썼던 표현이다. 식은땀이 흐르기 시작했다.

43

추락. MD-PhD를 따려는 학생들은 처음 두 해 동안 보통 MD 과정의 학생들과 같이 기초과학, 흔히 말하는 기본과정을 공부한다. 해부학, 생화학, 생리학 등. 이 과정이 끝난 뒤 보통 MD 학생들은 의사가 되기 위해 임상실습으로 넘어가지만, MD-PhD 학생들은 실험실에서 과학자가 되는 법을 배운다. 실험실 선택이야말로 특히 중요하다. 다음 4년 동안의 생활 환경이 결정될 뿐만 아니라, 논문과 연구비·연줄을 좌지우지하는 연구 분야와 스승을 선택하는 일이기 때문이다. 선택을 잘하고 실적을 남기면 세상이 내 손안에 들어온다. 선택을 못하면, 뭐, 그래도 의사는 될 수 있다.

간단히 말해 권력과 명예다. 권력과 명예를 거머쥔 프로젝트 팀장들이 주위에 철철 풍기고 다니는 그 바이러스에 감염되는 것이다. 학생들의 목표는 대부분 같았다. 성배 중의 성배, 교수직과 실험실을 따내는 것이었다.

1년 동안 탐색전을 벌인 끝에, 나는 바이러스가 인간 DNA에 미치는 영향을 연구하는, 독일 출신 마르크 위르겐 박사의 암 생물학 연구실을 선택했다. 위르겐 박사는 사마귀의 원인이기도 하지만 재수 없는 여성들에게는 자궁경부암을 일으키는 인유두종 바이러스를 연구하고 있었다. 특히 세포의 신호전달에 있어서 바이러스의 역할을 규명하는 것이 목표였다. 어떤 사람의 몸에서 바이러스는 왜 세포를 무한증식하게 하는가? 인유두종 바이러스 연구가 전공이었지만 사마귀에서 그만둘 이유는 없었다. 그 당시에는 암의 원인을 전염에서 찾는 연구가 유행이었고, 위르겐의 연구는 폭넓은 적용이 가능할 것으로 평가받고 있었다. 나는 여기에 사로잡혔다.

위르겐 연구실은 압박이 엄청나다는 소문이 자자했다. 위르겐은 결과를 요구하는 사람이었고 팀원들이 결과를 얻어내는 법을 알고 있기를 요구했다. 협력 따위는 별로 없었고 랩 미팅은 울음을 터뜨리며 뛰쳐나가는 사람이 많기로 유명했다. 하지만 결과물은 나왔고 일급 학술지에 연달아 실렸다. 〈네이처〉, 〈셀〉, 〈사이언스〉, 〈캔서〉. A급 과학 학술지들이었다. 실험실이 설립된 것은 얼마 되지 않았지만 — 위르겐이 온 것은 겨우 8년 전이었다 — 이곳 출신 박사와 박사후 연구원들은 듀크, 펜, 하버드 등으로 진출했다. 나처럼 젊고 영리한 공부벌레를 위한 연구실이라고 할 수 있었다. 나는 상담교수였던 해리엇 토벨의 축복과 함께 위르겐의 연구실로 들어갔다. 모든 것이 순조로웠다. 한동안은.

나는 일부 감염자들에게서 간암을 일으키는 C형 간염 바이러스라는 틈새시장을 찾아냈다. B형 간염과 간암 사이의 연관 관계는 이미 주목받고 있었지만, C형 간염 쪽은 비교적 연구가 미미했다. 하지만 실험실 내에서 내 연구 주제는 상당히 낯선 주제였다. 인유두종 바이러스는 이중나선 구조를 가진 DNA형 바이러스인 데 반해 C형 간염은 단일 가닥인 RNA형 바이러스였기 때문이다. 복잡한 과학 이야기는 이쯤에서 접자. 실험실로서는 새로운 주제였기 때문에 아무도 내가 무엇을 연구하는지 정확하게 아는 사람이 없었다는 정도로만 설명하면 충분할 것이다. 이로 인해 내게는 많은 자유가 주어졌는데 당시에는 그것이 좋아 보였다. 그 때문에 결국에는 무덤으로 더욱 깊숙이 발을 들여놓게 되었지만.

어쨌든 나는 바이러스가 종양 증식을 자극하는 메커니즘에 대한 독창적인 가설을 발견하고 이를 증명하기 위한 실험을 기획하는 데 착수했다. 그리고 고작 2년 만에 이를 증명해냈다. 위르겐의 절찬을 받으며, 나는 일급 학술지에 보낼 논문을 준비했다. 나는 실험실의, 의대 전체의, 감히 이렇게 말해도 될지 모르겠지만 암 생물학계의 떠오르는 별이었다. 한데 한 가지 문제가 있었다. 정확하게 말해 그것은 유효한 결과가 아니었다.

보다 구체적으로 설명하겠다. 의학 연구 분야에 비하면 월스트리트나 할리우드는 새 발의 피다. 정말 지독한 압박을 원한다면 ── 정신적 부와 물질적인 부, 동료들의 선망까지 얻고 싶다면 ── 탁월하고 정력적인 팀장이 이끄는 저명한 연구실에 들어가보라. 제나 내선슨에게는 미안하지만, 이건 뇌수술만큼 숨 막히는 일이다. 아니, 뇌수술보다 훨씬 힘들다. 신경외과가 공학자들의 분야라면 신경과학, 암 생물학, 분자생물학은 천재들의 분야다. 돈으로 따진다 해도…… 생명공학 혁명으로 인해 이 분야 최고의 선수들에게는 돈이, 그것도 많은 돈이 돌아가고 있었다.

　내가 저지른 죄에 대해서도 좀더 구체적으로 설명하겠다. 처음부터 데이터를 조작한 것은 아니었다. 초기 실험 결과는 희망적이었다. 워낙 희망적이었기 때문에 위르겐은 내게 지원을 아끼지 않았다. 나는 박사의 칭찬과 신뢰를 한몸에 받고 있었다. 그러다 실험이 잘 풀리지 않고 이런 결과를 내야 할 데이터가 다른 방향으로 가게 되자 나는 숫자를 조금씩 손보기 시작했다. 가설은 옳았다. 나는 내 가설이 옳다는 것을 확신하고 있었다. 빌어먹을 숫자 몇 개가 안 맞는 것뿐이지. 멍청한 숫자 몇 개가 명성과 영광에 이르는 길을 가로막고 있었다. 손보고 손보고 또 손보다 보니, 어느 순간 돌이킬 수 없는 지점까지 와버렸을 뿐이다.

　듣기에는 그렇지만, 그 당시의 판단은 순간의 실수도 아니었고 세상 물정을 몰라서도 아니었으며 악의적인 의도가 있었던 것도 아니었다. 때때로 과학은 경주다. 나는 비슷한 주제를 연구하는 다른 수많은 연구실과 경쟁하고 있었다. 승자에게 모든 전리품이 돌아가고 패자에게는 낭비한 시간만이 남는 경주. 문자 그대로. 삼류 학술지에나 실을 수 있을까, 아니, 그조차도 힘들다. 나는 이 경주에서 유리한 고지를 선점하고 싶었다. 논문이 출간되려면 상당히 긴 시간이 걸린다. 논문을 제출해놓고 편집 과정을 거치는 동안 실험을 다시 할 생각이었다. 결과가 나오지 않으면 정말로 논문을 철회하겠다고 스스로에게 다짐도 했다. 지금 이 순간도 나는 내가 그렇게 했을 거라고 믿는다. 하지만 일은 그렇게 흘러가지 않았다.

논문을 제출하기 한 달 전쯤, 위르겐이 사무실로 나를 불렀다. 그해 초 학회에 다녀온 뒤로 왠지 내게 쌀쌀한 태도를 보이던 때였다. 나는 아리아계 특유의 성격 탓이려니 생각했다. 아무튼 논문 연구방법란을 한창 쓰고 있었기 때문에 나는 그에게 잠깐 기다려 달라고 말했다.

"당장 들어와, 나사니엘." 그는 차갑게 말했다. 그 말투에서 무슨 일이 있다는 것을 알 수 있었다. 나는 내 책상에서 열 발자국 떨어진 그의 사무실로 향했다.

위르겐은 튜튼족 특유의 호리호리한 몸을 굽혀 책상 뒤에 앉더니 7백 달러짜리 사무용 의자에 몸을 기댔다. "문 닫게." 나는 문을 닫았다. 그가 말했다. "어떻게 돼가는 건가?"

얼굴이 붉어지는 것이 느껴졌다. "무슨 말씀이십니까?"

그는 양손 손가락 끝을 마주 댄 채 몸을 앞으로 내밀었다. 그리고 단어 하나하나를 힘주어 발음했다. "연구는 어떻게 돼가나?"

머리에 땀이 맺히기 시작했다. "잘돼갑니다. 그냥……."

"얼굴이 빨개졌군."

"알고 있습니다."

"땀도 흘리는데."

좋은 과학자는 아무것도 놓치지 않는다.

"알고 있습니다."

그가 헛기침을 했다. "학회에서 돈 애플게이트를 만났어." 애플 게이트는 시카고 대학 연구원으로서, 그의 실험실도 나와 같은 주제를 연구하고 있었다. "자네 연구에 대해서 이야기했지. 우리가 데이터를 얻어낸 것에 놀란 것 같더군."

나는 아무 말도 하지 않았다. 위르겐은 말을 이었다. "아주 놀랐어. 너무 놀라서 회의석상의 다른 사람들에게도 이야기했는데, 그 사람들 역시 놀라더군."

데이터 조작이라는 죄에다 프로젝트 팀장을 당황스럽게 만든 죄까지 더해진 셈이었다. 물론 위르겐이 그런 말을 입 밖에 낼 리는 없었다.

"학회 이후로 토론 게시판을 모니터할 기회가 있었는데 우리가 거둔 성과를 의심하는 눈이 많은 것 같았어. 논문이 발표되면 아마 똑같은 실험 과정을 반복해보는 사람들이 많겠지."

하지만 그 순간 위르겐이나 나나 논문이 절대 발표되지 못할 것이라는 사실을 이미 알고 있었다. 얼굴이 달아올랐다.

"그래서 지난 몇 주 동안 자네 데이터를 검토해봤네. 아주 오랫동안, 나사니엘. 한데 자네가 이번 결과를 어떻게 얻어냈는지 납득이 안 가는 점이 있어."

"모두 설명해드렸잖습니까. 실험방법에 다 있습니다. 제 실험노트를 보시면……"

"실험노트를 보니 숫자를 여러 개 지워놨던데."

과학자에게 실험노트는 지나온 발자취와 같다. 여기에 모든 것을 기록하도록 되어 있는 것이다. 절대 지우거나 삭제해서는 안 된다. 수정할 일이 있으면 엑스 자로 긋도록 되어 있다. 언젠가 이런 일이 있으리라고 미리 생각했어야 했다. 내가 저지른 짓은 사람을 쏜 다음 지문이 묻은 총을 현장에 버려두고 도망친 것과 같았다.

"저는……"

"더 이상 말하지 말게." 위르겐은 헛기침을 하는 습관이 있었다. 그는 다시 헛기침을 했다. "지난 달 캐런에게 실험 몇 가지를 재시도해보도록 했는데……"

"지난 달이요? 저한테 말씀도 안 하시고 실험을 해보라고 하셨단 말씀입니까? 절 못 믿으신……"

"못 믿지. 지금은 안 믿어. 일단은 내 말을 다 들은 다음에 이게 오해라고 말해주었으면 좋겠네. 정말 오해라면." 위르겐은 다시 헛기침을 했다. "캐런이 실험을 해봤는데 자네와 같은 결과를 얻을 수가 없었어. 다시 해봐도 마찬가지였어."

나는 아무 말도 하지 않고 벌겋게 달아올라 우뚝 서 있었다.

"자, 물어보겠네. 데이터를 조작했나, 나사니엘?"

머릿속에서 대답할 말들이 쏜살같이 오갔다. 처음부터 언젠가 이렇게 될지도 모른다는 것을 알고 있었지만, 시간이 흐르면서 점차 경계심이 흐려져 있었던 모양이었다.

나는 천천히 입을 열었다. "숫자 몇 개를 다듬은 건 사실입니다.

하지만……."

"이런 젠장!" 위르겐이 소리쳤다. "내가 알아낸 게 천만다행이
군. 빌어먹을, 믿을 수가 없어."

"제가 설명하겠습니다."

"정확히 뭘 설명해? 뭘 설명할 수 있나?"

"시간만 좀더 있으면 됩니다. 제 생각이 맞아요, 마르크. 실험을
다시 하면……."

"자넨 못 해. 이제. 못 해."

"하지만……."

"여기서 나가. 지금 당장. 작업대에 앉지도 마. 자네 소지품은 내
가 사람을 시켜 보내주겠네." 위르겐은 일어서서 헛기침을 했다.
"대학 사무처에서 연락이 갈 걸세."

그날 오후 대학 사무처에서 연락이 왔다. 징계위원회 회의 결과
나는 PhD 과정을 그만두게 되었다. 1년의 근신 뒤에 MD 과정은 마
치되 이 대학에 있는 동안 기초과학이나 의학 관련 연구 활동은 할
수 없다는 단서도 붙었다. 나는 이틀 동안 연구윤리학회에 참석하
는 것까지 모든 결정을 받아들였다. 그리고 위르겐의 연구실 사람
들에게 지난 2년 동안의 내 연구 자료를 모두 넘겨주었다.

의대는 쫓겨나기도 힘든 곳이다. 입학 자체가 워낙 힘들기 때문
에 웬만하면 모든 사람에게 의사가 될 기회를 주는 것이다. 의사
한 사람을 만드는 데 워낙 많은 비용이 들기 때문에 대학 쪽에서도

투자비용을 날리고 싶지 않은 거라는 삐딱한 이야기도 있었다. 그런데 그렇게 어려운 일을 내가 해낸 것이다.

근신 기간 동안 나는 병원에서 자원봉사를 했다. 의사-과학자가 못 된다면 좋은 의사라도 되어볼 생각이었다. 2개월 동안 병력을 적고 혈압과 온도를 쟀다. 곧 일에 익숙해졌고 팀의 일원으로서 사랑도 받게 되었다. 하지만 죽도록 따분했다. 의대 시절 임상실습을 하지 않고 2년 동안 연구만 했기 때문에 실제 진료는 거의 허락되지 않았다. 그러니 매일매일 혈압과 병력이었다. 데이터를 조작하지 말 걸 하는 생각과 좀더 잘 조작할 걸 하는 생각이 번갈아서 뇌리를 오갔다. 길고 긴 8주가 지나자 따분함을 넘어서서 비참해졌다. 나는 병원을 그만두었다.

그 뒤에는 돈을 벌기 위해 교내 커피숍에서 일했다. 그때 애정전선에도 문제가 생기기 시작했다. 촉망받는 젊은 MD-PhD 학생이라는 지위에서 쫓겨나자 아름다운 엘레인 첸과의 관계도 서서히 시들해져갔던 것이다. 나는 필사적으로 연인 관계를 유지하려고 최선을 다했지만 똑똑하고 젊은, 외면을 중시하는 여자가 무엇 때문에 뚱한 얼굴로 커피나 따르는 바리스타 따위를 만나겠는가. 엘레인은 떠났다.

나는 아버지와 할아버지 때부터 내려온 집안 전통을 따라 술을 마시기 시작했다. 밤에 잠을 청하려고 한두 잔 마시던 술은 출근 전 몇 잔에다, 잠을 청하는 위스키 반병으로 훌쩍 늘었다. 엘레인이 떠나고 한 달 뒤에는 종교학을 전공하는 동료 커피숍 직원과 몇 번 잠도 잤다. 덕분에 한동안 극도의 절망감은 덜 수 있었지만, 유난히 취한 어느 날 밤 그녀의 기숙사 문을 두드리며 경찰을 출동시키는 소동을 일으킨 끝에 그녀마저 떠났다.

아, 그때 그 시절.

당시 임상실습 마지막 해를 다 끝내가던 예전 동급생들과 마주치면서 자기 파괴는 절정에 달했다. 이들은 레지던트 자리도 정해졌고 MD 학위가 눈앞에 있었다. 이들에게 인생은 아름다웠다. 게다가 술에 취해 있었다. 나 역시 상당히 취해 있었다.

카운터에 제일 먼저 온 친구가 나를 알아보았다. "아, 친구. 사정은 들었어. 안됐어."

"그래." 나는 말했다. "뭐 줄까?"

"데이터 한 잔 어때? 여기서 데이터도 만들어낼 수 있나?" 뒤에서 있던 친구의 말이었다. 파블로라는 이름의 뚱뚱한 외과 의사 타입이었다.

"방금 뭐라고 했지?" 나는 얼굴에 억지 미소를 지어 보이며 물었다.

"들었잖아." 파블로가 응수했다. 대단한 재치다.

"신경 쓰지 마." 첫 번째 친구가 말했다. "이 친구 취했어. UCLA 정형외과에 가기로 됐거든. 이런 놈들 알잖아."

"그래." 나는 말했다.

하지만 파블로는 물러서지 않았다. "데이터 조작한 그 녀석이잖아. 들켜서 쫓겨났어. 거짓말을 하다가 들켰다고."

첫 번째 친구가 파블로를 향해 돌아섰지만, 이미 너무 늦었다. 나는 카운터 위로 라이트혹을 날렸고, 주먹은 외과 의사가 될 친구의 얼굴에 정통으로 맞았다. 손이 찌릿하면서 코뼈가 부러지는 소리가 들렸다. 파블로는 얼굴을 감싸쥐었다. 계속해서 '아, 아, 아' 하고 신음소리만 내는 파블로를 향해 나는 다시 주먹을 들어올렸다. 그의 손가락 사이에서 피가 줄줄 흘러내렸다.

첫 번째 친구가 나를 카운터 뒤로 밀었다. "그만 해……."

하지만 이제 끝이었다. 파블로는 바닥에 주저앉았고 사람들이 모여들었다. 몇몇이 내 옆으로 다가왔다. 나는 바닥에 주저앉아 코를 만지며 울부짖고 있는 녀석을 손가락으로 가리키며 말했다. "재수 없는 새끼. UCLA에 가서 고쳐달라고 해라, 이 개새끼야. 재수 없는 새끼."

허공에서 주먹을 휘두르며 욕설을 퍼붓던 바로 그 순간, 나는 완전히 추락했다. 경찰이 출동했고 파블로는 응급실에 실려갔다. 지금은 필라델피아에서 종양학을 전공하고 있는 첫 번째 친구가 고맙게도 파블로가 먼저 싸움을 걸었으니 고소할 것까지는 없다고 경찰과 파블로를 달래주었다. 하지만 의대 학장은 용서하지 않았다. 나에게 학교를 그만두라고 요구했다.

그래서 그만두었다. 그때 나는 스물다섯 살이었다.

그 옛날의 더너 빌딩. 집어치우자. 나는 시계를 보고 벤치에서 일어나 걸음을 옮기기 시작했다.

44

나는 하일만 빌딩의 닳고 닳은 계단을 터벅터벅 올라 3층으로 향했다. 마지막으로 이 계단을 올라간 지 8년이라는 세월이 흘렀지만, 적어도 계단만은 변하지 않았다. 먼지조차 눈에 익은 것 같았다.

해리엇 토벨 박사의 연구실은 내가 처음 들어갔던 곳이었는데, 토벨 박사가 내게 경험을 넓혀야 한다고 설득하지만 않았더라도 여기 계속 눌러앉았을 것이다. 그 시절 나는 혹시 박사가 내게서 뭔가 잘못될 싹을 발견하고 골칫거리를 다른 데로 보내버린 게 아닌가 하는 생각까지 했었다. 하지만 오랜 세월 동안 박사는 내게 변함없는 애정을 보여주었다.

나는 미생물학과 사무실 앞을 지나친 뒤 혹시 제나 내선슨 같은 친구를 또 만나지 않을까 싶어 걸음을 재촉했다. 복도 양쪽으로 연구실들이 늘어서 있었다. 문에는 각 연구실에 소속된 프로젝트 팀장과 박사후 연구원, 대학원생의 이름이 붙어 있었다. 모퉁이에 토벨 박사의 연구실이 있었다. 나는 안으로 들어갔다.

미로처럼 배치된 검은 작업대 저쪽에 박사후 연구원쯤 되어 보이는 30대 남자와 학부생 같은 젊은 여자가 있었다. 남자는 컴퓨터 앞에 앉아 있었고, 학부생은 장갑을 낀 채 젤을 다루고 있었다. 실험실에서 가장 지루한 막노동이었다.

저쪽 끝에 나무문이 있었고, 그 위에 작은 놋쇠판이 붙어 있었다 : 해리엇 토벨, MD, PhD. 나는 노크를 하고 문을 열었다.

"토벨 박사님." 나는 말했다. 박사는 온통 서류가 널려 있는 책상 뒤에 앉아 있었다. 박사 사무실은 대부분 비슷하다. 제대로 일을 하는 박사나 과학자의 사무실이 깨끗한 경우는 전혀 없다. 깔끔한 사무실은 우선순위가 무엇인지 모른다는 것을 뜻한다.

"나사니엘." 박사는 일어나지 않았기 때문에, 내가 다가가서 포옹했다. 원래 체구가 작았지만, 지난번에 만났을 때보다 더 야윈 것 같았다. 하지만 70대 초반이라는 나이와 어린 시절 앓은 소아마비로 장애가 있는 여성치고는 대단히 튼튼해 보였다.

아, 정말 반가웠다. 캘리포니아는 싫었지만, 해리엇 토벨의 얼굴을 보니 어두운 추억도 어느 정도 상쇄가 되는 것 같았다. 어느 정도는.

나는 잠시 쓸데없는 수다를 늘어놓았다. CDC 이야기, 최근 동부의 가뭄, 나의 연애전선. 내게 있어서 언어는 위안이었고, 토벨 박사와 함께 나눌 수 있는 마음의 양식이었다. 우리는 이 순간을 마음껏 즐겼다.

마침내 토벨 박사가 말했다. "자, 맥코믹 박사, 여기는 어쩐 일로 오셨나?"

나는 2분 동안 많은 것을 생략하고 대충 설명했다.

"흠. 점심을 먹으면서 이야기할 시간이 있겠지. 자네가 간 뒤로 많은 것이 변했어. 실험실은 봤나?"

"복도에서 들어오면서 잠깐 봤습니다."

"나사니엘, 커졌어. 옆방의 헨리 코펠만이 노스캐롤라이나 대학으로 옮기면서 그쪽 연구실을 합쳤지. 보여줄게."

토벨 박사는 힘들게 몸을 일으켜 책상에 기대놓은 지팡이 2개를 잡은 뒤 소아마비로 뒤틀린 다리를 폈다. 나는 그녀의 뒤를 따라 사무실을 나섰다.

연구실로 들어선 토벨은 턱으로 박사후 연구원과 학부생, 작업대 세 줄을 가리켰다. "몇몇 연구는 네가 있을 때와 같아. HIV 변이와 약물에 대한 저항성. 성과도 괜찮지. 요닉은……" 토벨은 턱수염을 기른 연구원을 가리켰다. "몇 달 뒤 〈뉴잉글랜드 의학저널〉에 제출할 논문 작업을 하고 있어. 요닉, 레일라, 이쪽은 나사니엘 맥코믹, 내 밑에 있던 학생이야. 지금은 CDC에서 중책을 맡고 있지."

실패로 점철된 인생이지만, 토벨 박사가 이렇게 설명하니 대단한 사람처럼 들렸다. 나는 이런 박사가 좋았다.

요닉과 레일라가 인사를 했다. 어딘가에서 원심분리기가 돌아가는 소리가 들려왔다. 이런 곳에 와본 지도 정말 오랜만이었다. 소리, 냄새…… 마치 고향에 돌아온 기분이었다.

"한데 나사니엘, 이걸 보면 정말 놀랄 거다."

토벨은 타일 바닥에 또각또각 지팡이 짚는 소리를 내며 옆방으로 향했다. 첫 번째 방보다 작았지만 장비는 더 좋았다. 새 고압 크로마토그래프에 작업대마다 컴퓨터가 한 대씩 있었고 구석에는 PCR 기기가 있었다. 비싼 신형이었다.

"사기업과 협력하는 즐거움이랄까." 토벨은 얼굴에 주름살을 잔뜩 잡으며 미소지었다. "연구비가 많이 들어왔어."

방 저편에서 누군가 자판 두드리는 소리가 들렸다.

"사기업이요?" 나는 물었다. 하지만 토벨은 다른 데 정신이 팔린 것 같았다. "기업체 일을 하세요?"

토벨은 다시 정신이 들었는지 미소를 지었다. "키메라젠이라고 들어봤니? 회사 말이야."

"들어본 것 같아요. 이종이식과 관계된 회사였던 것 같은데요."

"요즘도 학술자료를 많이 읽나보구나."

"약간요."

이종이식은 서로 다른 종 간의 장기 및 조직이식을 말한다. 돼지의 심장판막이나 피부처럼 임상에 완전히 정착된 이종이식술도 상당 부분 있다. 하지만 키메라젠은 신장이나 심장처럼 보다 큰 장기에 도전하고 있었다. 수십 년 동안 끊임없이 실험이 전개되었지만 별다른 성공은 거두지 못했던 분야였다. 기록에 따르면, 최초의 실험은 1900년대 초에 독일의 웅거라는 의사가 영장류의 신장을 인간에게 이식한 것이었다. 하지만 면역체계의 거부반응으로 인해 응고된 피가 혈관을 막아서 수용자는 곧바로 사망했다. 20년대에는 한 미국 의사가 양의 신장을 인간에게 이식하기도 했다. 환자는 9일 뒤 죽었다. 최초의 실험보다는 나아진 결과였지만 임상에 적용하기에는 부족했다. 혈액형이라는 개념조차 제대로 정립되어 있지 않았던 20세기 초반이라는 것을 감안할 때 놀라운 결과였다.

영장류의 신장, 양의 신장, 죽은 환자들. 십 년 전에 들었던 이식학 강의에서 기억나는 것은 이것뿐이었다.

"키메라젠의 연구를 하신다구요?"

"같이 하는 거지. 국립보건원에서 거액의 지원금이 나왔고 스패너 제약에서도 상당한 투자가 들어왔어. 국립보건원 지원금은 이종감염 연구에 할당된 거지. 바이러스, 프리온 같은 거. 독립된 다른 연구실의 검증이 필요해서 나한테 연락을 했더라구. 그래서 얼른 하겠다고 했어."

"축하드립니다." 하지만 상황을 볼 때 과연 독립되어 있는 건지는 알 수 없었다. "어느 정도 단계입니까? 임상실험 단계입니까?"

"내년쯤 제3단계로 넘어갈 거야." 제3단계란 FDA 승인 직전까지를 말한다. "정말 흥미로운 연구야. 수용자의 조직을 샅샅이 살펴봤는데 아무것도 나타나지 않았어. 환자들은 깨끗해."

"수용자는 어떤 사람들이죠?"

"오토 포크라고 알아?" 박사는 내 질문을 무시하고 물었다.

나도 이름은 알고 있는 사람이었는데, 그러면 수용자일 리가 없었다. 포크는 15년인가 16년 전에 존스홉킨스에서 옮겨 온 거물 이식외과의로서 이종장기의 열렬한 옹호자였다. 내가 초창기의 이식 수술에 대해 배운 것도 포크의 강의를 통해서였다.

"강의를 들은 적이 있습니다. 그럼 돼지를 사용하십니까? 포크는 돼지를 좋아했던 것 같은데요."

"맞아. 인간의 장기와 크기와 형태가 가장 비슷하니까."

연구실 건너편에서 누군가 나지막하게 욕을 내뱉었다.

"키메라젠 팀은 몇 명이나 됩니까?" 목소리로 미루어볼 때 여자였다. 나는 카탈로그와 시약병이 놓인 선반 너머를 힐끗 쳐다보았다.

토벨 박사는 내 물음에 대답하지 않았다. "점심이나 먹으러 가자꾸나. 두 시가 다 됐는데 하루 종일 아무것도 못 먹었단다. 먹고 와서 전부 다 보여주지."

여자는 다시 욕을 내뱉었다. 의자를 밀치고 작업대를 돌아 이쪽으로 다가오는 발소리가 들렸다. 모퉁이를 돌아 나를 보는 순간, 그녀는 우뚝 멈춰 섰다. 순간 심장이 멎는 것 같았다.

"안녕, 나사니엘." 그녀가 말했다.

"엘레인." 내가 말했다.

잠시 무거운 침묵이 흘렀다. 토벨 박사가 마침내 입을 열었다.

"첸 박사는 우리 팀에 있어."

아무것도 생각할 수가 없었다. 나는 고개만 끄덕였다.

"어떻게 지냈어?" 그녀가 물었다.

"잘 지냈어." 목소리가 떨려 나왔다.

"점심 먹으러 가자꾸나, 나사니엘. 잠시 후면 식당이 문을 닫아."

"만나서 반가웠어." 우리가 실험실을 나서자 엘레인이 말했다.

나는 고개를 끄덕였다.

엘리베이터에서 해리엇 토벨은 내 팔을 잡았다. "미안하구나, 나사니엘. 엘레인은 오늘 안 나오는 걸로 알고 있었어. 늘 앉는 자리도 아니었고. 미리 알았다면……."

"괜찮습니다. 오래전 일인데요." 충분히 오래전 일은 아니었다. 영원조차 충분하지는 않았을 것이다.

45

혹시라도 내 마음을 아프게 했던 여자와 다시 마주칠까봐, 우리는 다른 연구동에 있는 작은 식당으로 향했다. 의대에는 작은 샌드위치 가게와 커피숍이 여러 군데 있었는데, 건물마다 각자 테마가 달랐다. 운 좋게 운영권을 따낸 회사가 이윤을 많이 내려면 단골이 많아야 한다.

나는 아무렇지도 않은 척하느라 샌드위치 하나를 시켰지만 도저히 먹을 수가 없었다. 질병이나 더글러스 뷰캐넌, 글래디스 토마스 이야기도 하고 싶지 않았지만, 엘레인 첸에 관한 이야기는 더욱 할 수 없었다. 그래서 나는 토벨 박사에게 이번 사건 이야기를 하기 시작했다. 박사는 미생물학자이며 CDC가 '전염성질병센터'로 불리어지던 시절 CDC에서 일한 적도 있었다. HIV가 출몰해서 연구비와 인재들을 싹 쓸어가기 전에는 바이러스성 출혈열 연구를 하기도 했었다. 그러므로 뭔가 도움이 될지도 모른다.

내가 이야기를 하는 동안, 토벨 박사는 점차 말수가 줄었다. 평생 에이즈를 연구해온 사람이니만큼, 섹스나 죽음이라는 주제만 나오면 정신이 번쩍 드는 모양이었다. 나는 사실관계를 모두 설명하고 생물학 테러리스트가 섹스를 통해 질병을 전파하고 있다는 가설로 넘어갔다. "지나친 기우라고 생각하세요?"

"나는 그쪽 전문가가 아니라서."

"나름대로 생각은 있으실 것 아닙니까?"

"상당히 불길한 것 같긴 하구나."

"맞습니다. 감염 집단도 전혀 의외죠. 전 솔직히 걱정됩니다, 토벨 박사님. 아주 많이요."

"너무 앞서나가는 거야, 나사니엘. 의외의 집단을 공격한다고 효율성이 보장되는 건 아니겠지. 이건 톰 클랜시 소설이 아니잖아."

물론 톰 클랜시 소설은 아니다. 생물학 테러가 가장 개연성 있는 시나리오도 아니었다. 하지만 이건 최악의 시나리오였고, 뭔가 대단히 수상한 일이 벌어지고 있는 것은 사실이었다. 불편한 기색을 눈치챘는지, 토벨의 표정이 부드러워졌다. "그래도 그렇게 생각하는 건 좋은 일이지. 자네 같은 인재가 정부에서 일하고 있다는 게 다행이야." 토벨은 미소지었다. "랜들 제퍼슨이라는 의사가 이번 일과 관계있다고?"

"네."

"음, 내가 전화를 한번 해보지. 기분 좋게 말하진 않았을지 몰라도 아마 자기가 아는 건 다 이야기했을 거야."

"그를 아십니까?"

"존스홉킨스 시절에 알고 지낸 사이야. 친구라고는 할 수 없지만." 토벨은 식당 저편으로 눈길을 주었다. "좋은 사람이야, 나사니엘. 자네가 안 좋은 면을 봤을 뿐이지."

"자주 그러는 것 같습니다만."

"음, 보호해야 하는 것이 많은 사람이라 그래."

"시궁창 같은 보호소요?"

토벨의 표정에는 변화가 없었다. "자네가 걱정하고 있는 건 알고 있어. 나도 걱정돼." 입가에 서글픈 미소가 떠올랐다. "자넨 수사에서 손을 떼게 된 것이 기분 나쁜 모양이지만, 어쩌면 그게 최선일지도 모르지."

나는 피식 웃다가 문득 농담이 아니라는 것을 깨달았다. "어떻게 그런 말씀을 하십니까? 저 같은 인재가 정부에서 일하는 게 다행이라면서요."

"그건 진심이야." 토벨은 불편한 기색으로 잠시 말을 끊었다. "하지만 나사니엘, 자넨 아직 젊어. 야심 많은 사람이 워낙 많은 분야이긴 하지만 자네 야심은 약간 지나친 감이 있지. 최단 거리가 항상 최선은 아니야."

속뜻을 읽는 것은 어렵지 않았다. 나를 의대에서 쫓아낸 성격적 결함이 이번에도 나를 볼티모어에서 쫓아냈다는 말이었다. 하지만 중대한 차이점이 한 가지 있었다. "이번에는 제가 잘못한 게 없잖습니까." 나는 말했다.

"자넬 도울 수 있는 사람을 적으로 만들었다는 잘못이 있지. 우리가 노는 물은 좁아, 나사니엘. 한 다리만 건너면 다 아는 사이고 서로서로 보호하려 들지. 특히 우리 일을 이해하려 하지 않는 대중들의 시선으로부터. 대중의 흑백논리로부터." 토벨은 샌드위치를 작게 한 입 베어 물었다. "오토 포크는 사무실 한쪽 벽에다 자기한테 날아온 증오 편지를 붙여놓고 다른 쪽 벽에는 신장 이식을 기다리며 죽어가는 사람들의 편지를 붙여놓는다고 해. 한쪽은 '지옥에나 떨어져라, 나치 같은 놈아!', 한쪽은 '제발 서둘러주세요, 우리 오빠가 신장이 없어서 죽어가요.' 대중들의 눈에 그는 악마 아니면 천사야. 하지만 사실은 인간일 뿐이지. 자네도……." 토벨은 내 눈을 똑바로 쳐다보았다. "자넨 자신만 옳다는 생각에 사로잡혀 정보를 강요하면서도 왜 사람들이 고분고분 자기 말을 안 듣는지 이해를 못하고 있어. 제퍼슨 박사를 예로 들어볼까. 연수 과정에서 배웠겠지만, 우리에게는 섬겨야 할 주인이 둘이야. 사회의 건강을 보호하는 동시에 사회의 법과 개인의 권리를 보호해야 해."

"감염되지 않아야 할 사람들의 권리는 어쩌구요?"

"아, 남의 집을 자기 마음대로 수색할 수 있는 경찰국가에 살고 있다면 편리하긴 하겠지. 질병을 통제한다는 이유로 그 질병과 전혀 관계없는 개인의 지저분한 사생활까지 모두 까발려야 하는 그런 나라에 살고 있다면. 새로 발병한 환자는 없나?"

"모르겠습니다."

"알아봐." 토벨은 반쯤 남은 샌드위치를 집어 들고 잠시 망설이다 다시 놓았다. "어쩌면 개별적인 사건일지도 몰라. 남미를 여행하다가 우리가 알지 못하는 변종 마추포에 감염된 사람한테서 옮았든지. 섹스와 수혈을 통해서만 감염되는 질병일 수도 있어. 그런 질병이 자네 말처럼 빠른 속도로 전파되고 있는 거라면, 이건 곧 정점을 지날 거야. 하지만 자네 식대로 하자면 볼티모어 시 전체를 격리 조치하고 랜들 제퍼슨은 감옥에 집어넣어야 하지 않겠어?"

이제 짜증이 났다. 나는 말했다. "정말 그렇게 해야 하는지도 모르죠."

"그렇다면 자네도 모든 걸 흑백논리로 바라보고 있는 거야. 과학자로서도, 역학자로서도 좋은 습관은 아니지."

우리는 말없이 식사를 했다. 내키지 않는 샌드위치를 씹고 있으려니 한 번 베어 물 때마다 화가 더욱 치밀었다. 나는 해리엇 토벨이라면 이해해줄 거라고 생각했었다. "모든 것을 다 가질 수는 없습니다, 토벨 박사님. 더 큰 선을 위해서라면 개인의 권리 약간은 희생해도 된다고 생각합니다. 강제 격리가 가장 효과적이겠죠. 마음대로 생각하세요. 더글러스를 처음 찾았을 때 잠시 가둬두었다면 이런 일도 일어나지 않았을 겁니다."

"하지만 더글러스가 열쇠인지 아닌지도 아직 확실치 않잖아." 토벨은 날카롭게 말했다. 의외로 격한 말투에 나는 움찔 놀랐다. "나사니엘, 나사니엘, 나사니엘." 토벨은 미소지으며 테이블 위로 손을 뻗어 내 팔뚝을 두드렸다. "자넨 아직도 자라는 과정에 있는 젊은 친구야. 늘 그랬고, 지금도 그렇지만, 자네가 성장하는 모습이 참 보기 좋아."

"전 성장하는 데 질렸습니다. 제발 누가 절 더 못 크는 약에 담갔다 빼줬으면 좋겠어요."

"그러면 별로 재미가 없지 않겠어? 앞으로 남은 가능성보다 절반도 못한 사람이 될 거고."

"믿음을 갖고 계시니 다행입니다."

"난 언제나 믿음을 갖고 있어. 자네한테는 앞으로도 늘 그럴 거야." 토벨은 의자에 몸을 기댔다. "랜들 제퍼슨에게 전화를 해볼게. 내가 할 수 있는 일은 별로 없겠지만 진정은 시켜보겠어. 자네가 관심을 갖고 있는 그 남자에 대해 뭔가 이야기를 해줄지도 모르지." 토벨은 전자수첩을 꺼내서 액정에 뭔가 적었다. "이름이 데이빗 뷰캐넌이라고?"

"더글러스. 혹은 케이시. 그 말씀을 빠뜨렸네요. 서부에서는 케이시라는 이름을 썼던 모양입니다. 혼란스럽기 짝이 없는……." 토벨의 얼굴에 떠오른 묘한 표정을 보고 나는 말을 그쳤다. "왜 그러세요?"

"케이시? 이름이 분명 케이시라고?"

"네. 왜 그러시죠?"

"아냐. 성은 뭐지?"

"성은 모릅니다. 왜 그러시죠?"

"아무것도 아니야, 나사니엘. 생김새는 어떻지?"

"그는…… 잠깐. 사진이 있습니다." 나는 수첩에서 더글러스 뷰캐넌, 케이시의 사진을 꺼내 테이블 위에 올려놓았다. 사진을 보는 순간 토벨의 표정이 변했다. 놀란 것 같기도 했고, 그냥 사진을 자세히 보느라 눈을 찡그린 것 같기도 했다. 뭔가 말하려는 듯하다가, 그녀는 다시 나를 보며 사진을 돌려주었다.

"이제 정말 가봐야겠다. 만나서 반가웠어." 토벨은 지팡이 쪽으로 손을 내밀었다. 나는 일어서서 부축해주었다.

"토벨 박사님. 뭐든지 생각나시면, 뭐라도 좋으니……."

"만나서 정말 반가웠어, 나사니엘."

이 말을 남기고 토벨은 반들반들한 돌바닥에 지팡이를 또각또각 짚으며 떠났다.

46

나는 약간 어리둥절하긴 했지만 그래도 볼티모어에서 일어나는 일에 대해 토벨 박사가 뭔가 알고 있을지도 모른다는 희망을 품고 차로 향했다. 하일만 빌딩 앞을 지나치다가, 나는 문득 멈춰 섰다. 여자 생각이나 하고 있을 때가 아니긴 했지만, 엘레인 생각을 떨칠 수가 없었다. 3층으로 뛰어올라가서 토벨 박사의 연구실에 고개를 들이밀고 엘레인과 이야기라도 나눠볼까 하는 충동이 일었다.

말도 안 된다. 나는 주차장으로 향하면서 휴대전화를 꺼냈다. 사건부터 해결해야 했다.

나는 팀을 호출했다. 20분 뒤 고속도로를 빠져나가 산호세로 들어서는데 팀에게서 전화가 걸려왔다.

"여자를 찾았습니다. 글래디스 토마스 말입니다." 내가 말했다.

"그런데?"

"죽었습니다. 오늘 아침 일찍 목을 맸어요." 잠시 침묵이 흘렀다.

"좋아." 팀이 말했다. "이상하군. 자살했나?"

"네, 시체를 봤습니다." 팀의 말대로, 이상했다. 자살 자체뿐만 아니라 방식도. 목을 매는 것은 비교적 인기 있는 방법이긴 하지만 통계에 따르면 여자들은 주로 약을 복용한다.

팀이 물었다. "그…… 일이 있기 전에 만나봤나?"

"네." 나는 더글러스 뷰캐넌과 글래디스 토마스가 연인 관계였다고 설명하고 케이시라는 사람에 대해서도 이야기했다.

"이상해."

"정말 이상한 건 지금부터입니다." 나는 더글러스 뷰캐넌이 죽었다가 부활했다가 다시 죽었다는 이야기도 했다. "즉, 케이시 혹은 더글러스는 두 가지 신원을 가지고 있었는데 그 중 하나는 펜실베이니아에서 죽은 사람이라는 겁니다. 케이시라는 이름으로 여기서 살다가 동부로 이사했는지, 혹은 여기 그냥 찾아오기만 했는지는 모르겠습니다. 같은 사람이라는 것은 틀림이 없습니다, 팀. 사진으로 확인했어요."

"케이시의 성을 알고 있나?"

"아뇨."

전화기 너머에서는 침묵이 흘렀다. "도무지 어떻게 해야 할지 모르겠군. 한데 언제 알아낸 건가? 더글러스가 두 번 죽었다는 사실은?"

나는 거짓말을 했다. "이십 분 전이요."

"좋아. 이번에도 나 몰래 뭔가 일을 벌이고 있는 건 아니겠지? 볼티모어 쪽으로 연락해가면서 말이야."

"그럴 생각도 없습니다. 그냥 마이어스에게 안부전화만 했을 뿐입니다. 치질은 좀 괜찮은지."

"좋아." 팀이 차를 세우고 문을 여는 소리가 들렸다. "이쪽 상황을 알려주지. 우리는 설치류나 절지동물이 병원소일 가능성을 집중적으로 조사하고 있어. 볼티모어는 항구도시인 만큼, 병원체를 지닌 곤충이나 쥐가 배에 실려 들어왔다는 것도 불가능한 일은 아니지. 제퍼슨 보호소에 항구에서 일하는 사람 몇 명이 있으니까 더욱 가능성이 있어. 하지만……." 팀은 수화기에 대고 콧김을 요란하게 뿜었다. "자네 말을 듣고 보니 자네말고 나한테 먼저 정보를 보내라고 마이어스 형사에게 말해놔야겠어."

팀은 입에서 수화기를 떼고 다른 사람에게 뭐라 말했다. 거물들은 전화예절을 지킬 여유가 없는 것이다. 팀은 곧 다시 이야기를 시작했다. "상황이 아무래도 심상치 않아, 네이트. 일이 정말 이상하게 돌아가고 있어. 더글러스 뷰캐넌 살인사건에 대해서도 아직 아무것도 밝혀내지 못했고……." 그는 문득 뭔가를 생각하는 것 같았다. "나는 경찰이 아니지. 우린 경찰이 아니야. FBI가 개입하겠다고 압력을 넣고 있고……."

"FBI요?" 이건 좋은 소식이 아니다. 신문 헤드라인이 눈에 선했다. FBI, 생물학 테러 가능성에 대한 수사 착수.

"그래. 자연발생적인 질병이라고 믿기 때문에 최대한 막고 있지만, 지난 몇 시간 동안 밝혀낸 정보를 보건대……."

"팀, 아직은 아닙니다. 여긴 조금씩 진전이 있어요. FBI를 끌어들이면 엉망진창이 될……."

"우린 경찰이 아니라고 하지 않았던가? 이건 우리 능력 밖이야. 우리는 질병을 상대하고, FBI 친구들은 살인과 신원도용 사건을 수사하도록 하면 돼." 옆에서 사람들이 이야기하는 소리가 들렸다. 팀은 목소리를 낮췄다. "이봐, 자네 기분이 상했다는 건 알고 있어. 성과를 거둘 때마다 영광은 다른 사람이 차지하는 것 같겠지. 하지만 네이트. 살다 보면 그럴 때도 있는 거야. 중요한 건 자네가 아니라……."

그렇지, 나는 생각했다. 중요한 건 그쪽이시겠지.

"상황을 최대한, 가장 효율적인 방식으로 헤쳐나가는 거야." 그는 잠시 말을 멈췄다. "혹시 섹스를 했나?"

"누가요?"

"그쪽 여자, 글래디스 누구랑 뷰캐넌."

"여자 말로는 안 했답니다."

"그 말을 믿어?"

"네. 정말로 그냥 사랑에 빠져 있는 것 같았습니다."

"그렇군." 팀은 한껏 냉소적인 목소리로 대꾸했다. "어쨌거나. 조직 샘플을 이쪽으로 보내게. 자네는 내일 애틀랜타로 돌아갈 테니까."

이건 사실 질문이 아니었지만, 나는 대답했다. "네." 이마에 맺힌

땀이 뺨 위로 흘러내렸다. 화가 났다. 나는 보건부 앞 주차 금지 구역에 차를 세웠다. 경비가 다가왔다. 나는 대쉬보드에 놓인 신분증을 가리켰고, 그는 다른 곳으로 갔다.

나는 화제를 바꿔 볼티모어의 질병 확산 상태에 대해 물었다.

"새로 들어온 환자는 없어. 하지만 이제 겨우 서른여섯 시간 지났어."

"좋은 소식이네요."

"그렇지. 하지만 걱정이야. 언제 수문이 터질지 모르니까."

"만약 그렇게 된다면 인력이 좀더……"

"그렇게 되면 자네가 애틀랜타에서 조율해주는 것이 좋겠지. 자, 이제 끊어야겠어. 기자회견이 있거든. 참. 자네 거기서도 사람들 열받게 하고 있는 건 아니겠지?"

"아닙니다."

"확실히 아니야?"

"제가 생각할 때는요."

"자네가 생각할 때말고, 내가 생각할 때 어떻겠는지 생각해봐."

나쁜 자식.

"아뇨, 팀. 아니라고 생각하실 겁니다."

"좋아, 뭐, 사람들 열받게 할 시간도 별로 없겠지. 내일 애틀랜타에 갈 테니까." 애틀랜타에 언제 가야 하는지 상기시켜줘서 고맙다는 말이라도 하고 싶은 기분이었다. 지난 2분 동안 잊고 있었던 것이다. "좋아. 난 가보겠네. 사람들이 폭동이라도 일으킬 기세야."

"팀? 말씀드릴 게 하나 더 있는데요."

하지만 이미 전화는 끊긴 뒤였다.

"넌 진짜 재수 없는 자식이야. 알아?"

브룩이 2분 뒤에 전화했다.

"어디야?" 그녀는 단도직입적으로 물었다.

"네 사무실 밖. 이제……."

"이쪽으로 와. 난 법의국에 있어."

"안 그래도 그 일 때문에 연락하려고 했어. 한데 넌 왜 거기 있어? 이건 네 업무가……."

"말했잖아. 내 업무는 한가하다고. 빨리 이쪽으로 와."

"무슨 일 있어?"

"아무튼 빨리 와." 브룩은 전화를 끊었다.

47

카운티 법의국이 입주해 있는 건물로 들어가 보안대에서 신분 확인을 한 다음 미로 같은 복도를 지나 지하실로 향했을 때는 벌써 3시가 지난 시각이었다. 글래디스 토마스의 부검은 이미 시작되었을 것 같았다.

들어가보니 사무국과 부검실 사이에 있는 커다란 유리창 너머로 한참 부검 중인 모습이 눈에 들어왔다. 세 사람이 있었는데 모두 가운과 장갑, 마스크를 착용하고 있었다. 두 사람은 시체 위로 몸을 굽히고 있었고, 한 사람은 어깨 너머에서 쳐다보고 있었다. 어깨 너머에 서 있는 사람이 이쪽으로 오라고 손짓했다. 브룩이었다. 나는 책상들 사이를 지나 ─ 비서 같은 중년여자 한 사람만 자리를 지키고 있었는데, 그녀 역시 반은 죽은 사람처럼 멍한 얼굴이었다 ─ '부검실'이라고 적혀 있는 문을 밀고 들어갔다. 그리고 가운과 장갑 등이 비치된 대기실에서 보호 장비를 갖췄다. 온갖 오염 경고 문구로 도배된 문으로 들어가니 부검실이었다.

브룩이 나를 기다리고 있었다.

"오래 걸렸네."

"다이달로스도 이만큼 복잡한 미로를 설계하진 못했을 거야."

"누구?"

"신경 쓰지 마."

브룩은 앞장서서 스테인리스 스틸 부검대 옆을 지났다. 하나는 시체가 있었고 하나는 비어 있었다. 세 번째 부검대에 글래디스처럼 보이지 않는 글래디스가 누워 있었다. 흉강이 열려 있었고, 내장은 2피트 떨어진 다른 테이블 위에 놓여 있었다.

브룩이 의사에게 나를 소개했다. 루이스 곤잘레스는 법의병리학 연구원 2년차였다. 부검기술자는 피터라는 남자였는데, 이번 일이 영 꺼림칙한 얼굴이었다. 소개가 끝난 뒤 곤잘레스는 대뜸 이렇게 물었다. "정말 에볼라 바이러스 맞습니까? 볼티모어에 진짜 무슨 병이 도는 건가요?" 팔꿈치까지 피에 젖은 피터도 내 답변을 기다리는지 일손을 멈췄다.

브룩이 나를 보았다. "아니라고 이야기했어, 네이트."

"가능한 한 정보를 많이 알아두려는 것뿐입니다." 곤잘레스는 간의 무게를 달고 뭔가를 메모하며 말했다.

나는 아직 무슨 병인지는 모르지만 이 시체는 감염되었을 가능성이 희박하다고 말했다.

"그렇게 말했었다니까." 브룩이 말했다.

곤잘레스는 그녀를 보았다. "아까 당신 전화 받고 다들 겁을 잔뜩 집어먹었어요. 그 말을 듣고는 아무도 이 일을 안 맡으려고 하더라구요. 나랑 피터만 빼고."

"나도 안 하고 싶었습니다." 피터가 말했다.

"자넨 용감한 청년이니 앞으로 크게 될 거야." 곤잘레스가 대답했다.

브룩은 부검대로 다가갔다. "곤잘레스 박사님, 맥코믹 박사에게 아까 저한테 했던 이야기를 다시 해주세요."

곤잘레스는 망설였다. "공식적인 발언은 아닙니다. 그냥 제 의견일 뿐이에요."

"알겠습니다." 내가 말했다.

"음." 그는 시체를 내려다보며 말했다. "사인은 질식입니다, 그건 확실해요. 현장을 보셨죠?"

"네."

"멍 부위를 자세히 보셨습니까?"

"아뇨. 형사가 건드리지 못하게 하더군요."

곤잘레스는 글래디스의 시체를 이리저리 만지기 시작했다. 나는 처음으로 시체를 제대로 볼 수 있었다.

죽음이 평화롭다는 것은 죽음을 많이 목격하지 못한 사람들의 생각일 뿐이다. 글래디스 토마스의 부풀어 오른 입술은 우리한테 입을 쑥 내밀어 보이고 있는 것 같았다. 눈은 뜨고 있었다. 산 사람이라면 겁에 질린 표정이라고 할 수 있을 것이다. 양쪽 어깨에서 복부까지 Y자로 절개되어 있었고, 주변의 살은 흉강과 복강 안쪽으로 축 처져 있었다. 기괴한 광경이었다.

곤잘레스는 머리를 옆으로 돌려 뉘어 목이 드러나게 했다. "목과 머리 사진은 잔뜩 받았는데, 어디 보자……." 곤잘레스는 호스로 목 부위를 씻었다. "긁어낸 샘플과 섬유 샘플도 오늘 아침에 받았습니다. 그건 바로 실험실로 보냈으니까 분석 결과는 며칠 뒤에 나올 겁니다."

곤잘레스는 시간을 들여 목을 살펴보았다. 그는 기도 주위에 절개해놓은 피부를 들추고 근육층을 벗겨서 턱받이처럼 가슴 위로 끌어내렸다. "목을 매단 모습을 봤다고 하셨죠?"

"네."

"올가미도 보셨습니까?"

"봤습니다."

"그럼 목을 매는 데 적합하지 않은 매듭이라는 것도 아시겠군요. 요즘은 매듭 매는 법을 잘 아는 사람이 없는 것 같아요. 특히 이런 희생자는……." 그는 말을 맺지 않았다. "어쨌든 요점을 말하자면 목뼈가 부러져서 죽은 건 아닙니다. 질식사했어요."

"그럴 거라고 생각했습니다."

"그런데 이걸 보세요. 보이죠?" 그는 조심스럽게 목을 원래대로 돌려놓은 뒤 손가락으로 멍자국을 쓸었다. "찰과상이 두 군데 있습니다." 그는 얼룩얼룩한 목걸이처럼 목 주위에 나 있는 자국을 가리켰다. 그 위에는 또 다른 희미한 찰과상이 약간 위를 향해 나 있었다. 유심히 보지 않으면 그냥 하나의 상처처럼 보였다.

"그래서요?" 내가 물었다.

"경동맥과 설골 손상으로 미루어볼 때, 이 아래쪽 상처로 인해 사망한 것 같습니다. 위쪽에 난 자국은 아니에요. 보이죠? 이렇게 높은 위치라면 경동맥 연축이 일어나지 않죠."

나는 부검대 위에 놓인 살덩어리를 내려다보았다. 순간 글래디스가 눈앞에 떠올랐다. 24시간 전만 해도 살아 있던 모습. 울고, 걸어다니고, 브룩에게 안기던 모습. 그 여자가 해부된 동물 시체처럼 지금 내 앞에서 속을 내보이고 있었다. 나는 눈을 감고 살아 있던 글래디스 토마스의 모습을 뇌리에서 지웠다.

글래디스는 죽었어, 맥코믹. 그뿐이야.

"맥코믹 박사?" 곤잘레스가 나를 보고 있었다.

"네, 보고 있습니다." 나는 정신을 집중하고 해부학과 병리학 지식을 총동원해서 연축을 일으킨 경동맥과 그렇지 않은 경동맥의 차이점을 알아보려고 애썼다. 눈에 들어오지 않았다. 하지만 나는 말했다. "네, 그렇군요."

곤잘레스는 말을 이었다. "희생자는 매듭을 제대로 묶지 않았습니다. 아마 의자에서 뛰어내리려다가 매듭이 단단하게 매어 있지 않은 것을 보고 손질한 다음 다시 시도한 것 같습니다."

"무슨 말씀이신지?"

"그러니까 이 아래쪽 자국을 낸 것이 사망의 원인이었다는 뜻입니다."

그제서야 이해가 되기 시작했다. "계속하십시오."

"수평 방향으로 목을 죈 밧줄이 대부분의 손상을 가했습니다. 이 아래쪽 자국이지요. 아래쪽 자국이 난 뒤에, 다른 밧줄이 이 위쪽 자국을 낸 겁니다. 찰과상도 심하지 않고 멍도 아래쪽에 가려 잘 안 보이지요? 이건 이 자국이 났을 때 이미 사망해 있었다는 이야기입니다. 현장 사진도 봐야겠지만, 목이 매달려 있었던 밧줄은 이 위쪽 자국과 틀림없이 일치할 겁니다."

"즉, 뭔가 수평으로 당긴 줄에 목이 졸려 죽었다는 이야기군요."

"그렇습니다. 자살 가능성을 완전히 배제할 수는 없습니다. 하지만 수평으로 자기 목을 매려면 의자에서 몸을 한참 기울여야 했겠죠."

"그럼 솔직하게 이야기해서, 누군가 등 뒤에 서서 목에 줄을 걸고 수평으로 당긴 것 같다, 그로 인해 사망했다, 이거군요. 그 말씀이시죠?" 나는 물었다.

곤잘레스는 시체에서 물러섰다. "뭐, 난 경찰은 아닙니다. 확실하게 말할 수는 없어요. 그렇게 보인다는 것뿐입니다."

"저도 당신 견해를 물어본 겁니다."

껄끄러운 침묵이 흘렀다. 브룩이 마침내 끼어들었다. "루이스, 나한테도 그렇게 말했잖아요."

"당신 한 사람한테만 말하는 것하고는 다르죠. 당신한테 그렇게 말하고 이 사람한테도 그렇게 말하다 보면 나중에는 보스가 전화해서 그런 결론을 어떻게 내리냐고 추궁할 게 뻔하잖습니까." 곤잘레스는 한숨을 쉬었다. "좋아요, 하지만 이건 어디까지나 비공식적인 견해입니다."

"걱정 마세요." 내가 말했다. "내가 또 비공식의 제왕 아닙니까. 범죄 수사 문제에서는 나도 공식적인 인물이 아닙니다. 난 그냥 사람들이 병에 걸리는 것을 막기 위해 뛰어다니는 일개 공무원일 뿐입니다."

곤잘레스는 다시 한숨을 쉬었다. "좋습니다. 제가 보기에는 누군지는 몰라도 목을 졸라 살해한 것을 서툰 솜씨로 은폐하려 했던 것 같습니다."

"그렇다면 살인이라는 거군요."

"말하기 곤란하긴 하지만, 그런 셈이죠. 하지만 솜씨가 서툴렀습니다. 자국을 완전히 일치시킬 수 있었을 텐데, 이건 그렇지 않아요." 그는 나를 쳐다보았다. "누군지는 몰라도 서툰 사람입니다."

"남이 알아차리든 말든 상관없었을 수도 있겠죠." 내가 말했다.

48

나는 글래디스 토마스의 조직 샘플을 CDC로 보내는 페덱스 배송장에 내용을 기입한 뒤 법의국을 나섰다. 그리고 워커 형사에게 전화해서 수사 진행 상황을 물었다.

"진척이 있어요." 워커가 말했다.

"어떤 진척인지 알려주실 수 있습니까?"

"맥코믹 박사님, 산호세 경찰국은 자기 할 일을 다하고 있습니다."

"더 이상 말씀해주실 수 없다는 뜻입니까?" 말투가 좀 지나치게 날카로웠던 것 같았다.

형사가 대꾸했다. "저도 질문할 게 있는데요, 박사님. 당신 권한은 정확히 어디까지죠?"

말문이 막혔다. 형식상 나를 이곳으로 초청한 것은 캘리포니아와 산타클라라 보건부다. 산호세 경찰국이 아니었다. 공중보건상 심각한 문제가 있다는 것을 입증해 보이지 못하는 한 나는 별로 할 말이 없는 상황이었다. 하지만 이것저것 가릴 때가 아니었다.

"말씀드렸잖습니까. 글래디스 토마스는 볼티모어에서 발생한 질병과 관련되어 있습니다." 말을 하는 나조차 시시한 변명이라는 생각이 들 정도였다. "그런 사람이 살해당했다는 것은……."

"살해? 이젠 살해라구요? 재미있군요. 이런 사건을 매일같이 다루는 우리 경찰조차도 아직 수상한 죽음이라는 결론밖에 못 내렸는데, 그쪽은 무엇 때문에 살인이라고 확신하는 겁니까?"

이 시점에서 루이스 곤잘레스를 굳이 끌어들일 이유는 없었다. 나는 이렇게만 말했다. "전 그냥 문의를 하는 겁니다, 형사님."

"문의를 받아들이죠, 박사님. 전화번호를 갖고 있으니, 박사님 수사와 관계있는 정보가 나오는 대로 연락하겠습니다."

"저는 내일 애틀랜타로 떠납니다."

"그것 참 섭섭한 일이네요."

"뭐든지 알아내면 저에게 전화 좀 주시겠습니까? 뭐든지 관련이 있다고 생각되면……."

"당신 전화번호는 갖고 있어요." 형사는 되풀이하여 말한 뒤 전화를 끊었다.

산타아나에 도착했을 때는 저녁 식사 시간이었다. 음식 냄새가
열린 창문을 통해 포치 쪽으로 흘러나오고 있었다. 나는 초인종을
눌렀다.

로살린다 로페스가 아닌 다른 여자가 나왔다. 사무적인 인상이
었기 때문에, 나는 신원을 밝히고 보호소의 모든 사람들을 만나봐
야겠다고 말했다.

"경찰이 벌써 다 만나봤는데요." 직원이 말했다.

"알고 있습니다. 난 경찰이 아니라 의사입니다."

나는 신분증을 보여준 뒤 연방정부의 업무라고 말했다. 무슨 뜻
인지는 나도 모르겠지만, 어쨌든 통한 것 같았다.

여자는 나를 식당으로 안내했다. 여자 7명이 식탁에 둘러앉아 식
사를 하고 있었다. 대화는 별로 없었다. 빠진 이빨처럼 세팅만 되
어 있는 한 자리를 감안할 때 당연한 일인지도 몰랐다. 왜 굳이 접
시와 포크를 내놓았는지는 알 수가 없었다. 죽은 사람을 기억하는
의미에서일까.

들리는 소리라고는 사기그릇에 쇠 포크가 부딪히는 소리뿐이었
다.

"괜찮으시면 먼저 이야기하실까요." 나는 집 안으로 안내해준 직
원에게 말했다.

그녀는 모범을 보이는 의미에서 어쩌고저쩌고 입 안에서 중얼거렸다. 우리는 거실로 갔고, 직원은 작은 문을 닫았다.

우선 인적사항부터 물었다. 이름은 벨마 타프, 스톡턴 출신이었지만 전문대를 졸업하고 직장을 구하러 여기로 온 모양이었다. 산타아나에 온 지는 8개월째였다.

충분하다. 나는 사진을 꺼냈다. "이 남자 아십니까?"

"아뇨."

"글래디스가 혹시 남자와 관계가 있지 않았습니까?"

"어떤 관계요?"

"연인, 우정, 뭐든지. 상관없습니다."

"아뇨. 없었어요."

15분 동안 이런 식의 문답이 오갔다. 나는 경찰들이 할 만한 질문을 퍼부었다. 간밤에 특이한 것을 보지 않았느냐? 이상한 전화라도? 하지만 벨마 타프는 요지부동이었다. 끝났다는 말이 떨어지기 무섭게 그녀는 일어섰다.

"아, 한 가지 더. 근무시간이 언제입니까?"

"보통 여덟 시부터 여덟 시까지요. 일요일부터 목요일까지 밤근무를 해요."

"다들 그렇게 합니까? 열두 시간씩?"

"네."

"한데 간밤에는 전혀 특이한 것을 보지도 듣지도 못했다구요."

"네."

"지금은 근무시간이 아닌데 왜 계십니까?"

"상황도 그렇고 로살린다가 일을 그만둬서……."

"그만둬요?"

"오늘 그만뒀어요. 갑자기. 다들 곤란하게 됐죠."

나는 이 사실을 메모한 뒤 감사의 뜻을 표하고 다음 여자를 들여보내달라고 말했다.

문을 통해 벨마가 스테이시라는 여자에게 뭐라 말하는 소리가 들렸다. 내 앞의 소파에 와 앉은 스테이시는 이미 눈물을 글썽거리고 있었다. 나는 이름과 나이를 물은 뒤 보호소에 온 지 얼마나 됐느냐고 물었다. 그녀는 몰랐다. 나는 더글러스의 사진을 꺼냈다.

"이 사람 알아요?"

"네."

만세. "이름도 알아요?"

"아뇨. 글래디스의 남자친구였어요."

"여기도 왔었나요?"

"가끔요."

"여기서 자고 간 적도 있어요?"

"아뇨." 스테이시는 말도 안 된다는 듯 말했다. "그건 허락이 안 돼요."

"글래디스가 이 남자를 얼마나 자주 만났죠?"

"가끔요."

"마지막으로 온 건 언제죠?"

"오래됐어요."

이런 식의 문답이 10분 동안 진행되었다. 나는 최대한 질문을 간단하게 하려고 애썼고, 스테이시는 단답형으로 대꾸했다.

다음 여자, 그 다음 여자가 차례로 들어왔다. 인터뷰마다 내용은 똑같았다. 다들 케이시를 알고 있었다. 어떤 사람은 이름까지 알았고, 어떤 사람은 얼굴밖에 몰랐다. 케이시는 여자친구를 손아귀에 틀어잡으려고 상당히 노력한 모양이었다.

어느덧 시각은 8시가 지나 있었고, 복도 건너편 방에서 텔레비전 소리가 들렸다. 여자들 몇몇은 위층으로 올라갔다.

9시경 나는 마지막 여자를 만났다. 위층 침실로 올라가 있었기 때문에 벨마가 가서 데려와야 했다. 10분 뒤 메리 제이콥슨이 들어와서 펑퍼짐한 엉덩이를 소파 위에 앉혔다. 그리고 무릎에 손을 얹고 파란 눈으로 나를 쳐다보았다. 그녀는 글래디스의 룸메이트였다고 했다.

나는 습관처럼 되어버린 질문을 다시 던지기 시작했다. 하지만 그러는 동안 룸메이트끼리 사이가 별로 좋지 않았다는 것을 눈치챌 수 있었다. 그래서 나는 이렇게 물었다. "글래디스가 마음에 들었어요?"

"아뇨." 그녀는 망설이지 않고 대답했다.

좋아, 나는 생각했다. "왜요?"

"글래디스는 늘 전화만 했어요. 늘. 글래디스는……." 그녀는 말 끝을 흐렸다.

"왜요? 메리?"

메리는 할 말이 떠오르지 않는 듯 우물쭈물하다가 입을 열었다. "글래디스는 자기 몸을 만졌어요. 아래쪽을요." 그녀는 무릎 쪽을 가리켰다. "흉했어요."

"전화를 받는 동안?"

"네. 정말 흉했어요."

나는 글래디스와 메리의 덩치를 비교해보며, 내 앞에 앉아 있는 여자가 룸메이트를 살해해서 차고에 매달 만한 체력과 지능이 과연 될까 생각했다.

"케이시가 자고 간 적도 있어요?"

"아뇨."

"글래디스의 방에 온 적은 있어요?"

"제 방이에요."

"맞아요. 당신 방."

"없어요."

"두 사람이 섹스를 했을 거라고 생각하세요?"

이 질문에 메리는 잠시 생각에 잠기더니 물었다. "글래디스한테 자기 몸을 넣는 거요?"

"네."

"아뇨."

"정말요?"

"했다면 글래디스가 나한테 이야기했을 거예요."

"왜 당신한테 이야기해요?"

"나한테는 뭐든지 이야기했거든요."

"어떻게 알아요?"

"글래디스는 내가 자길 좋아한 줄 알았어요. 내가 자기 친구라고 생각했어요."

인간의 착각이란 정녕 어디 가나 다 똑같은 모양이다. 1년 전 나도 누군가가 나를 정말 좋아한다고 생각한 적이 있었고, 그 사람, 브룩 마이클스는 그 직후 나를 떠나서 캘리포니아의 약혼자에게로 돌아갔다. 브룩에게 약혼자가 있었다는 사실도 그 직전에 알았다. 글래디스와 나는 둘 다 착각에 빠져 있었다.

"지난 며칠 동안 글래디스에게 평소와 다른 점은 없었어요? 이상한 행동을 한다든가?"

"이상했어요. 아주 슬퍼했구요."

"전화 통화도 하던가요?"

"아뇨."

"간밤이나 오늘 아침에 글래디스가 밖으로 나가는 소리를 들었어요?"

"여자분도 그걸 물어봤어요."

"여자분? 워커 형사?"

"경찰이요."

"저한테도 말해주세요. 간밤이나 오늘 아침에 글래디스가 나가는 소리를 들었어요?"

"아뇨."

"다른 소리는 못 들었어요?"

"전 이걸 끼고 자요." 메리는 주머니에서 귀마개를 꺼냈다. 하하, 메리, 약은 여자 같으니라구. 귀마개를 썼다면 글래디스가 무슨 이야기를 하든지 거슬릴 리가 없었을 텐데. 아마 룸메이트와 케이시가 나누는 뜨거운 이야기를 들으며 자기도 흥분했을 것이다. 그러다 자고 싶으면 귀마개를 꼈겠지. 간밤에는, 그녀는 자고 싶었다고 말했다. 나는 그 말을 믿었다.

메리 제이콥슨에게 물어볼 말이 더 이상 떠오르지 않자, 나는 인터뷰를 마무리하고 현관으로 나갔다. 메리가 몇 년 만에 귀마개를 끼지 않고 혼자서 홀가분하게 목석처럼 잠들어 있는 모습을 떠올리지 않을 수 없었다.

벨마는 작은 사무실의 컴퓨터 앞에 앉아서 솔리테어 게임을 하고 있었다. 나는 누가 이기고 있냐고 물었다. 벨마는 잠시 무슨 소린가 하더니 컴퓨터가 이겼다고 답했다.

"로살린다 로페스의 전화번호를 주실 수 있습니까?"

"그건 드릴 수 없어요."

"왜죠?"

"직원의 집 전화번호는 함부로 공개하지 않으니까요. 이젠 직원도 아니구요."

벽의 코르크보드에 연락처 목록이 붙어 있었다. 밖에 세워놓은 렌터카를 걸고, 로살린다의 번호도 있다는 것을 장담할 수 있었다. 나는 코르크보드로 다가가서 로페스라는 이름 옆의 번호를 적었다.

벨마는 사무실을 나서는 나를 노려보았다.

49

10시가 다 된 시각이었다. 점심 이후 아무것도 먹지 못했고 일주일 동안 잠도 제대로 자지 못했지만, 팀과 허버트 벌락에게 보낼 보고서를 정리해야 했다. 휴대전화에도 메시지가 잔뜩 남겨져 있었다. 나는 시동을 걸며 메시지를 확인했다.

첫 번째 메시지는 존 마이어스에게서 온 것으로 팀 랭커스터에게서 연락을 받았다, 하지만 지금은 죽도록 피곤해서 잠을 자야겠으니 전화하지 말라, 아침에 다시 전화하겠다는 내용이 남겨져 있었다. 두 번째 메시지는 집에 들어왔으니 전화를 달라는 브룩의 목소리였다. 다음 메시지는 해리엇 토벨이었다. 한 시간 전에 들어온 것으로 되어 있었다.

"나사니엘, 메시지를 받으면 전화를 다오. 시간은 상관없어. 아주 중요한 일이야. 집으로 전화해줘. 계속 있을 테니까." 그녀는 전화번호를 남겨놓았다.

마지막 메시지 역시 토벨 박사가 남긴 것이었다. 이번에는 잔뜩 긴장해서 딱딱한 음성이었다. "아이버리코스트, 나사니엘."

이상하군, 나는 생각했다. 정말 이상해. 토벨 박사가 낮에 나한테 숨기고 있었던 것을 이제야 말할 기분이 든 모양이었다. 그건 좋다. 한데 아이버리코스트라니?

아이버리코스트라는 문구, 장소라면 짚이는 데가 있었다. 몇 년 전 징계위원회(토벨 박사 역시 참여했었다)에서 학교를 나가라는 결정이 내려진 후, 나는 박사의 사무실에 앉아서 애인에게 버림받은 십대처럼 울어댔다. 토벨은 나를 위해서 싸워주지 않았다. 나는 박사에게 배신감을 느낀다고 말했다. 박사는 고개를 젓고 말했다. "여기서는 이제 끝났어, 나사니엘. 자네가 직접 판 함정에서 빠져나올 길은 영영 없어. 하지만 그렇다고 자네 인생이 끝난 건 아니잖아. 절대 그렇지 않아."

캘리포니아를 떠나라고 조언한 사람이 박사였다. 그녀는 유엔 평화유지군에 자원하는 것이 어떻겠냐고 말했다. 좁은 의학계라는 동네에서는 앞날이 완전히 사라지고 달리 길이 전혀 보이지 않았기 때문에, 나는 결국 평화유지군에 입대했다. 배치된 곳은 서아프리카의 비극적인 나라인 아이버리코스트의 농촌이었다. 2년 동안 나는 현지 및 외국 의사들과 함께 진료소를 설립하고 폭발적으로 증가하는 에이즈와 싸웠다. 내게 일어났던 일을 억울해하기보다 과거의 나 자신을 반성하게 된 것이 바로 그 아프리카의 오지에서였다. 예전 지인들과의 연락이라고는 가끔 날아오는 토벨 박사의 이메일뿐이었다.

욕창과 종양으로 피부가 뭉개진 환자 수백 명이 매트리스 위에 누워 자기 배설물을 뒤집어쓴 채 홀로 죽어가는 광경은 질병에 대한 분노에 불을 질렀다. 의학을 완전히 포기하고 있었기 때문에, 국제관계학을 전공하는 것이 질병과 싸울 수 있는 최선의 방법일 수도 있겠다는 생각도 들었다. 나는 이런 생각을 편지로 써서 토벨 박사에게 전했고, 박사는 의학을 완전히 포기하지는 말라는 답장을 보냈다. 자기가 손을 써보겠다는 것이었다. 토벨은 캘리포니아로 오기 전에 존스홉킨스 교수직에 있었다. 하지만 토벨의 설득에도 불구하고 동부의 예전 동료들은 내게 기회를 주려 하지 않았다. 워낙 명성이 높은 곳이기 때문에 나 같은 학생 때문에 모험을 할 수는 없는 모양이었다. 토벨은 결국 존스홉킨스를 포기했다. "정말 오만이 하늘을 찌르는구나." 그녀는 이렇게 말하고 메릴랜드 대학을 공략하기 시작했다. 왜 이렇게까지 하는 걸까? 나는 의아했다.

메릴랜드 대학에 면접을 보러 가기 전날, 토벨 박사는 전화로 내게 이렇게 말했다. "왜냐하면, 나사니엘, 자네는 목표의식이 있기 때문이야. 내 사무실을 들락거리는 다른 학생들과는 달리, 자네한 테는 선한 목표의식이 있어."

목표의식이라.

한 가지 분명히 해두고 넘어가야겠다. 토벨 박사는 내가 새로 찾은 목표의식을 칭찬해주었지만, 놀랍게도 미국 내의 어떤 의대에서도 내가 다른 학교에서 쫓겨났다는 것을 알고는 지원서를 거들떠보지도 않았다. 보통 내 원서는 곧장 재활용 쓰레기통 행이었다. 하물며 보이스카우트 같은 CDC라면 내 지원서에 묻어 있는 먼지 때문에 깨끗한 자기들이 오염될까봐 지원서를 당장 불태워버렸을 것이다. 하자 있는 물건을 원하는 곳은 의학계 어디에도 없었다.

그런데 그런 거짓말쟁이에 싸움꾼이 어떻게 의대로 비집고 들어가서 깨끗하디 깨끗한 CDC까지 진출했느냐?

나를 정확히 어떻게 내보내는 것이 좋을까를 학교 측에서 의논하는 동안 토벨 박사가 개입했다. 아까 말했듯이 박사도 징계위원회 위원으로서 상당한 영향력을 갖고 있었고 학내에서도 입김이 대단했다. 박사는 오늘날까지도 고문이 합법적인 징계 수단이라면 얼마나 좋을까 하는 생각을 내심 품고 있는 동료 위원들을 설득하여 최악의 징계를 막아주었다. '퇴학'은 '자의에 의한 무기한 휴학'으로 바뀌었다. CDC가 내가 전에 다니던 의대로 신원 조회를 했을 때는 의사가 모자라는 아프리카로 가기 위해 학교를 그만두었다고 말해주었다. 박사의 이런 자그마한 조처들 덕분에 나는 의학계에서 살아남을 수 있었다.

노스캐롤라이나 대학에서 레지던트를 할 때는 한 달 정도 의사로서의 내 자질을 심각하게 회의했던 적이 있었다. 나는 박사에게 전화를 해서 왜 나를 위해서 그토록 많은 일을 베풀어주었냐고 물었다. 나처럼 단점이 많은 사람에게 이렇듯 복잡하고 힘든 의사의 길을 왜 계속 걷도록 도와주었는지를.

박사는 내 불평을 한참 듣고 있더니 이렇게 말했다. "나사니엘, 난 자네가 진정으로 위대한 의사가 될 자질을 가지고 있다고 생각해. 의사들이 자신은 환자와 다르다고 생각할 때 문제가 생기지. 자신은 환자보다 우월하다, 단지 의학 분야에서뿐만 아니라 다른 모든 측면에서도 우월하다고 생각할 때. 워낙 이 분야는 의사의 능력 부족을 솔직히 인정하는 것을 허락지 않기 때문에, 그러다 보면 부족한 점이 없다고 생각하게 되는 거야. 자네는 실패를 맛본 사람이야. 그렇기 때문에 같은 눈높이에서 환자를 바라볼 수 있어. 자네도 인간, 그들도 인간. 자네처럼 많은 것을 배운 사람이 다른 길을 택해야 한다면 그건 의학계의 크나큰 손실일 거야."

그때 나는 박사가 내게서 자신의 모습을 보지 않았나 하는 생각을 했다. 박사의 몸에 장애가 있듯이, 나 역시 성격상의 장애가 있으니까.

아이버리코스트 이야기로 돌아가자. 토벨 박사와 몇 번 더 이메

일을 교환하면서 자아 찾기를 마친 뒤, 나는 다시 의학의 길을 걷게 되었다. 나는 대도시 아비장에서 일주일 동안 머물면서 국제전화비로 수백 달러를 써가며 학부 시절과 의대 시절 학적부를 모으고 도시 중심가의 비좁은 여행사에서 전학 서류를 팩스로 보냈다. 3개월 뒤 메릴랜드 대학이 나를 의대 3학년으로 받아주었다.

아이버리코스트는 내게 그런 곳이었다. 하지만 그게 이번 일과 무슨 상관인가? 해리엇 토벨 박사가 왜 메시지에다 아이버리코스트라고 말했을까? 이상한 일이었다. 나는 걱정이 되었다.

토벨 박사의 집에 전화를 해보니 자동응답기가 받았다. 나는 전화를 끊고 잠시 후 다시 걸었다. 마찬가지였다.

"토벨 박사님, 나사니엘 맥코믹입니다." 기다려보았다. 대답이 없었다. "메시지 들으시면 제 휴대전화로 연락 주세요. 인터뷰를 하고 있어서 전화를 꺼놨었는데, 이제 켰습니다. 늦어도 괜찮으니 전화 주세요."

나는 토벨 박사의 연구실로 다시 전화를 걸었다. 몇 번 신호음이 울리더니 전화는 다른 회선으로 넘어갔다. 여자가 받았다. 50년이 지나 내 뇌가 알츠하이머병으로 망가지고 내 이름까지 잊는다 해도, 이 목소리만은 잊을 수 없을 것이다.

"안녕." 내가 말했다.

잠시 침묵이 흘렀다. "나사니엘."

"그럼 누구겠어." 진부해, 나사니엘.

"그렇지."

내가 말할 차례였지만, 젠장. 할 말이 떠오르지 않았다. 마침내 엘레인이 말했다. "어쩐 일이야?"

"별 일 아냐." 토벨 박사에 대해서는 아직 묻고 싶지 않았다. 엘레인이 계속 이야기를 하도록 내버려두고 잠시만 그 목소리를 더 듣고 싶었다. "그냥 일을 좀 하느라고."

"해리엇 말로는 질병 수사 때문에 왔다면서. 어떻게 돼가?"

"잘돼가. 병은 잠잠해졌고 나쁜 놈은 감옥에 들어갔고 점심 전에 일을 다 끝냈어."

"정말이야?"

"아니. 병은 아직 진행 중이고 나쁜 놈은 있는지 없는지도 모르고 난 아직 저녁도 못 먹었어."

엘레인은 웃음을 터뜨리면서 스치듯 내 이름을 불렀다. 유머감각이 제자리를 찾아가고 있는 것 같다.

"해리엇은 여기 없어." 그녀가 말했다.

"아." 점점 신경이 쓰였다. 하지만 엘레인이 아직 수화기 저편에 있으니…… "넌 뭐하고 있어?"

"일해. 늘 일이지 뭐."

"일만 하고 놀지 않으면……."

"난 늘 바보였잖아."

"맞아. 마타 하리처럼."

"뭐?"

"역사상의 여자 이름을 대려고 했는데, 잘못 나왔어."

"그렇네. 음, 나사니엘, 해리엇한테 네가 전화했었다고 전할게."

"어디 계신지 알아?"

"모르겠어. 일찍 나가셨어."

"아직 애서턴에 사시나? 같은 집이야?"

"응."

잠시 침묵이 흘렀다. 전화를 끊어야 할 때가 된 것이다. 하지만 나는 끊지 않고 말했다. "난 내일 동부로 돌아가."

"아, 비행 잘하고."

"연락 좀 했으면 좋겠어."

"방금 했잖아."

"엘레인."

"미안해." 그녀는 가볍게 숨을 내쉬었다. "나사니엘, 난 약혼한 사람이 있어."

잠시 나는 다음 날 아침에 만날 사람이 있다는 말로 이해했다. 그러다 문득, 약혼이라는 것을 깨달았다.

"아. 그렇군…… 아…… 정말 잘됐어."

"고마워."

"그 행운의 남자는 누구야?"

"넌 모르는 사람이야."

"그래도."

"이름은 이언 캐링턴이야."

"모르는 사람이네."

"그렇지?"

"무슨 일을 하는데?"

"벤처 캐피털을 해."

"거품이 붕괴됐는데 아직 일자리가 있나?"

"응, 아직……."

"요즘 그거 하던 친구들은 다 택시 몰고 있는 줄 알았는데."

"아주 똑똑한 사람이야."

"그렇겠지." 이언 캐링턴이라는 남자가 어떤 사람일지 짐작 가는 표현은 수십 개도 넘었지만, 나는 속으로만 간직했다. "알았어, 토벨 박사님한테 내가 전화했더라고 전해줘."

"그럴게." 전화를 끊으려는데 엘레인이 말했다. "나사니엘?"

"응?"

"통화해서 반가웠어."

"그래." 나는 말하고 종료 버튼을 눌렀다.

50

토벨이 사는 애서턴에 도착했을 즈음에는 마음이 약간 진정되어 있었다. 그나마 엘레인의 약혼자를 죽여버리고 싶다는 생각은 더 이상 안하고 있었으니까. 하지만 열받은 기분은 풀리지 않았다.

나는 천천히 차를 몰아 어두운 거리를 지났다. 반도 쪽에 많이 생겨난 신흥부자 동네와는 달리, 애서턴은 20세기 초부터 부유한 사람들이 살던 동네였다. 거대한 저택들은 더 거대한 참나무와 야자나무에 둘러싸여 있어서, 마치 집들이 길에서 한 발 물러서서 식물 벽 뒤로 움츠러든 것처럼 보였다. 외부인에게 우호적인 동네는 아니었다. 정처 없이 돌아다녔다가는 경찰의 주의를 끌기 좋은 곳이었다.

잠시 정처 없이 돌아다닌 뒤에야 어디가 어딘지 파악할 수 있었다. 하지만 경찰에게 검문을 당하지는 않았다. 아니, 토벨 박사의 집 앞 반원형 드라이브웨이로 들어설 때까지 다른 차는 한 대도 눈에 띄지 않았다. 차고에는 커다란 렉서스가 서 있었다. 토벨 박사의 자동차인 모양이었다. 옆의 창고에는 정원 손질 기구가 가득 차 있었다.

집은 동네의 다른 집들보다 약간 작았지만, 그래도 한 사람이 살기에는 너무 컸다. 토벨 박사의 남편이 오래전에 세상을 떠난 뒤에도 작은 집으로 옮기지 않은 모양이었다. 흰색 스투코로 마감한 벽과 낮게 늘어진 지붕이 스페인풍의 따뜻한 느낌을 주었다.

위층의 방 한 곳에 불이 켜져 있었다. 침실인 것 같았다. 나는 차에서 내려 현관 앞 돌계단을 올라간 뒤 초인종을 눌렀다. 안에서 벨 소리가 들렸다. 나는 불이 켜지기를 기다렸다. 그런데 불은 켜지지 않고 집 안 어딘가에서 개 두 마리가 미친 듯이 짖기 시작했다. 나는 다시 초인종을 눌렀다. 역시 개 짖는 소리뿐이었다. 심장이 쿵쿵거리기 시작했다. 나는 휴대전화를 꺼냈다. 토벨 박사의 번호로 재발신 버튼을 누르니 집 안에서 전화벨 소리가 들려왔다. 다섯 번 벨이 울린 뒤 자동응답으로 넘어갔다. 나는 휴대전화를 닫고 벨을 5초 동안 누르고 있다가 마침내 포기했다.

나는 계단에 주저앉아 다시 실험실로 전화를 걸었다. 전화가 다른 회선으로 두 차례 넘어가더니 음성메시지 서비스로 넘어갔다. 엘레인도 이고르인지, 이반인지 하는 놈이랑 격정적인 사랑을 나누기 위해 서둘러 퇴근한 것이 분명했다.

개들은 계속 숨이 넘어갈 듯 짖어대고 있었다. 산책을 하거나 커피 같은 걸 사려고 잠깐 나갔다가 곧 돌아올지도 모른다. 일흔이 된 장애인 여성에게는 상당히 무리가 되는 일이겠지만, 뭔가 다른 일이 있는 것보다는 훨씬, 훨씬 낫다.

20분 뒤 나는 벨을 다시 누르고 문을 열어보았다. 벨이 울렸고 손잡이는 돌아가지 않았다. 안에서는 개 외에는 전혀 인기척이 없었다. 나는 집 앞쪽을 따라가며 살펴보았다. 현관에서 관목 울타리까지 외벽을 따라 폭이 넓은 테라스가 이어지고 있었다. 테라스는 뒤쪽 유리문으로 식당과 연결되어 있었다. 나는 문 안을 들여다보았다. 내 기척을 따라온 닥스훈트 두 마리가 유리문에 몸을 부딪치며 미친 듯이 짖었다. 자고 있다면 이렇게 시끄러운데 안 깼을 리가 없다. 절대로.

빌어먹을.

"토벨 박사님!" 나는 유리문을 두드렸다. 그리고 다시 전화를 걸었다. 집 안에서 벨이 울리다가 자동응답으로 넘어갔다. "여기는 토벨 박사의……."

나는 유리문을 흔들었다. 역시 잠겨 있었다. 나는 히아신스와 월계수를 헤치며 집을 빙 돌아가보았다. 개가 집 안에서 내 기척을 따라오고 있는지, 문이 있는 곳에 접근할 때마다 개 짖는 소리가 커졌다 작아지곤 했다. 문은 모두 잠겨 있었다.

차고에는 차가 있고, 개는 집 안에서 마구 짖고, 위층에는 불이 켜져 있다…….

나는 정원의 돌멩이를 집어 들고 식당 유리문으로 달려갔다. 돌 뒷부분을 잡고 손잡이 근처의 창틀을 밀어보았다. 부서지지 않았다. 나는 물러서서 돌을 던졌다. 유리창이 부서지면서 개가 미친 듯이 짖었다. 돌은 집 안 카펫 위에 떨어졌다. 나는 손을 집어넣어 자물쇠를 풀었다. 손을 빼내다가 유리에 손목이 긁혔다. 2인치 길이의 상처를 따라 피가 맺혔다.

안으로 들어갔다. 닥스훈트가 숨넘어갈 듯이 짖어대는 통에 집 안은 아수라장이었다. 한 놈이 뒤로 물러서며 으르렁거리다가 바닥에 오줌을 지렸다. 식탁 옆의 개장 문은 열려 있었다. 토벨 박사의 이름을 불러보았지만, 내 목소리는 카펫과 책, 개 짖는 소리에 묻혀버렸다. 예전에 몇 번 와본 적이 있었기 때문에 집 안 구조가 기억이 났다. 오른쪽에는 부엌, 왼쪽에는 계단과 커다란 거실, 위층에는 침실과 서재가 있었다.

부엌에서는 아무 소리도 들려오지 않았다. 나는 찻주전자가 끓고 있고 토벨 박사가 바닥에 쓰러져 있는 것이 아니기만을 바라며 부엌으로 들어갔다. 그리고 종이 행주를 집어 손목의 상처를 눌렀다. 그런 다음 거실로 나가서 계단을 올라갔다.

"토벨 박사님? 네이트 맥코믹입니다. 괜찮으십니까?"

계단을 올라가자 카펫이 깔린 위층 복도가 나왔다. 살짝 열린 문 틈으로 불빛이 새어나오고 있었다. 나는 문을 열었다.

"토벨 박사님?"

맞은편 벽에 붙은 침대는 누가 누워 있었던 것처럼 침구가 구겨져 있었다. 독서등이 켜져 있었지만 침대에도, 머리맡 테이블에도 책이나 서류 같은 것은 보이지 않았다. 침대 옆의 커다란 옷장 위에는 사진을 끼워놓은 은색 액자들이 잔뜩 놓여 있었다. 오른쪽으로는 다른 문이 열려 있었고 안에는 형광등이 켜져 있었다. 욕실이었다.

"토벨 박사님?"

지팡이 하나가 침실 카펫과 욕실의 분홍색 타일 바닥에 절반씩 걸쳐져 있었다. 내 은사는 온몸이 뒤틀린 채 바닥에 쓰러져 있었다. 지팡이 하나는 몸 옆에, 다른 하나는 발치에 뒹굴고 있었다. 토벨 박사의 몸과 세면대, 바닥에는 작은 흰색 알약이 온통 흩어져 있었다.

박사는 눈을 반쯤 뜬 채 입을 벌리고 쓰러져 있었다. 나는 정신없이 허둥지둥 박사에게 다가가 손가락으로 목을 짚었다. 맥박이 없었다. 나는 세면대 옆 선반에 있는 화장거울을 박사의 입과 코에 대어보았다. 흐려지지 않았다. 숨을 쉬지 않았다. 피부에 손을 대어보니 싸늘했다.

나는 휘청거리며 욕실을 나섰다.

〈2권에서 계속〉

격리병동 1

초판 1쇄 발행 2006년 12월 27일
초판 2쇄 발행 2007년 3월 20일

지은이 조슈아 스파노글
옮긴이 유소영
펴낸이 신원영
펴낸곳 (주)신원문화사

주소 서울시 강서구 등촌1동 636−25
전화 3664-2131~4
팩스 3664-2130
출판등록 1976년 9월 16일 제5−68호

ISBN 89−359−1397−9 (03840)
ISBN 89−359−1396−0 (세트)

ISBN 978−89−359−1397−8
ISBN 978−89−359−1396−1 (세트)